惡魔的習藝

成 英 姝

目次

不可靠的見證者 005
正義的相反是邪惡 029
捉放鬼 059
穆桂英 083
海神記 119
孫文在台灣 143
黑水 169
惡魔的習藝 195
一千零一夜 271
給X的信（代後記） 327

不可靠的見證者

父親突如其來說要寫字。

此語一出嚇了我們一跳，才正打算把他那張鋪了沾滿墨汁和顏料汙漬的毛氈上堆放著一疊疊宣紙、鑲金蔥紙、紙板、紙鎮、管裝和瓶裝顏料、盛藤黃、硃砂的小碗和碟子、鋪滿毛筆的竹簾墊、插著大小毛筆的木筒、各種形狀的硯台、墨條的書桌偷偷給收拾掉呢！以為他反正又用不著。

坐著輪椅寫字好像離桌面有點兒遠，我說。他沒回應。他根本不知道自己坐在輪椅上。有一次在醫院的咖啡廳，我推著坐輪椅的父親到咖啡桌前，他吵著要去逛畫展，你去不了的，你沒法走路，我說。他一臉厭煩：我不能走路？你以為我剛才是怎麼進來的？他認真以為他是堂而皇之用自己的腳走進咖啡廳。

我把墨汁倒進大方盒硯台，墨汁色澤很淡，問他是不是要磨，我連這方盒形的硯台是否能磨出黑墨來都沒概念。他空白著一張臉沒答話。我把筆筒遞給他，替他把巨幅的宣紙裁好鋪在桌上，用龍形的金銅紙鎮壓著，眼角餘光瞄見他認真把筆筒裡的毛筆逐一拿出來審視，顫抖著食指和拇指去戳捏那些稻草般黏著乾硬墨渣的筆毛。

第一筆點下去，淡灰色的墨水暈成醜陋的一大團，我差點發出吃驚的聲音，他則沒什麼表情，接著寫成了隱隱約約可看出是個「大」的歪斜不成比例的畸形字。我知道他想寫「大雲出山」。這是老家大門的門聯上聯的頭四個字。

他也看出這個字的失敗，又寫了一次「大」字。他從很多年前就開始手抖，但依舊每天保持練字習慣。現在這些字已不是美醜範疇的問題，他的腦子與手是分家的。「雲」這個字始終沒有成為「雲」，看那筆畫，我甚至懷疑他記不記得「雲」怎麼寫。他放棄了再去管「雲」這個字，繼續寫「出」和「山」兩個筆畫簡單的。寫完「山」，他張著薄而濕潤、下唇微微往內縮的嘴，眼神空洞地說：不寫了。

他上一次寫字是一年前，每日還能寫幾百個不能稱得上完美但算工整的字，臥床這些日子他心中一直惦念著寫字，終於執起筆，力不從心，這些字像是幼稚園的孩童寫的，震顫扭動，不可辨識。

雖然這令人震愕，但一旁觀看的我心中與其說悲傷，不如說更是疑惑，他曉得自己的字亂七八糟嗎？這幾乎像是，酒醉的人知道自己走的不是直線嗎？若他沒理解他寫的字成了這種樣子，且意味他再也不能寫字，何嘗不是從殘酷的震驚與絕望下倖免。然沒人能知道他真正的感覺。

一年前和父親去爬山，那時他身體還頗健朗，雖然走路已經開始不穩，有時需要攙扶枴杖，體力也逐漸衰退，那日竟豪氣干雲地一口氣爬了十幾公尺階梯。是個陰日，粉桃色的茶花盛開，透過扶疏的樹影可見姿態莊重的騎象觀音彷彿搖晃行進在一片龍柏前。父親堅持造型模仿金閣寺的廟宇是日本人留下來的。怎麼可能呢？明明一目了然是棟簇新的建築。池子裡有白色、金色、紅花的鯉魚嘩啦啦梭游，父親興致勃勃說起老家蓮花池的鯉魚肥碩的身子有小孩兒那麼大個兒。每一回在外只要見到鯉魚，他總會說這個。

那之後的某一天，父親跌斷了腿，住院時發生了奇怪的事情，不知從何而來的念頭，他老認為自己正在花東之旅中，入宿花蓮的旅館裡，他的病床靠窗，他會望著窗外的天空說花蓮是個不錯的地方。他非偶爾醒來時精神錯亂囈語自己身在花蓮，而是一以貫之每日執著自覺在花蓮。有時他會指著床尾靠牆角的地方，說那兒站著個小人兒，說了不只一次。他之前是個很重視自己莊重的氣質，習於賣弄風雅的人，但在病床上，旁人替他處理大小便時，堂而皇之坦露性器，他似乎渾然不覺有所不妥。因為傷在大腿，下身沒有穿褲子，他卻經常無意識地掀開被單通風。凡此種種，都讓我們覺悟到，他的頭腦開始起了某種變化。某次護士來探視時，他躡手躡腳地拿起枕頭遮住下體，表情像個怯生生的小男孩，我驀然發覺他腦內的運作有時也會回到原來正常的邏輯線路裡去。

人的頭腦像一個複雜的電子回路網絡，於不同時態有些回路是打開的，有些是關閉的。瘋癲之時有如火車鐵軌的銜接切換到另一條通往某神祕之處的軌道。如果沒有外在的言語和行為種種可當作指標的暗示，無人能知曉他人頭腦裡的回路圖此時是何情狀。

打從我孩提時候，父親就喜愛說他在家鄉的生活，以及他逃難到台灣來的故事，我聽了無數遍，但左耳進右耳出，該說連左耳也沒進得去吧！父親表示希望我替他筆記下來，成為一本傳記書。我的一生就是一部歷史，我就是歷史的見證人。他總是煞有介事這麼說。於是他在電話那頭陳述，我則坐在電腦前打字。這是他摔斷腿以前的事。那時他能清晰而優雅地每日敘述他的童年以及他的逃難史，之後他敘述故事的狀態有了些變化，就像以一種隱喻的方式呈現他頭腦的回路圖。

這是從共產黨攻城的一幕開始的。

正確地說要倒推回前三天，從抗戰勝利之日開始，日本人投降，我祖父隨即動身前往南京，三天後共產黨以六天五夜日以繼夜的槍砲轟炸破城，父親像是重播節目般連續六個晚上敘述同樣的這段內容，而他自己不知道。每日他都興致勃勃以為他第一次把這驚心動魄的遭遇說給我聽。當然，他已是一個健忘的老人，不記得這段往事他前一天說過了，不足奇怪。有一日，我說我隔天將要帶他和母親出去吃館子，他很高興，第二天我開車載兩老到北平餐館吃了一頓，點的是每次去都不例外的涼拌菜心、素蒸餃、烤鴨、豆酥鱈魚、豆沙鍋餅，父親曾贈字畫給餐廳老闆，每次來用餐不忘去跟老闆話家常幾句，這天也不例外。當天晚上，父親如常又打電話來。「明天你要帶我和你媽媽出去吃飯對吧？我好期待。」他在電話那頭說。他不記得這已經發生過了，倒退回到昨日的時間。不，剎時我覺悟到，並非他記憶鐘面的指針往回撥到前一天晚上，而是他的指針是停滯不動的，他並非忘了白天發生的事，而是自我告訴他隔日要帶他們出去吃飯那個時刻以後，所有發生的事物皆沒有寫進他的記憶體。

每天他重複敘述的是同一段他生命過去的某個場景和他所經歷之事，原因在此。他的回憶進行到這個點上，就卡在那兒了，像唱針卡在唱盤上，恍恍惚惚地隨著唱片旋轉微微上下漂浮輕顫，但沒有順著唱片的溝紋往核心推行，喇叭裡傳來同一個樂句一再一再播放。

如果他陳述的故事情節前進了，那麼表示他的鐘面醒轉，往前推進了一點。有時他會連續數日挺進，他的宇宙加進了時間這一維度，時間之沙在他積滿灰塵的黯淡瓶子儘管不順暢但緩緩地流動。有時又靜止，所有新發生的事物無法累積在他的記憶地圖，那些沙一落在地面就被風吹走，不留痕跡。

父親被青年團派到上海，住在大夏大學，在那裡他穿著軍服成天閒晃無事可做，每日觀望河邊釣魚的人、美貌的女大學生和逃避共產黨的出亡難民。後來他從大夏大學搬到金家花園。蔣經國和杜月笙發生衝突。這個段落他很久以前就說過了，我老早已不坐在電腦前聽他的電話，我假裝在打字記錄，其實沒有。

大夏大學的女大學生很漂亮，他喜歡欣賞她們的風姿，她們不只是相貌秀美，且氣質非凡。父親老喜歡說他注重人的儀表在於斯文氣度，高尚的內涵以及知識的卓越，在我聽來這種論調不是對錯的問題，而是極為空洞。

女學生當中有一個，我總是會特別注意她，每當有女孩子走進河邊那條種滿柳樹的小徑，我就會留心是不是她。她喜歡穿綠色系的衣服，草綠，藏青，橄欖色，在透過柳樹的隙光下，她像是全身覆蓋著閃爍螢光的鱗粉。她有一頭燙捲的頭髮，我能遠遠就認出她來。父親說。

我豎起耳朵，父親的故事中很少出現單獨浮出背景的人物，他的故事裡向來只有他自己，其他的人有話語、有動作、有情節，卻沒有面目。

她當然是一個美女，但不是普通男性會鍾情的那種。她生得濃眉大眼，從不笑，眼神炯炯放光。她是那種如果成為特務，會不帶同情地對囚犯施以酷刑的女人。即使是她過去的情人，她也會毫不猶豫地拔掉他的牙齒和指甲，敲斷他的肋骨和膝蓋。

當然這是他的幻想，沒有任何佐證。她總是獨行，手中抱著書和筆記夾，除了臉上特別孤高傲慢的神情，和別的女孩沒有什麼不同。偶爾會有男同學與她為伴，但總不會是單獨一個，必然是兩個或多個。想來是他們沒有人敢獨自與她同行，有些男性會被她這種女孩子吸引，但他們意欲接近她時，需要有人一同壯膽，混淆或者分散企圖。而當你觀察她和他們的相處，你會發現一種奇妙的情勢，她會讓他們之間形成一種帶著迷惑以致於搖晃不安，力求表現卻又招致自我厭惡的複雜情緒。

這天她又是獨個兒。我父親喜歡看到她獨自一人，不喜歡她有男伴，但他也從未想到要去和她攀談。他當然沒有勇氣。這註解不是我父親自己說的，是我附加的。父親幼年在家鄉是養尊處優的小少爺，中學時女孩兒緣也好，他的腦子裡女人是必須追求的這種邏輯尚未誕生。在她背後不遠處有另一個女學生，和兩個男學生有說有笑走著，那女孩和那兩個男孩之間的情調，與我父親關注的這個女孩和她的愛慕者之間相處的氛圍截然不同。後頭那女孩帶著明亮爽朗的笑容，因為有兩位異性的討好而明顯地心花怒放，她用兩手把書本抱在胸前，有時誇張地笑彎了腰，走著走著她甚至轉過身面對那兩個男孩，倒退著走路。於是她背對背撞著了我父親抱以特殊情致的那位冰山美人。她轉過身笑盈盈地舉手做了個淘氣的敬禮致歉，冰山美人則面無表情。

某件事轉移了我父親的注意力，再回頭時他失去了冰山美人的蹤影。他不曾跟蹤她，每當她走出他的視線，他就會重新去找其他能讓他打發無聊而焦慮的時光的事物。但這天不同，他總覺得心裡惶惶不安，他沿剛才她走的方向跑步，漫無目的地向前跑。他甚至沒有在人群裡尋找她的蹤影，而是聽憑直覺卻等於盲目地胡亂奔走。直到巨大的爆炸聲震住他的腳步。

這爆炸的威力極大，石塊、木片、七零八落的物事往四面八方迸飛，要等像是被悶住的耳膜清朗了，帶著火藥味的灰塵落盡，定睛一看，才會發現那些飛散的物事裡包含人的血肉肢體和器官。

父親緩緩在爆炸的遺跡中移動，好像拾荒人蹣跚跋涉在臭味刺鼻的垃圾山尋寶似的。遠處一個匍匐的女子站了起來，但那景象很不尋常，她很矮，彷彿只有一公尺高，卻不是孩童，她的頭肩比例是成人的，她有一頭電燙了的捲髮，雖然全被白色的灰覆蓋了。她用兩隻手臂以強大驚人的力氣把自己支撐起來，有一瞬間她搖搖欲墜，幾乎又要跌下，但她像隻牛般一使勁，一瞬間抓到了重心似的，她讓自己穩穩地站好了，就像插在地上一樣。

只有上半身。

他明白她為何那麼矮了，她的下半身不見了，半個她被安放在地上，像一個杯子或者香水瓶什麼的。他走近她，她宛如聽到他的腳步聲似的轉過臉，和他的視線相遇。她是那個冰山美人。他頭一次靠她這麼近，能從這麼近的距離看她。但他很高——我父親的身高有一米八，而她此時很矮——她只有不及一米的高度，矗立在地上。這樣居高臨下地俯望她很奇怪，他應該要蹲下，就像你見到一個兩歲孩童，你必然會蹲下來逗弄他。

可他嚇到了，他不敢，他不敢那麼靠近她，畢竟她此刻的狀態，實在……實在太奇怪了，不是嗎？

父親描述的景象太魔幻，令我的心臟怦怦跳起來，我等待他繼續說下去，他卻說：「我累了，不想講了。」隨即掛斷了電話。父親現在極容易疲憊，每次母親將他從床上移至輪椅推到客廳，他只能維持至多半個鐘頭醒著。

一反常態地隔日我對父親的電話抱著隱隱的期待，長久以來他的故事了無新意，有時我甚至一邊看電視一邊接他的電話。他的開場還是他到了上海，住在大夏大學，這使我明白他仍靜止在之前同一個時間點上。我等待那個冰山美人在他的故事中出現，但失望了，只聽到千篇一律他說過無數次的那些平板而欠缺細節的陳年版本。我懷疑關於這個女大學生的遭遇並沒有發生過，他以前從不曾提起這段往事。但他不是有能力編造這樣的謊言的人，這令人費解。

接下來一個星期單調的故事不斷重複，女大學生沒有現身，從他的記憶消失了，好像被什麼東西給抹去，如同一顆被拔掉的牙齒，其他牙齒立刻推擠著靠過來，牙床上不存在它留下的空洞。

父親並非每天都會敘述他的故事，有時他只隨口講兩句他當下的感覺；有一日他心情愉悅地說前幾日我們一家至某人家中作客，那天的氣氛真好，他至今眷念不已。我愣了一下，別說我們前幾日並未赴任何人家作客，以他的狀況我們也不可能帶他到任何人家裡作客，更何況我們一家人冷漠於和親戚友人來往（正確地說我們沒有什麼親戚友人），一生沒有幾次赴他人家中作客，上一次去親戚或父母親的友人家，可能是二十年前的事了。父親興高采烈地說那個夜晚可真熱鬧啊！有好多好多人，那股歡快的喧譁讓他由衷感覺內心喜悅暖溢，許多人向他敬酒，他感動萬分，「我已經有好久沒這麼快樂了。」他感慨地說。

根據他描述的場景，我想他指的是我們一家人去餐廳吃飯那日，然而那是白天而非晚上，那是餐館不是某人的家。那日確實高朋滿座，我們的鄰桌是一大圓桌，坐了十幾人，看來是某人家親族的聚會，不時傳來歡笑與拔高聲量的說話。我們要離開時，由於與鄰桌間距離太近，父親的輪椅無法通過，那桌的人皆站起來，把椅子向裡靠，親切地護送父親穿越甬道，父親也點頭致意。

之後連續三天，父親都提到那日赴宴的滿足歡暢，回味不已，沉浸在那輝煌燈光下杯觥交錯叮鈴碰撞，高談闊論笑聲喧譁的夜晚。我當時滿心以為這不過是最尋常的記憶之重塑，他沉浸於這被竄改掉的記憶場景也無甚不妥，他說什麼我也就不置可否敷衍應和。然而後來在他身上顯現的越來越多虛實交錯的魅亂，使我懷疑他並非錯讀記憶，而是在當下他真真就置身於他所敘述的那個空間。那天中午，我和母親坐於北平餐館裡，周遭是不相識的客人，各自點菜，面無表情穿著白色旗袍領滾紅絨邊制服的服務生穿梭在各桌間上菜、收空盤、添茶水，同時靜坐在我們面前的父親卻是置身在夜晚某人家廳堂高朋滿座富麗酣快的筵席，他的眼睛看到的確實是那樣的風景，他的耳朵聽到的確實是那樣的聲音。他在另一個次元裡，那對他來說無比真實。

也許他的次元是真的，我們的所見所聽所相信的那個空氣渙散、平淡單調的景象才是傻人的謬誤。

之後父親偶會在晚上打電話來時說當天他與老友見面，相談甚歡；他打了個電話給某親戚，無意間提起某件陳年舊事，一言不和吵了起來；或者學生們來家中探視他，還給他帶了不少禮物。乍聽都極平常，後來覺悟到這些一樣都沒有發生，我甚至懶得向母親求證。有幾日當真他和朋友通了電話，有學生到家裡來，他反而事後完全不記得。

父親在抽屜裡翻找了半天，取出一個白玉石圖章，用他顫抖的手塞在我的手心，說那是名家所刻，曾祖父傳給祖父，祖父在動亂時離家唯一帶在身上的寶物，這東西貴重無比，他甚至過去沒想到跟我提過它的存在，如今他沒別的珍貴物事留給我，這東西我千萬要好好保存，不能丟失。我攤開手掌把圖章拿到眼前端詳，說是白玉，其實是渾濁的灰白色，就像路邊印章店的玻璃櫃裡擺的樣子最普通的石頭印章。翻過來我瞧上頭刻了什麼文字，是父親的名字。清朝時代為官的曾祖父傳給祖父的印章上當然不可能刻著我父親的名字。印章的側面還刻有「阿里山」三個字。這想來是我小時候父親和母親去阿里山遊玩時買的專門賣給觀光客的紀念品，現場用機器雕刻制式的客人姓名。母親告訴我父親提及的那個印章確實是有的，但如今早已不明流落何處，祖父死前欲留給父親的許多珍貴寶物都被其他親戚攔截，父親什麼也沒拿到。

就在我不再期待女大學生現身且確定她是一個意外，一個父親精神錯亂導致的無意義的插曲，她又如鬼魅般出現了；她穿著綠色系的衣服，帶著一頭鬈曲頭髮，手中抱著書本，以一副冷漠傲慢的表情從電話那頭父親的口中鑽出來，我甚至像見到她朦朧的鬼影站在面前般驚異地差點發出呼聲。

然而跟前一次一樣，故事到了父親站在她的活半身像前，驚恐而猶豫著要蹲下來靠近她，貼近她的臉時戛然而止。父親說完「我累了」掛上電話，我還沒來得及把「然後呢」三個字說出口，我想知道在這之後究竟是什麼？在這之後必然有什麼，不可能沒有，因為時間沒有靜止，每一個瞬間必然有之後的瞬間，每一個場景必然有下一個場景，每個日出之後都有日落，每個日落之後必有日出，就算是世界末日，廢墟之後還有廢墟，永恆的廢墟，不休止地流動的廢墟之影像的延伸。她突然咚地面朝下倒地身亡？或者她轉過臉頭也不回地繼續爬行離去，雖然這像是一種結局式的鏡頭，但她實在爬得太慢了，如果他一直盯著她的背影，就會發現過了二十分鐘她只移動了十來公分。或者她的離開只是一種錯覺，她沒有真正在移動，她維持一個雕像的姿勢，一個經過幾百年風化從基座上裂開，只有上半身掉了下來的石像，立在地上，掉了鼻子和手臂，表面剝蝕，褪了顏色，以半身屹立之樣態做為美術系學生學習素描之石膏對象永恆地死亡。他到底蹲下了沒有？他轉過身尖叫著跑開，或者他像是想要去逗弄困在蛛網上撲翅掙扎的狼狽小蟲、肚破腸流仍扭動不停的蛇、被貓咬掉了頭踉蹌亂跑終至摔倒的老鼠的殘酷孩童般蹲低身子端詳她。但他不是孩子裡頭個兒大、粗野、感性缺陷的那種角色，他終究是被保護周到地長大，懦弱不安的小男孩，他會目眩地被殘虐的事物吸引，但又驚懼，想要逃跑腳卻不能動。

她是否認得他？是否知道他每天在看她？或許他蹲下，靠近她的臉，而她忽然伸出手臂以強勁的力道勾住他的脖子說：「帶我走。」不，她伸出原本撐在地上的雙手說不定就倒下來，而他絕對沒有勇氣去攙扶她起來。

也許從一開始他就害怕她的汙血沾到他身上。關於這一點他是不會說的，並非他刻意隱瞞這種陰暗可憎的無情和怯懦，而是他根本不會意識到何時他存有著某種情緒意味陰暗可憎的無情和怯懦。

我替母親買了用來做走廊大幅落地門簾的織花布。原本用的是竹簾，但積了灰塵很難清理。厚實典雅的織花布非常昂貴，本地產的價錢是進口貨的一半，但花色卻教人不敢恭維。踏破鐵鞋才讓我找到一塊本地產的料子，惹人喜愛的素面杏色，織花立體鮮明而不俗麗，比進口的還好看，價錢竟是進口面料的三分之一，簡直讓我欣喜若狂。為了省工錢，我自己把布料剪裁縫好，原想幫母親裝到走廊上，她卻堅持她要來做，搬了梯子爬上爬下的。

父親當年認識母親，是教會學校的神父介紹的，那幾年父親在神父家裡學習英語。母親是個暴風雨般的女人，她的脾氣狂躁而帶著極大的破壞力，突如其來充滿著爆炸性，她會用最銳利尖刻的話語罵人，她的生肖屬蛇，口中能射出刀子和毒液，她懂得如何用話語置人於死地，她懂得怎樣讓人感到穿透骨髓的劇痛而無法抵抗無法還擊。但就像暴風雨一般她的風狂雨驟來得快去得快，一消失後不留痕跡。父親剛認識母親時不知道她的這一面，他娶她是因為她有著強大的意志力和堅忍的韌性，她的耐力極強，很能吃苦。這一點他倒是對的，我看母親年輕時的照片，她那時非常瘦削，因為營養不良手腳像乾柴般細長。她的膚色黝黑，黑眼珠晶瑩漆亮，她的目力極佳，遠超過常人，當她和其他人一起站在山頂，只有她一個人能看清山谷的油桐樹上開的每一朵花，那些白色的花是多麼小。

母親是杭州人，但是她的外貌沒有任何一絲中國江南女人的氣息，生了孩子以後她日漸粗壯，她看來勇猛強悍，我父親說她活像亞馬遜的女戰士。我遺傳了母親的黑皮膚和深邃的輪廓，我總是被誤認為有本島原住民的血統。我沒有得到父親的白皙皮膚，父親的膚色是清透細緻的白滲著淡淡的薔薇粉紅，他有一雙細眼睛，高挺的鼻子和薄唇。母親則是鷹勾鼻。母親說她當年很猶豫是否要嫁給父親，他高大英俊，凡事想得很深遠，做事謹慎，行為節制，似乎是可信賴的理想對象，然而那時候她就看出他陰鬱的性格，總是帶著憂傷，用一種灰暗的眼光看待每件事物。

我同時得到母親與父親的人格特質，我如母親般是個暴風雨般的女人，也如父親般陰暗愁抑，我一方面高舉斧頭砍斷繩纜大喊揚帆殺出重圍，一方面卻灰白著臉躺在塵土下的棺材裡不願意見到太陽。

我正在幫母親裝上門簾，父親把我叫了去，他要談談他和母親相識的經過。他說他和母親相識兩星期，就認定她是他要娶的女人，立刻把她帶回老家見我祖母，祖母同意了，他才和母親結婚的。那天他牽著我母親的手回到老家，到了門口他不自覺便把我母親的手放開，家裡很安靜，走廊上放著我祖父練鐵砂掌用的裝鐵砂的石臼，廊簷下掛著四盞紅色宮燈，那是過年的時候拿出來的，都積了灰塵，大廳的金色燭台上蠟燭已經燒到底，穿著紫色布襖的祖母睡在躺椅上，時間已過了中午，她的頭髮素靜沒有任何裝飾，以前她早晨會在髮上插上彩色的飛鳥或者花朵的簪子，下午會換上玉簪。父親蹲在他母親腳邊，以撒嬌孩童的表情凝望她的睡臉，他沒敢吵醒她，只用手指輕輕碰了一下她的腳。她穿著繡花鞋，她的女紅極佳，帶有她個人獨到的風格，她在鞋面繡了頗有創新感的青蛙和蓮花圖案。她曾裹過小腳，後來放天足，因此她的腳不大也不小。父親站起來四處逛了一遍，偌大家中空蕩蕩的，祖母曾給共產黨關進牢房，後來被放了出來，回到家中傭人們都不在了，只剩一個老嬤子。祖母醒過來見到我父親，沒有露出驚喜之貌，因為她太多次作夢夢見父親回家，她習以為常了，以為又是一個夢，她平靜地面對這個夢境，以免太快清醒。但這次的夢裡有個陌生人，就是我母親，祖母顯得十分茫然，等她終於明白這是真實，她哭了，哭個不停，一直哭到太陽西下霞光昏暗，夜蟲開始唧唧喧鳴。她要老嬤子替我父親準備晚餐，但父親說他不吃了，馬上要走。祖母沒有留他，她什麼都沒說。她的心在那個片刻必然是碎掉了，但她不想讓她的孩子看出來。她叫他快走，時局太凶險，他應該走的，去安全的地方，不要再回來。我父親一直不敢去牽我母親的手，他讓她孤伶伶地站在遠遠的牆角，他將離開他最愛的女人，卻要帶著另一個女人走，這令他深深不安。

這真是子虛烏有的事。

父親回到老家匆匆見他母親一面，這部分是真實的，共產黨破城時我祖母火速收拾了簡單包袱，把銀元、金條、金戒指藏在襪子裡，要父親在天亮前離家逃到南京，此後過了三年父親才難忍思念溜回家鄉，沒有過夜便離開，此後一生沒有回過老家。父親一直為拋下祖母孤單一人而自責悲痛。但那時我母親的年紀不過是襁褓中的嬰兒，根本不可能以準媳婦的身分和我父親一同去見我祖母。

我父親那位冰山美人再度出現在他的故事中與前一次只隔了兩日。當父親說到她轉過臉，他認出她，他猶豫著要不要蹲下靠近她時，我幾乎以為這個故事又將到此為止，播放到一半的唱片突然中斷，我已不抱過多期待。但父親接著說，他轉過身拔腿就跑。

果然。我心中想。

不一會兒他被腳下一樣物事絆倒，他爬起來，看清絆倒他的是什麼東西。是她的下半身。自行做出可信判斷地來說，那是一個女人的下半身，應該是，他辨認出穿著女鞋的一隻腿。為什麼這是她身體的一部分，他無法解釋，但他就是執拗地這麼認為。如果這個下半身屬於她，他就可以把她拼合起來，不是具體實際的拼合，是一種抽象的，意義上的拼合，他找到了她的兩個應該要合一的部分。從他遭遇到的這兩個部分的距離來說，有些遠，她被炸飛得那麼離散，他悲傷懼怖地想，一個人和他自己竟然能分得這麼開。他想找到證據這身體的兩半兒屬於同一個人，但他記不起來先前他看到她時，她是不是穿著這雙藍灰色的鞋。無論怎樣都想不起來，對於她的鞋的印象，一片空白。

說著父親在電話那頭沉默了。他還在追想她鞋子的顏色嗎？

如果那一天，他壓根就不曾去看她的鞋，無論再怎麼追憶，能召喚得出來嗎？

電話那一頭的安靜，究竟是父親在沉思，抑或他只是思路陷入完全的停頓，我不知道。半晌電話斷了，我感到混亂，這個故事是否會生出更多細節，究竟是依據著什麼？究竟是端看父親的記憶時鐘如何行進？

從這之後，女大學生不再出現在父親的故事中。父親逃走了。那個當下他轉身跑走，便下意識把這段記憶永久揮開，如今他重回現場，也許抱著把她「拼合回去」的懸念，但他始終無法尋回關於她的鞋的記憶，無法證明穿著那雙藍灰色鞋的腿是不是她的。他是遺失了仙德蕾拉的玻璃鞋的王子。

這是關於她的故事的極限了，從此沒有再多。我父親的記憶混亂與他動了三次手術有關，每次都讓他身體的顫抖與衰弱，虛實交錯，時間與空間維度扭曲折射的情形愈加嚴重。父親的雙腿萎縮，掀開褲管底下的大腿和小腿稚弱纖細，完全沒有曬到太陽的皮膚蒼白柔嫩，像屬於一個八歲的小男孩，和他布滿老人斑的手臂截然不同。他不知道自己已是一個喪失行走能力的老人，在他自身的認知裡他是一個能走能跑行動自如的男子，有一次他因此突然起身行走，他奇蹟般真的站立起來，行走了數公尺後跌倒。那天我母親外出採買，回家時駭異發現我父親倒在客廳，如果他不是自己走到客廳然後摔在那兒爬不起來，他又怎會出現在那裡？

把父親送進急診室，很幸運的，四個小時後就有空病房可以住進。這病床才剛清出沒有太久，旁邊的椅子底下有嘔吐物沒有擦乾淨的痕跡，我來回用衛生紙擦拭了多次，這種令人不快的汙穢感始終抹卻不掉。這次父親的腿骨碎裂的情形比之前都嚴重，手術進行了六個小時。

鄰床病人也是個老人，全天候陪在他旁邊的是一個大陸女人，從她的口音可以明顯聽出來。我們以為她是位職業看護，上次住院我們發現中國看護的數量相當多，後來弄明白她是老人的妻子。她有可能是老人花錢娶的外籍新娘，也可能是以結婚方式取得居留與擔任看護工作的權利，這些都無所謂，擺在眼前的是她手腳極為麻利，做事有條不紊，熟練敏捷。我向來尊敬能穩重、自信、明快操演這務實的具象世界中各種規則和技藝的人。世界有如一盤彩色的豆子，當中某些同色的豆子會排列成一些字母或者數字，只有一部分人能認得出來。我一個朋友告訴我他認識一個紅綠色盲的人，這個人每次開車到馬路口，因為無法辨識紅綠燈，他都得跟著前面的車輛走或者停，萬一到達路口時只有他自己一輛車，他就會停下來，直到後面的車按他喇叭為止。我父親是這種豆子的色盲，我也是，我母親某種程度上亦是。有些人告訴你，活在世上久了，你就會領悟並且學習到適應這世界的生存法則，這說法是錯誤的，色盲的人絕不會因為死盯著紅綠燈看，看久了就分辨出來了。我們始終沒有發現那些排列成字母或數字的豆子，我們看不見它。我們知道那些豆子以一種神祕的默契存在，它們因為宇宙不可解的力量而排列成種種神祕的字母和數字，但這永遠是一個謎。

父親這次不同於前幾次住院時吵鬧不休，亂拔針管，提出各種任性要求，製造大量惱人的排泄物，這次他大部分的時間安靜昏睡，幾乎不進食，因此也沒有排泄。下班後我趕到醫院，看到父親病床旁圍繞著一群醫護人員正在進行一連串慌亂（實則井然有序？）的動作，他們給他罩上氧氣、輸血、測心電圖。醫生說父親處在危險狀態，他正在昏迷中，血球數降得很低，心跳速度很慢。母親蹙眉站在旁邊伸長了脖子，那模樣好像圍觀失火的群眾。我還以為父親會凶多吉少，他連續輸了幾次血，血球數始終不足，護士隔不多久便過來幫他抽痰，有一度他的心跳斷續停止，年輕的護士不知自己一臉驚慌的蒼白，故作鎮定，結果是儀器接觸不良。

隔日父親醒來，帶著一種疲勞退除的淡淡爽利，他身上連著的各式各樣儀器都撤除了，母親把他的床背升高，打算讓他吃點東西。之前給他注射了昂貴的營養針，但醫生囑咐還是讓他自行進食為佳。父親臥病後對食物口味的揀選也像他的記憶一樣變得邏輯詭譎。

他好像想起什麼似的說他剛去了一趟北京。

「你去北京什麼？」我說。

開放赴大陸後父親去過幾個地方，卻沒有回家鄉過，他說老家沒人了，幾個遠房親戚，還有以前家裡的佣人都在北京。多年前父親曾去北京探望過他們。

「北京變了很多。」他認真地說。

我點頭。

「變得很時髦。」他接著說，「有很多年輕人，男孩子女孩子都穿得很漂亮，像電視裡頭的人。」

父親說他走在那裡，臉上帶著遲疑的神情，不時停下腳步，轉過頭，若有所思地觀望，顯露出這環境對他而言有多陌生，但沒有人注意到他。他有時停在櫥窗前，趴在玻璃窗上凝望，有如孩童一般，他感到好奇，但並不意味他無知，他帶著一分深謀遠慮，自視為一個身經百戰之人。沒有事情令他感到驚訝，儘管有點超出他的想像。他走了很久，不覺得累，他說那應該是一個假日，街上人好多，他來到一個廣場，那裡在舉辦一個像園遊會一般的展覽，每個攤位他都去仔細瞧了瞧。走出來的時候，他看見一名女子走在他前面不遠處，她的身段姣好，走路的模樣散漫但不失優雅，帶著一種憂傷飄忽的節奏，和其他人比起來，她的重量顯得朦朧，彷彿她不是一個實體。就在他那樣想的時候，那女子忽然轉過身來。

父親笑著說：「我還以為是誰呢？竟然是……」父親說著停頓了，半張半閉的嘴無聲抖顫，良久沒有再吐出字句，他的敘述結束了，我也如常沒有追問。

父親出院不久，我赴南昌參加一會議。此行我充滿焦慮，別誤會，我不是擔心父親，我非那種讓親情阻礙自己的人，人生是可悲的，生活已是單調貧乏之事，何苦把自己的喉嚨勒得更緊。我心浮氣躁的原因是，我對會議的主題完全外行，我對農村文化一無所知，且無心準備資料。我相信他們對台灣的農村不抱什麼真正的興趣，隨便胡講什麼他們也不會認真懷疑。我有個本事面對任何我自己也不明所以的問題對答如流，硬著頭皮決定參加，卻又感到懊悔。會議本身乏善可陳，每天一回旅館房間我就立刻上網，寫信給不熟的友人，滴滴喀喀敲打一大團不著邊際的話，只為疏沖我的厭煩感。我沒有得到任何回信，因此生氣得花費昂貴國際漫遊話費直接打電話給對方，大談子虛烏有的兩岸農村文化比較。

回程在北京轉機，到達北京時離回台航班的登機時間還有四個多鐘頭，印象裡機場至市區最熱鬧的地方出租車程只半小時，我決定到三里屯去看看。

這天是假日，到處人滿為患，平常我於假日是足不出戶，討厭人擠人，但在異地熱鬧有熱鬧的好處，比一片蕭寂讓人感覺來錯了地方好。路口的人行道上有一群蘿莉扮裝的女孩，我請司機停在那兒讓我下車。穿著粉紅色綴滿蕾絲的洋裝，白褲襪，漆皮鞋，頭戴金色、粉色、酒紅色假髮的女孩們圍成一個圈，面朝裡，嘰嘰咕咕不知在說笑什麼。她們迴避你以一種鬼鬼祟祟的眼光偷看，好像你怎麼移動，她都會剛好轉向背對著你，但如果你堂而皇之到她面前舉起相機，她倒是樂意大方擺出矯情的姿勢。我在不遠處觀望了好一會兒，直到她們集體和兩個巴洛克王子風格的男孩走過街到對面去。

我在商場裡百無聊賴地逛了一會兒，心中並沒什麼情致，但每家店都沒錯漏。這兒只有年輕人，個個穿著時髦，比台北的男孩女孩還有時尚味道，風格強烈。有一個瘦長的女孩子，打扮得很中性，兩側的頭髮剃薄了只剩約莫五六公釐，穿著亞麻色襯衫，藍白條紋的帆布束口褲，腳上是一雙櫻色帶藍、紫墨漬樣雜紋的厚底球鞋，那雙鞋深深吸引了我，我幾乎有衝動要上前去問在哪裡可以買到那雙鞋。

我不時看手錶，抓緊回機場的時間，我不明白為什麼時間流逝得如此慢。有一個說法時間並非均勻的，也非客觀的存在，出遊時人們總覺得去程慢，回程快，人盡皆知這是心理因素，事實上時間的刻度確實會改變，你覺得時間慢時，那宇宙膠片的格數確實增多，你感到時間快時，宇宙也真的在快轉，但正因整個宇宙以同一系統同時變動，以致於不構成任何個別座標的差距混亂。

我走近一個圓形廣場，那兒裝飾成像個馬戲團，好似有什麼展覽在舉行，又帶著點園遊會的氣氛。入口處放置著宣傳單，原來是新進設計師品牌的展覽，產品包羅萬象，從服裝、飾品到寵物零食都有。我在一個賣玩具的攤位停留了很久，老闆是個年輕的香港女孩，我喜歡這些玩具的顏色，配色的直覺很好。

逛完展覽會場我就把整個三里屯商圈給走完了，我有種失落感，我想事物的本質是空洞，正因如此，宇宙才會不斷擴張，從它莫須有的肚子裡一直掏出東西來，一旦它停下來思索，就會發現它自身不存在的真相。

不知從何而來的靈感，我猛然轉過身。

眼前出現的人讓我呆了呆。

「爸爸？」我驚訝地喊出聲，「你怎麼會在這裡？」

「我剛看見前頭走著一個身段姣好、步伐散漫卻不失優雅的女子，我還在好奇這是個什麼樣的女孩呢？竟然是我自己的女兒。」父親微笑說。

父親沒有抖著嘴唇帶著他那時時刻刻受傷又驚惶任性的表情癱軟坐在輪椅上，我迷惘地望著他一米八的挺拔身材以從容的姿態站著，穿著他過往最常穿的棗紅色Polo衫，深灰色燈芯絨褲，帶著一種自然而輕快的氣息。他看起來不老也不年輕，不特別喜悅也沒有多年來彷彿已經烙在他臉上的耽溺的悲傷。陽光傾盆潑灑下來，映在他臉上、肩膀、手臂的光輝不是金色，而是純白色。我四下張望，人群熙來攘往，話語、音樂以及各種機械式的噪音融成一個既嘈雜又安靜的整體，商店、建築物、街道帶著慵懶卻毫不含糊的清晰輪廓，敞亮的純白日光使得所有事物顯得無比鮮朗。我明白父親臉上那既非歡樂也非驚訝，無以名之的表情意味著什麼了，那是從夢中醒來的表情。

正義的相反是邪惡

1

每當我鋼筆的墨水在這稿紙上形成字跡，便同時興起應當拂袖棄之的矛盾。書寫的意義為何？將瓶中信投入大海，在山洞岩壁刻字予萬年後世解密，或者拿著擴音筒四面奔跑叫喊？啊！文字是虛矯的，就如服飾是虛矯的，一旦以物事遮掩赤身裸體，就包含了某種營造的企圖。難道這一切不能忘卻？

生活本身並不可憎，縱使我這般不適應人生。我更適於在夢中活著，寬容於不僅僅是我自身造的夢。

我必走上自殺一途。並非我時刻尋思此事，而是它將無可避免。打從我知覺這世界便明白事實將如此。有時我試圖喚出最早的記憶，你可曾記得你第一眼看見的事物，聽到的第一個聲音，嗅聞的第一個氣味，肌膚的第一個觸感？我不是說你生命裡第一次遭遇的這些，我說的是你記憶所能及的最早。

我深刻記憶初次明白我將必以自殺而終的時刻，那情境、那感受，清晰明確，即使當時我尚不知原因。

曾經不可解的孤獨是那般難以咀嚼，像咬不斷的筋，肉裡摻雜裂骨，尖銳的碎片刺入牙齦與齒的縫細。

我不期待被了解，那不如使我像一個謎，我並不遙遠，大抵如火星，人們重複窺探火星，依舊只在編造它的真貌。

那些希冀被理解的人必是顯而易懂的，而我不可能。與其被理解，我寧願被嫉妒，但那將發生在我死後。死後我無法辯解，人們嫉妒無法辯解之人，嫉妒他完美的沉默。

如鳥一般給予自憐的胃餵食碎石，我消化了孤獨種種不適，畢竟孤獨的人是高貴的，就像善行的美在於禁聲。

我並不快樂，但也不把生活視為艱難，萬籟闃寂之時我嘆息的並非守持一純美之心性是如此疲憊，剛好相反，我被自己傲慢的正直所折磨，那幾乎像是鬼附身一般倔倨的孤高良善。

自負之人只能陷入表裡如一。

花朵無異是自然極至的奇蹟，盛放之前半開的花完美無瑕，難不悚然眷慕，我無法忍受花瓣上任何一點疵痕。相對於純淨鮮滿的苞瓣，為何一沾上死氣，就變得那樣醜惡？陳腐汙血般的深褐疤斑，猶如齒嚙不成形狀的軋裂，令人感到恐怖的無廉恥地禿落。

萬事萬物衰敗不可避免，沒有什麼能證明這不含括心靈。高貴的靈魂不是被玷汙而頹萎，竟是走向自然的殘敗一途。

那將一切毀汙穢染的是什麼？是什麼如此狂妄而暴力？

是時間。

時間非以物理之力摧枯拉朽人的形貌，而是以更深沉野蠻之力敗壞人的心，使之生出惡臭。

我至今年輕力壯，每日檢查牙齒、眼白和腳趾縫，夏日我不時撫觸潮濕的腋下，把手指拿到鼻尖前聞嗅，一再確認自己並未發出腐酸氣味，甚至有一股幽香，便將戰戰兢兢之心放下，我仍舊是純淨的。

他寫下這些文字，並非振筆疾書，其間屢屢中斷沉思，但他還算頗自得於這番並不順暢的思索和書寫。當中留白的時刻他的腦中亦是豐滿，跟隨著眼耳也是豐滿的，就像蓋入水中的杯子被空氣占滿而進不了水；然回過神他發現周遭全非安靜，而是不可思議地吵雜，有哭聲和叫喊。兩種聲音都尖銳地衝擊人的神經。

當他寫下：「我孤身棲止的世界如此寂靜，若無聲電影，相映的景象是一番無人無垠的白色雪野……」好似諷刺一般玻璃打碎的聲音倏地突入，少年大喊：「吵死了！不要過來！」那少年人的嗓音高而細，初始他以為是一個女孩，但那是因少年情急敗壞，一會兒持續聽著就明白他是青春期已變聲的少男，那叫喊包含諸多暴躁憤怒，這情緒是一種劇毒，令人極不舒服。

至於另一個女聲，猜想是少年的母親，平日他也偶爾聽到住在隔壁的這母親的歇斯底里怒喊，她的聲音有一種金屬感，有時犀利，有時又像帶著鏽蝕，常常在無預警的狀況下突然如被彈開的魔術箱，各式怪誕之物從裡頭源源迸出，他總有一種被斥責的人彷彿是自己的感覺。

這二人非突然喧鬧，聽起來已持續好一段時間，只是方才他充耳未聞。

他勉力壓制自己的心境受到波及，保持寧靜，不起漣漪，但剛才那蓋入水中的杯子如今掀起一角，一陣嘩嘩泡沫竄出，便再也擋不住周遭的水灌進，怎麼也回復不了剛才把一切聲響關在耳外的狀態。

2

「假使這世間還有個是非黑白，毫無疑問的，理當把辦公室給我們。……但我是無神論者，不相信公正是自然，義理顛倒隨處可見，否則也不需要我們這個社團的存在了。這麼一說，好似事情的結果將注定我們會輸，換言之，在這不分青紅皂白的世界，與不義的鬥爭無休止，也正彰顯了本社團的價值……不不不不！既然本社團具有這樣的價值，為什麼卻會是輸的一方？天哪！我快給這邏輯給弄瘋了。」穿著棉絨夾克的男孩不停地踱來踱去，重複把頭上的軟帽取下又戴上，搔著亂髮，口中念念有詞。

其餘幾個男孩女孩一臉呆滯的表情靜默著。好不容易其中一個戴眼鏡的男孩開口：「誰教申請書上社團的事跡部分你連反對學校制度的抗爭活動都填了上去。」

「廢話，那不是本社最重要的成就之一？」

「你用成就兩個字就錯了，那些活動非但無成效可言，甚至沒引起任何注意。」

「你這是什麼意思？你暗指什麼？你說清楚啊！」

「你太一意孤行，而且你老是沉醉在你自己的想像世界裡，我們應該和別校做一些串連，大家都這麼認為，但你始終不認同，你的做法根本毫無意義。」

「每次你總是提這個，這跟現在我們討論的主題有什麼關連？」

「我無意批評你的理念，但你的想法實在太狹隘。」

「我狹隘？你是不是搞錯了什麼？你不明白大多數人的愚昧無知，重點是我所提出的訴求是大家難以理解的，跟採取什麼方式無關。」

穿棉絨夾克的男孩提高了聲音，戴眼鏡的男孩卻沒有答話。並非他畏懼前者的氣焰，而是他知道與此人意見相左的結果是無止境的爭論。

「或許校方對我們有存疑的地方，但相較之下那群和我們搶辦公室的傢伙，莫名其妙的一些怪胎，也不像更有資格。」穿格子襯衫，留短髮，厚嘴唇的女孩說。

「沒錯！總不可能讓那幾個不入流的傢伙給贏了去？沒有天理。」穿棉絨夾克的男孩大聲說。「那個社團裡充滿低三下四的事情，想將辦公室弄成罪惡的淵藪，豈有讓他們得手的道理！」

他們口中的敵對社團叫做「行易社」，原來的名稱是「真理實踐社」取真理實踐知難行易之意。這個名稱聽來堂而皇之，頗為正面，只不過，真理的定義因人而異，真理實踐給人一種若有宗教意味的感覺，這個社團確實包含著近似宗教的氣息，他們私底下謔稱自己為「邪門教徒」。

關於那社團裡的人私底下的行徑，外人當然是不知道的，可眼前這群人當中卻有一個知悉，是個個子細瘦，穿著緊身長褲的男孩。為何他曉得該社的內情？因為他其實也同時加入了該社團，倒非刻意成為雙面諜，他平日愛寫詩文，但都只藏在抽屜裡，又鄙視其他愛寫詩文之人，他想使自己不一樣一點，更特立獨行，這是他加入行易社的原因。但他始終無法融入該社團，後來才又加入了這個「覺新社」。覺新社的口號是覺醒革新，苟日新，日日新，又日新，私底下被邪門教徒們譏為「狗日社」。

參加了覺新社，他也沒有退出行易社，目前他還在對兩個社團進行評估當中。至於評估的標準，說穿了端看哪個社團的社長較有魅力。

穿棉絨夾克這個男孩，就是覺新社的社長。

這個學期剛空出來的社團辦公室，過去一個月來由這兩個社團暫時共用，本來就會有些爭端。而兩社長的嚴重衝突則起於「美女拉屎畫冊事件」。

話說兩社團雖然分配了各自使用辦公室的時間，但占用對方時間的情形少不了，而某次行易社在非該社使用的時間占用辦公室時，幾位社員包括社長正在看一本色情畫冊，裡頭全部的內容都是裸體的女人拉屎。正對著屁股的大特寫，屎從屁眼裡源源不斷冒出來，張大得不可思議的肛門口……與其說色情，不如說噁心，與其說噁心，不如說充滿了一種荒誕感，事實上這種高度的荒誕感超越了色情和噁心。

覺新社的社長痛斥行易社在辦公室傳閱這樣下流無恥的刊物，行易社的社長則反駁：「有什麼下流無恥？拉屎有什麼不對？誰不拉屎？但我沒見過女孩拉屎，別說美女拉屎，連醜女拉屎我都不知道什麼樣。我想看看到底是何等風景，有什麼不行？我又沒在公廁裡偷看女孩，我沒犯法，沒強迫誰，沒讓誰不樂意，我就是在這兒看一本書，我礙著誰了？我哪裡下流何來無恥了？」

「這種事情，只有變態的人才會想知道。」

對方冷笑。「你想不想看我不在乎，好奇美女拉屎究竟算不算變態我也不在乎，我只知道世人想做想說的事，表面上向來裝成另一回事的模樣。」

「那就叫做道德，叫做教養，如果人想做什麼、想說什麼都毫不顧忌，那麼怎樣的荒唐惡亂都不加節制了。」

「是麼？欺騙自己、虛偽造假不算荒唐惡亂？如果道德和教養真能讓人從內心徹底去除這些想法，自然很好，可惜！」

這話使得覺新社的社長氣得脹紅了臉，高聲怒罵，不過這次遇上難纏對手，要論爭駁，對方恐怕道行更高一層，只能拂袖而去，從此對對方恨之入骨。

「社團沒有專屬固定的使用空間，社員聚會零零落落，缺乏向心力……」社長的聲音斷斷續續傳入耳裡，但穿緊身褲的男孩沒認真聽他在說什麼。

其實社長身上有一種特別的素質吸引著他，他說不上來那是什麼，因為如果理性地進行分析，這個社長其實是神經質、自我防禦過度而令人討厭的。他想起第一次見到社長，「我與那些職業學生不同，我不是為了反叛而反叛，我對政治沒有興趣，我也不是為了抬高、凸顯自己，我單純只為伸張正義，做對的事，秉著良心……」社長這樣說著，竟然忍不住抽泣。

他是真真實實地抱著熱切的對社會人群奉獻的情懷，沒有人懷疑，他這人縱使有許多行止看來好似浮誇，但明顯是個真誠的人。他很容易情緒激動而哭泣，然而尷尬的是（很奇怪尷尬的往往是對方而不是他）他的哭泣沒有眼淚。他說他有乾眼症，天生眼淚分泌困難。

至於行易社的社長呢，把時間倒推一些，回到穿緊身褲的男孩置身這群自稱邪門教徒的男孩們之中的情景吧！

社長穿著深灰色的襯衫和毛背心，唇上留了一小方鬍子，是仿效希特勒。要留那樣的鬍子不容易，必須有茂盛的鬍子基底，再修出明晰工整的形狀，如果鬍子本身稀疏，就不可能有「一見就讓人聯想到希特勒」的效果。但同儕間沒有人能留得出那樣豐沛的鬍子的，他也是鬍子稀疏的一個，不是什麼太特別的事。然而，他卻有辦法依舊營造出希特勒鬍的形貌。這是有祕訣的，且不能讓人知道；他用黑色眉筆巧妙地將鬍子填畫地濃密了些，這有點技巧，不能貪多，寧可節制，比被識破好。所以他不喜歡人靠得他太近，每當有人近身，或盯著他的臉，他總覺得對方是懷疑他鬍子的真實性。

有關於爭取社團辦公室之事，這一群人的態度與另一造可真是天壤之別，這幾人在租書店的和室包廂裡，或躺或坐，懶洋洋地翻著漫畫書，對於辦公室可能落入誰手毫無興趣似的，話題總繞著嘲弄他人上頭。

「今天晚上我就要下手了。」一個男孩抬起頭說。

其他人豎耳傾聽，但皆維持原有的姿勢不動。

說話的這男孩很喜歡玩撲克牌電玩，並自豪於賭撲克牌的過人天賦，自稱找到破解的方法，且為此晚上跑到電玩店打工，觀察了一段時日，如今胸有成竹。

「可以幹到多少錢？」有人問。

那男孩笑而不答。

穿緊身褲的男孩想起這說話的男孩是個馬勒狂，他們去過他家，他書桌的抽屜裡塞滿了馬勒交響曲的錄音帶，全都是不知從哪裡盜拷來的，每一卷錄音帶都工整地貼著寫上樂曲編號的白色貼紙。但馬勒是誰呢？他這輩子都沒聽說過。

「話說回來，有一個辦公室還是頂不錯的，買一台錄放影機，專門用來看A片。」一個男孩說。

「社長每天會占據那台錄放影機，看蘭妮萊芬斯坦的《意志的勝利》。」另一個說。

「那部片子還可以，但也只不過是紐倫堡的納粹全國黨大會而已，你從LD拷來的吧？」

「希特勒是偉大的行動藝術家。」社長說。「我並不認同他的理念，也不從評斷他的作為對與錯的角度出發，我單純認為，他是歷史上最了不起的一個行動藝術家，再沒有人能像他那樣完成如此大規模、華麗而又恐怖、邪惡的藝術作品了。在想像當中邪惡，虛擬邪惡的藝術，都是怯懦無能者、沒有創造力的人做的事，只有他真正地實現了。」

穿緊身褲的男孩發現自己老是陷入擺盪，每當置身其中一個社團，便會不由開始對眼前這社長是個可憐滑稽的白痴感到生厭，而另一個要好多了，更人性化也更偏執，更奇怪也更荒誕一些。

3

再將時間倒退一些吧！

站在這幢有院子的老公寓一樓住戶門口，按下電鈴，覺新社的社長陷入深思。一個月前社團的會議中，有人主張彈劾一位教授的政治性言論，獲得大部分社員的支持，攻擊這位教授的言論在其次，實則是欲利用他的言論來大作文章。過往提出社團活動計畫的人都是他，什麼時候開始情況改變了，或許其他人逐漸發現，他對大學改造或是政治抗爭不怎麼具熱情，學校裡有其他的社團對於突破政治禁忌這方面的議題很積極，但他和他們之間彷彿有著奇怪的鴻溝。支撐這個社團全靠的是他的個人魅力，他很明白這一點，或者說他認為是這樣，但上學期有不少社員轉入別的社團；也罷，他可無意以討好無知的人做為他人生的目的。

他想執行的計畫，結果一個字都沒在討論中提出，那天踱出校園時他心想，他獨自一人來做又有什麼不行？

應門的是個中年男子，引他進門，走入屋內，他略顯得訝異，這個時刻屋內天光尚可但很暗，光照不佳在其次，只是有種詭譎的氛圍，來自擺滿室內的白色蠟燭。這些點燃的蠟燭火焰微微顫動，牆上映著恍恍的影子。

女主人坐在沙發上，姿態非常端重，臉上的表情與他來此前心中描繪的完全不同，應該說，在他的想像範圍以外。

「我知道，你在電話裡講得很清楚了。」那女人說。

她有一股非凡的氣質，說話不疾不徐，模樣沉著而安詳。他預期遇到一個憤怒、脆弱、癲狂的女人，做了最壞的打算，她會詛咒他，把他轟出去，但她一點也不是像會做出這樣的行止來的女性。

她的年紀四十多歲，纖瘦，穿著樸素，頭髮整齊在後腦梳整成一個髮髻，容貌平凡。因為她如此出乎他意料之外，他反而腦中一片空白，原本想說的話忘個精光。

「你希望我也聲援那個殺我女兒的凶手，對吧？那個凌虐我的女兒，還把她活活燒死的人。」

「呃，我並不是要你原諒殺你女兒的凶手，或者勸你就算讓他死你的女而也活不回來，而是……沒有直接的證據證明他就是凶手，他雖然認罪，但他恐怕是被逼供的，如果他是冤枉……」

「他是不是冤枉，非我能決定。」女人說。

她的丈夫，始終站在後頭的暗影裡，那讓他感覺有些不自在。剛才他來開門，態度非常客氣，甚至帶著一絲笑容，他稍稍觀察了他一下，那男子是個生意人，面上看來和善，但是個狡猾的人，他猜得出來。

女子的回答讓他楞了一下，但他一向自負自己的睿智與反應迅速，他飛快整理了一下思緒。

「他被判處死刑，如果他是清白的，那麼即是枉送一條人命。」

「判處他死刑的不是我。」

「當然，但……」

「我改變不了什麼，也不該由我來改變。」

「我知道這是不情之請，且我很能體會你的心情……」

他知道這句話說的有多討人厭，有多可恥，他自然不可能體會得了這個做母親的心情，他甚至無法想像，他頂多只能推理，但推理……有什麼不對呢？難道不就是理性維持了這個世界的公平和秩序？

「你知道只有誰能審判人？」

「什，什麼？」他又楞了一下，結結巴巴地說，「司法？」

女人露出似有若無的笑容。「你知道只有誰能定人的罪，只有誰能判人死刑？」女人臉上依舊是一種端靜安穩的表情。

「我想，我覺得……死刑應當廢除，沒有人有權力奪走他人的生命。」他想這麼說，但沒說出口，他深怕這麼一說，她會回答那麼那個人又有什麼權力奪走她女兒的性命。

「上帝。」

「什麼？」

「只有上帝，只有上帝能定人的罪。」

又一次，他答不上話，她說什麼他都答不上話。

「如果上帝定他的罪，他就會死，如果他是無辜的，他會活，不需要我插手。如果他真含冤而死，而他是清白正直，死後他能進上帝的國。請問，假使殺死我女兒的人不是他，你又怎知他沒有犯別的罪？上帝若要懲治他，誰又能阻擋？上帝若要讓一個好人殉道，誰又能阻擋？」

女人的丈夫突然冒了出來，遞上盛了茶的杯子。

「這茶葉很好，喝喝看。要走了？不陪我們夫妻倆聊聊天？失去女兒，我們很寂寞的。以前她很喜歡同我們說話，無話不談，她是個好孩子，不做壞事，什麼事都不隱瞞。」他說。

4

「你指責我！你就會指責我！」少年尖聲淒厲地大喊，將茶几上的大理石菸灰缸抄起，砸破了酒櫃的玻璃。

「媽媽沒有指責你，你說，媽媽什麼時候指責過你？從來沒有。」

「你怪我弄丟了琴。」

「那是價值二十萬的琴啊？媽媽沒有怪你，媽媽只是想把它找回來。弄丟了也不是找不回來呀，所以要問你究竟是怎麼弄丟的嘛！」

「就跟你說我不知道啊，我什麼都不知道。說了我不記得，你卻一直問我，一直問一直問……」少年歇斯底里地大喊，他一激動，聲音就變得很像女孩子。

「你要我死，我把琴弄丟了，你們就一直怪我，又不是我的錯，又不是我故意弄丟的。而且我不知道，我不知道怎麼不見的，怎麼能怪在我頭上？好啊，我死好了，你要這麼逼我，根本就不是我的錯，卻怪在我頭上，我乾脆死給你們看好了。」

「別這樣，媽媽怎麼會怪你，雖然是二十萬的琴，你爸爸現在跟著你叔炒股票，一下子就賺到了。媽媽只不過是覺得，要是琴找回來了不是很好？而且，琴怎麼會不見了呢？它又沒有長腳，被人偷了，還是你忘在哪兒了，媽媽只是問一問。」

做母親的這麼一說，兒子簡直崩潰了，狂哭、叫喊、砸東西、搥地板，重複尖嚎著：「你要我死！你要我死！」他踱著很重的步伐每一步像是將怒氣發洩在地板上似的，走進他的房間，打開窗戶，爬上窗台。

這窗台有些類似突出的小陽台，不過還算不上陽台，較地板的高度高出半公尺，有個矮圍牆，他騎上去，喊叫著他要跳。他有懼高症，不能讓自己往下看，往下看他會暈，一暈可就真要掉下去了。

母親扭曲著一張無奈愁喪的臉，央求他快點下來。

「不要！你走開，我不想看到你。你再過來，我就跳下去。」少年大喊。

母親試圖靠近，但一邁步少年便尖叫，她呆站著不知如何是好。

「你在那上頭媽媽看了好膽戰心驚，你快下來，那裡很危險，你一不注意就會掉下去了。」

「我恨你，你走！否則我死給你看。」

「你不要亂動，你會掉下去的，那個圍牆很不牢靠，他們覺得不會有人要爬到那上頭，圍牆的水泥都用得很稀的，會撐不住。快下來！你坐在那裡好危險，萬一地震怎麼辦？地震會把你震掉下去，會摔死，太恐怖了，聽媽的話，快下來。」

「滾！滾！我恨你！」

少年使勁尖叫，那聲音連母親也受不了，想掩住耳朵。

母親奔下樓，衝進客廳拿起電話。

「我要報警！我兒子要自殺，他要跳樓！快點派人過來啊！……對，他在窗台上……我家在幾樓？我們住六樓啊！六樓還不算高？六樓可以摔死人了啊！萬一摔殘廢，你們負擔得起嗎？我家的住址？……你等一下，我另一支電話響了……」

母親穿著拖鞋腳步吧嗒吧嗒地跑向主臥室。

「喂？我剛要打電話給你，小寶要自殺……為了弄丟琴的事啊！你怎麼還問這種問題，難道還有別的事……他不高興我們一直問琴弄到哪裡去了嘛……找不回來，我看是找不回來……現在說這個幹嘛……我知道啦，你當初就不贊成買那麼貴的琴，但是誰曉得琴會弄丟呢？買琴這件事本身沒有錯啊！記不記得那個外國的大師，叫什麼來著的？那個外國名字我不會念，但是他很厲害的，很有名的一個，世界級的大師，他說好琴跟壞琴拉起來天壤之別……真的是差別很大啊，我們原來那個琴很糟，小寶拉的難聽死了，就是難聽得受不了，才要買個好琴的啊……誰說的，買的時候，那個人拉給我們聽，你自己也說這琴的聲音真好，真的不同凡響，你也一聽就聽出來差別很大……好啦，我知道了啦，再買新的就不買那麼貴的了，可是也不能買太差的……我跟他說啦，我說你現在做股票很容易賺，但是他聽不進去……賠了？為什麼？之前你弟弟賺那麼多，輪到我們就說不行了？哪有這種事……好啦好啦我知道了……」

「喂？叫你不要打臥室這支電話嘛！……打不通？我在跟我老公說話啊……你想到哪裡去……今天不行，我兒子在家，他現在在窗台上，鬧自殺呢……你胡說什麼，我就這麼一個寶貝兒子……別開玩笑了，這種時候說這個，我沒心情，而且你也太鬼扯了，我人老珠黃啦！哪裡有什麼性感……別說了別說了，就跟你說現在沒心情……為了琴的事……不是感情問題，是小提琴啦！……對啊就是那把名琴，早知道不買，我老公也怪我……好啦，不提我老公，但不能不提我兒子，他可是我的心肝寶貝……啊，我都忘了，對對對，我報警了，可是講到一半我老公打來，不跟你說了……」

「喂？斷了？這什麼人民保母？一點耐心都沒有，人命關天，竟然掛我電話，太可惡……」

「喂？我是剛才打來報警的，我兒子自殺……什麼呀？我一分鐘前打來的，剛才是誰接的？搞什麼？……跳樓，他要跳樓……我家住六樓，剛才不是說過了嗎？唉呀，真是沒效率，你們怎這麼不專業……叫剛才那個來聽電話……唉喲，我兒子還在窗台上等哪！天啊，這麼久沒去哄他，他肯定又要怪我不理他，要氣壞了……」

5

警笛聲傳來時，他還會意不過來那意味著什麼，感覺那聲音彷彿從四面八方傳來，他還當真三百六十度轉了一圈，想搞清楚在哪裡、什麼東西發出這個聲音。直到他看到是輛警車，都一時沒能跟這聲音聯想在一起。

他站在馬路口，警車從對面逆方向車道疾駛過來。

他所要做的事，是有預謀的，可也不能說是個有精確計畫的預謀。那是個概念。可任何行動不只是個形式而已嗎？為的不是某個概念、某個核心的精神嗎？如果那個東西是明確的，任何事物都可以作為工具，都可以作為助力。這想法起初有些模糊，隱約間他感覺自己變得十分有力，好像比以前百倍千倍強大，看到警車時他才發現這一瞬間他想通了。

這段時間來他的腦中反覆浮現那天拜訪那被害人母親的情景，她的坐姿，說話的模樣，她那難以理解的神情，然而他並不真的思索關於她遭遇的問題，他的耳朵邊始終盤旋的是她說的：

「上帝要讓一個好人殉道……。」

這句話在他的內部形成一種不明的嗡嗡聲，一種低頻率的，不明確，隱微，卻無法揮去的聲音。一個小肉瘤。一塊小斑點。毛衣的一個線頭。

如果上帝要讓一個好人殉道……。

雖然我是一個無神論者，我不認為有某種超越性的主宰，對人世的公平正義暗地裡做出種種有說服力的安排，這句話所造成的是一種抽象性的曉諭。一個非常不同凡響的概念。他從未曾想過的。

並非攻擊、破壞才能顯示、造成力量；受苦也可以。

受苦有時候能形成更大的力量，能造就更大的影響。

這一個多月，他常在圖書館尋找、翻閱甘地的相關資料。

我要成為一個殉道者。

人活在世上，本來就會因為各種原因受苦，因為考試，因為戀愛，因為與同儕相處困難，因為太優秀而受排擠，因為長得不夠高，因為包皮太長，因為要面對父母的期待，因為要擔憂前途……，因為這些而受苦是幼稚的，可卻是事實，既然不管怎樣都注定要受苦，為什麼不為了更高貴的事物而受苦呢？

我所領導的社團，是疾惡如仇的，是與不公義對立的，是與蠻暴的威權對立的，是與自私的邪惡對立的，我們的目的是要呼喚人覺醒，起而對抗那些惡的勢力，有什麼方法能真正喚醒人？

說道理、溫和、耐心的方式常常沒有用，最終證明因為惡的權勢是強大的，因此與之對抗的力量也必須蠻暴。可是，甘地證明了將蠻暴施加於你對抗的人，不是唯一的方法，那只會使自己跟你的敵人一樣醜惡。

那麼，該如何有同等大的力量？

答案是以更高貴而強悍的姿態，承受敵人施加你的蠻暴。

他在這一個月裡擬了好幾次聲明書，說明他要為了理念而受苦、犧牲，但他想不出怎麼個受苦和犧牲法。後來他把聲明書改成遺書，他覺得受難必須和死劃上等號，但短時間內他還沒想到怎麼讓自己死，而且死得充滿殉道色彩。

現在社團在爭取辦公室，如果失敗，社員的向心力會受到很大的動搖，來自他校的以及學校裡其他同質性的社團也帶來很大的競爭威脅，倒不是他計較他個人的威信什麼的，他沒有這麼心胸狹窄，眼光沒有這麼貧弱，但一直以來他對這些人抱著一種無以名之的厭惡。有人說他自命清高，他不否認，但他的自命清高至少不矯情，不出於虛榮，他也不像他們那麼幼稚，至少，一個敢於殉道的人證明他絕不可能矯情幼稚。

這一連串思維的作用，好像很緩慢，實則不過幾秒。

他看到那輛警車時，他的腦子飛快運轉，就是它了！這輛警車就是一個象徵，威權的蠻暴，他從小看過太多次警察說要以提報流氓、患精神病、妨礙公務來威脅恐嚇人，他見過警察只為了攔截可能是無照騎機車的學生就拿出槍枝，他見過警察強取年輕女孩的證件還到對方家裡脅迫人家同他交往，在他的遺書裡他沒提到警察，他只寫明他要喚醒人們與之對抗的是無恥邪惡的威權，雖然沒有說到底指的是什麼，但任何邪惡勢力都可以對號入座。

現在就是他殉道的時候。

他衝過馬路，迅雷不及掩耳，以一個恰到好處的時機，足以讓那輛警車來不及煞車。他幾乎是閉著眼衝過去，所以他始終沒搞清楚整個過程事情是如何發生的，且他跌倒以後有幾秒的時間，整個人的神經知覺系統是暫停的，他根本沒感覺有任何東西撞擊到他，卻有一瞬間以為自己被撞死。

事後他無法陳述警車做出的反應，他連警車是否有發出煞車的聲音都不曉得。事實上當然有的，警車緊急煞車同時轉向閃避，撞向路邊的電話亭，因為車速很快，撞擊得很嚴重，車頭幾乎嵌進電話亭。

兩個警員下車來，以一種粗悍的口氣咒罵方才莫名其妙從什麼地方竄到車前的小子「找死！」「瞎眼！」來掩飾他們驚魂未定的表情。他們當然不可能想到他是「殉道」，他們嘴上說「找死」，並不認為他有心要找死，方才他們在路上還在談論他們接獲報案一個男孩要跳樓自殺，他母親打電話來的，他們覺得那女的聽起來很神經質，而他們一點也不相信那男孩可能跳下樓去，他們本來想要打賭，但沒有人要賭那男孩真的想跳，他們出發時好整以暇，慢條斯理，還說「抽支菸再走」，他們磨蹭了很久才出發，但一路飆車倒不是彌補這些耽誤的時間，而是他們很喜歡這種開著警笛恣意飛馳的感覺。

不過他們發現車頭和電話亭中間還存在著某樣東西的時候，臉色變得很怪異，兩人對望了一眼，不用開口就明白彼此心裡存著相同的疑惑，剛才為什麼完全沒有看見呢？

不至於認不出來，是一具人體，腹部以下有一部分像完全消失了，上半身像是折斷一般仰面彎下。

那是個老頭，之前正對著電話亭小便。年紀大了，總是免不了有這樣的毛病，能夠好好地在廁所裡解尿時就解不出來，走在路上一急起，半分鐘都擋不住。年輕時他是個很有尊嚴的人，英俊、傲慢、重榮譽，把品德當作自己的勳章，當街小便這種事無論如何都不可能做得出來，可歲月不饒人哪！

6

再一次，把時間往回推一些吧！

老人在速食店裡，可以待上大半天，他並非呆坐在一個位置上……當然，他也會在同一個座位坐上兩小時，不過那多半是他睡著了，他醒來的時候，他會不時在店內行走，他的動向讓人難以捉摸，因為連他自己也不明白。他偶會對擱置餐盤裡的食物不動只坐著和同伴說話的年輕人禮貌地問他們還用不用那些薯條，然後便逕自抽出一二根薯條來吃。這並不是乞討，他對薯條也不甚感興趣，事實上他的牙連薯條都不愛咬，他只是想含在嘴裡，品嘗那上頭的鹽。

他有時會站在落地玻璃前面專注地向外眺望，但他什麼都沒在看，他也會擅自坐在陌生人旁邊，好像他錯以為自己是在公車上頭似的。

他並沒有一個每天固定的行程，但他多半常去他鍾愛的地方。現在是深秋，過了他最愛去中華商場的時節，他喜歡看學生們去訂做制服，喜歡看裁縫師替年輕人用布尺量身，那會讓他想起小時候在家鄉過年時裁製新衣。他還喜歡看繡學號，百看不厭，現在沒有人用手工繡花了，用機器，但是用機器也別有一番趣味，他每次看那縫紉機上的針上下答答答地急速震動，總覺得雖然是女紅，也是有魄力的。把布料放在針下頭移動，豈不就像把紙放在固定的毛筆下頭移動來寫書法？這是多麼有趣的事。

以前他很喜歡吃「點心世界」的鍋貼，不過那是很久以前的事了，現在就算去「點心世界」，他也不再點鍋貼，倒不是因為鍋貼變得不好吃，而是他的牙齒不行，咬不動，只能喝小米粥。

走廊上人群擁擠，他混跡人潮中，不覺得不自在。有個女孩踩到了他的腳，很痛，他大叫了一聲，但不知怎的他的聲音沒有發出來，可是很痛，而且他很生氣，他本能地推那女孩一把，那女孩竟然踉蹌倒下，他扶住她，且摸了她胸部一把。

那女孩大喊：「做什麼！色狼！你這個老色胚！」她的兩個女伴都一臉茫然，不曉得發生什麼事的樣子。那女孩說老人吃她豆腐，摸了她的胸，他大聲否認，他說他才不可能做這種事，他顯得非常義憤填膺，雖然他有點口齒不清，但他的態度不失強硬，他絕對沒有摸她，就算真的碰到了，那也是無心的，他只是出於好意攙扶她。

旁邊兩個女孩都一臉息事寧人的模樣，說這必然是誤會。這跟她們相信誰無關，她們只是討厭這樣當街吵鬧的難堪，受人側目，更重要的是她們臉上有一種不自覺的哀憐，那不具悲憫的色彩，也非嫌惡，純粹是想逃避一種負擔，負擔去面對一個不堪的老人。他是個正直的人或者他是個猥褻的色鬼對她們來說沒什麼差別，她們也不在乎，他是個可悲的老頭，一團酸腐的黃豆渣。

那女孩還在念念有詞：「好討厭！真倒楣！」然後被兩個女伴催哄著走了。

老人不愉快地離開，心中充滿憤怒。他已不記得剛才摸了女孩的胸部，事實上他出於什麼樣的心理去摸女孩也是朦朦朧朧的，他不存在有真正的性慾，那念頭與其說是性慾不如說就是單純的，一個念頭，一種性慾的擬態，而他自己是搞不清楚的。人類會始終順著生命歷程裡被養成的一套人之所以為人的行為邏輯，最後如被設定了程式般走下去，可早忘了是為什麼，這些繼續運轉程式，像執念一般有力，可也像煙霧般虛無飄渺。當他幻想一些色情畫面時，他甚至有時不自覺大聲說出來。那都是他年輕的時候從黃色錄影帶上看來的，想像自己身處那樣的情境，做出下流淫邪的事，原本是極為隱密，需要深藏不為人知的，然而想像依然繼續運轉，可隱蔽這些祕密的齒輪卻鬆脫了。

他坐上公車，滿心仍然充滿羞辱，可他逐漸有些忘記什麼事羞辱了他，他茫然，且陷入驚恐。方才他好像做了什麼事，這使得他顏面盡失，更糟的是，他好像傷害了什麼人，冒犯了什麼人，令別人不高興，造成了別人的困擾，不管那究竟是什麼事，他產生了不舒服的緊張感，混合了被誤解的痛苦。

他從不曾想要冒犯人，損害人，造成別人不便，他一直靜靜一個人過生活。他是個好人。

陷入這樣悲傷的情緒，他坐過了站，他匆忙下車，下車以後，他又把一切都忘了，突如其來尿急，他走到電話亭前，他知道他想尿是不能等的，但真把性器掏了出來，時間卻又好像停止了一般。在這時光靜止的片段裡，他的腦中閃現幾個曾經他奉為圭臬的字句：忠誠，責任，堅忍。

7

白晝明亮的日光下，事物揭露其真實的樣貌，一切無所遁形，這樣的坦誠讓人由衷安心。赤裸的人身上不會藏有槍，但比不上那坦露本身的美，純潔的。一個人難以用言詞表達其真誠無害，他說不如我將心掏出來，但沒有人能真正從自己的胸腔裡將正在跳動的心臟掏出來，就算掏出，那也不過是一個血淋淋的臟器。

這是何等令人傷感。

然而有光就有影。有亮就有暗。即使在金色閃耀的陽光下，事物仍將彼此遮掩，陰影無所不在，那些落入陰濕角落的種子，若發了芽，恐怕也將學會擁抱黑暗。

世間有光為何又要有暗？醜惡是用來襯托美嗎？一切事物都有一組對立，而其終極必然相等。不，我不相信兩者全是勢均力敵的，每一組對立，都是為讓其中醜惡一邊凸顯美好的另一邊，後者必須是勝利的。然而，就像蹺蹺板一般，這將成為一種傾斜。

是的，我毫不懷疑我將走上自殺一途，自殺總與絕望劃上等號，而我終將選擇自殺，是出於我的執念，出於我不接受善與惡、正與邪的對等，這執念代表一種絕望嗎？我所堅持的善美……

「啊！該死的混蛋！」他用力把鋼筆一摔，大吼了一聲。

再也忍無可忍了，方才一直極力壓制心中的煩躁不滿，將自己調和至平靜祥和而進入空靈清澄的境界，有一剎那覺得自己已臻不為外物所動的粹然寧靜，可結果那就像防堵治水一般，底下洶湧衝襲而來的水越來越多，一旦潰堤簡直天崩地裂猛然狂洩。

「狗養的廢物，王八蛋！兩個瘋子，神經病，人渣！吵死了，沒腦子的怪物，去死！我要把你殺了，剁成八塊，看你這個窩囊廢、白痴會不會嚇得尿褲子！去死！去死！」

他怒氣沖沖地站起，急步走進廚房，抄起掛在牆上的菜刀，轉身走出，動作極為流暢俐落，嘴裡念念有詞。他開門步出，一拐身，隔壁住戶的門敞開著，可能是在等待救援的警察，他拿著菜刀大步長驅直入，一路毫不遲疑。

那母親站在客廳裡，驚訝又傻氣地張著嘴望著他，眼珠子隨著他的身影移動，腦子一片茫然，她不認得這男人是誰。雖然住在隔壁，但她對他一點印象也沒有，或許打過照面但她未曾注意。她只知道她在等人，總有人會來幫忙，把她兒子給弄下來。她看過那種勸退欲跳樓之人的新聞，有時是長期抗戰，從白天遊說到夜晚，或者需要一個很勇敢的人冒死從隔壁的陽台爬過去迅雷不及掩耳地抱住他，兩人驚險萬分地滾下窗台之類的。

客廳旁的走道通向裡頭的房間，有一間房門半掩，他推了一下，不是，另一扇門關著，他轉動門把，鎖著，用力撞了兩下，又踢。

「不是那一間，那是我老公的書房。」跟在他身後的母親說。

他沒說話，走進剩下的一間房間，加快了腳步，依照那母親後來的描述，他幾乎是用跑的，不過他很堅持他才沒有跑。那母親說他拿著菜刀望著她兒子驚恐的表情時笑了，他也不認為自己有笑，何況那時候他應該背對著那女人。

他甚至不太記得那少年有沒有露出驚恐的表情，有的話，那很好，他受夠了這個愚蠢的白痴。

方才跟母親爭執時，少年又哭又叫，但一個突如其來的傢伙拿著菜刀朝他瘋狂亂砍時，他卻反應不過來，他瞪著一雙大眼，與其說是驚恐，不如說是意外和迷惑。

他把刀子哐噹一聲扔到地上時，全身充滿虛脫之感，他用手抹了抹臉，濺到臉上的血讓他感覺皮膚癢癢的。

他的心臟噗通噗通跳得厲害。他一直都是這樣，每當他打算要去幹一件他不怎麼擅長的事時他都會亢奮過度地緊張於他可能做不到、他可能半途就會失敗、他將沒有把那件事做完的運氣，他會心臟狂跳，手腳顫抖。

他維持著平穩的姿態走出房間，他很虛弱，頭也有些痛，時刻八成是下午四點左右，他這個時候很容易血糖低。肚子還不至於餓，但很想吃東西。

好累啊！這世界真讓人厭惡呢。

8

時間再倒前一點兒。

兩個警員在擲銅板。

這兩人喜歡賭，有人因失竊來報案，他倆賭八成是內賊；巡邏的時候聽到女人喊非禮，賭那是否其實根本是情侶吵架；賭狗咬人時兩造是否會和解，黑道被槍傷會不會到達醫院前死亡，抓姦能看到什麼特別滑稽的景象，兒子跟老子幹架誰比較心狠手辣……，不管有多無聊，他倆總是想得出可以賭的材料，什麼事都沒發生，他們也可以賭眼前開過的汽車顏色，可以賭報紙上的新聞，賭電視主持人會不會吃螺絲，賭天要下雨，賭對方老婆偷人。

照例他們賭那少年到底會不會跳樓時，對於會或者不會這兩個答案他們都意興闌珊，每次他們賭是或者不是，都不曾真的關心那結果。

於是他們就擲銅板。這不是第一次，他們常擲銅板，讓運氣之神來決定。

「我說啊，所有的事都可以總結成是或者不是，你不覺得很妙？」

「誰說所有的事都可以總結成是或者不是？」

「那你說說看，為什麼銅板有兩面呢？一面正，一面反。」

「才沒有一面正一面反，只是圖案不一樣罷了。」

「好啦，那個不重要，總之，銅板就只有兩面吧？遇到什麼不能決定的事，大家不都是擲銅板？所以說，世事總共就只有兩面。」

「你說的滿玄的。」

「當然。你想想，那孩子就只有跳，或者不跳，總不會飄浮在空中吧？假使他跳下去，那就是死，或者沒死。假使他沒死，那就只有受傷，或毫髮無損。總之，永遠可以只呈現兩種答案。」

「這倒真有意思。」

「所以說，銅板就是真理。」

「才怪！差點給你矇了。那骰子呢？骰子也用來賭的，骰子有六面。」

「笨啊！每次都用骰子來賭的話，每次都要想六種可能，那不累死。」

「所以說，因為覺得答案只有兩個，才用銅板的嘛！你說的好像顛倒過來似的。」

「好，那你說說看，假使沒有答案呢？沒有答案要用什麼？」

「用球啊，哈哈哈！球是一面都沒有的，滾啊滾到天荒地老，沒個完。」

「那不成，還是用銅板好，銅板乾脆，不是麼？」

捉放鬼

連日陰雨，天光慘澹，陰沉沉的屋內彷彿玻璃附滿墨駁綠苔的水族箱，泥黃灰黑的混濁中，事物的輪廓像給泡軟了糊糊鬆鬆、影波綻搖似的，連家具平常會發出的咯咯吱吱聲響都嗡嗡濛啞了。前陣子才因天花板漏水，酒櫥整個腐爛了，整治後牆壁重新刷上白漆，不消幾日囤在水泥裡的陳年汙水濕氣又透出來，牆面漆皮一片片剝裂蜿蜒翻捲開，裡頭的灰色像溺水或吊死之人的皮膚裸露出來。下午稍微放晴，到公園去打籃球，全身發汗，奔跑時老覺得自己身上猛散一股雨日廊下多日晾著不乾的衣服上的潮濕臭霉味。

夜裡四下靜默，不聞蟲鳴，一會兒雨果然又滂沱而下。冷風颼颼，我試圖把壁爐的柴火點燃，但怎麼都不著，木柴約莫早就潮透了，但我把書本都給扔了進去，還澆了些油，照說不難著才對，我呢，都是用這個壁爐燒紙錢的。

壁爐發出低沉的咕嚕嚕聲音，說不上來那像什麼，勉強形容大約像鵪鶉或者小鴿的咕噥聲。我坐在書桌前，沒站起來，屁股黏著滾輪椅一骨碌滑到壁爐前，雙手抱胸，正對著壁爐聚精會神傾聽。那聲音有一陣沒一陣，消失的時候，你以為方才是錯覺，一出現又嚇人地清晰，可待你想邊聽邊好好琢磨這究竟像是個什麼東西發出來的，它又靜了。

下了決心要活逮它似的，一等它再次作響，我冷不防把頭伸進壁爐裡。嘩地火倏忽憑空燃了起來。「操你媽的！」我大喊後退，幸虧我身手敏捷，只給燒了一小叢額前垂下的頭髮，我要是禿子，可破相了。

這次我真惱火了，即刻上網找一個收妖的，把這作祟的傢伙做個了斷。我容忍了它許久，沒特別的原因，單純我懶。我其實生性急躁無耐心，不知怎麼卻又愛延宕，今日不做，明日不做，也死不了啊！日復一日就這麼拖拉下去，我連打個嗝放個屁都不著急呢！家裡幾番到處漏水，我總是泡在水裡，滿室沼氣，幾個月後才找工人來；電器、家具、馬桶壞了，不用就是了；露台的甲板塌了也置之不理。但今日非比尋常地一股氣上來，不容自己有個懶散拖延的餘裕，果斷處置。

●

法師來的時候正好趕上雨下得忒大，整個人淋成落水狗。好在雖是冬天法師也穿夾腳拖鞋，否則鞋濕透了那是更教人不舒服的。

法師穿著粗針毛衣，毛都磨得或禿或糾結了，白色襯衫從毛衣底緣凌亂地露出來，外罩寬大的抓絨夾克，色澤十分陳舊。進門時問需不需要脫鞋，我說不用了，這屋裡跟室外其實是沒有差別的，我自個兒還把泥鞋穿上床咧！不過那是因為我喝醉了的緣故。

法師是個大高個兒，身材修長而非魁梧型的，相貌生得算英挺端正，人也斯文有禮，一進屋便客氣地問廁所在哪，說一路憋著，膀胱已經受不住。

「寒舍的馬桶壞了，在下都是在後門外頭對著山壁撒尿，只不過遮雨棚也壞了，會淋到一些雨。」我說。又忍不住補上：「外頭下那麼大的雨，您怎不就在路上解決了？忍到現在，結果也是一樣的。」

法師刷地拉開紗門時，我見他手都顫抖，看來真是憋得近崩潰邊緣了。

法師撒完尿一臉舒暢地進門，我已體貼地泡上熱茶，這屋裡沒一物事稱得上體面，但茶葉是真的普洱。

法師喝了熱茶，禮貌地露出儒雅的微笑，不過接著又說肚子實在餓，不知有沒有東西吃。並非我吝嗇，還真什麼吃的都沒有，只剩半鍋羊肉爐，傍晚時叫山下的餐館送上來的，羊肉是不剩多少了，湯頭還可以，我說若不嫌棄我下些麵條來吃好了。法師立刻點頭，說麵條盡量下，不嫌多的。

吃完羊湯下的麵，法師算是飽了，一臉睏意，黃燈泡照耀下，下巴的山羊鬍閃耀著些許光亮，是方才泡在麵湯裡沾著的油。我覺得該幹活了，又不好催，法師呆了半晌，才表情茫然地說，這羊肉爐的湯，味精放得太多，他過敏，臉僵麻得厲害，活似看牙醫打了一口麻藥，又甚至似中風一般，弄得他腦殼亂，得歇上一會兒。

我讓法師在客廳休息，自個兒便回書房去上網。一小時後，我幾乎都忘了法師的存在，忽聽見客廳裡有人聲，一種低微的喊叫和喘氣聲什麼的。我躡手躡腳走出書房，見法師站在椅子上又是結手印，又是一手插腰、一手揮舞著手刀劓砍，嘴裡呼呼喳喳念念有詞。不過那椅子不牢靠，只是個木頭框，中間空心的，上頭一層絨布墊，底下只有一層裂散了的編藤，和氧化了幾乎要碎成粉末的海綿，沒支撐的。我正想警告法師，說時遲那時快，法師便跌了下來。

法師嗚嗚哇哇地大喊，說他撞著了腳趾，指甲給撞翻了過，痛不欲生。但法師也不愧是個勇夫，站起身來又強作鎮定地說沒事。隨後相當長時間裡，我都讓法師一人獨自應付，只不斷聽見他在客廳裡磕啊碰啊，滑倒，打翻東西，我絲毫無感這是鬼怪鬧事所祟害，明顯是因法師這人動作笨拙，天生的手腳不靈光。

我猜我這人性子裡多少有些感情用事的成分，到了這節骨眼，我誠心希望法師能把這差事搞定，法師看來模樣算老實，靦腆到有些娘氣，我不喜看人尷尬，感覺那樣好像是我的錯似的，法師自己不介意，我都覺得狼狽。

半晌我給法師添熱茶，他雖不至於氣定神閒，但也沒露出什麼事情不好搞的樣子。雨此時靜歇，我走出屋外，到稍遠處蹲在地上大便，一邊抽著菸心想，這法師要不是個騙子，就是自己也搞不清楚自己在做啥，總之，我看就是瞎忙呼一場。原先還真有那麼一絲相信他會把那鬼制伏，這會兒完全放棄了。我其實也沒抱著什麼大希望，姑且一試而已，何況先前給燒著頭髮的怒氣早已消了，收不收那隻鬼我沒真怎麼介意。

我把菸蒂往糞便上一扔，用鬆土蓋上。我這屋蓋在一塊野地上，後頭六、七公尺外就是山壁，山壁前這空地我就當作自家院子，在這兒拉屎完務必即刻拿土蓋上，不能偷懶，否則摸黑自己很容易踩著。回屋裡一開門，真傻了眼，客廳裡積滿了水，且水位還不斷增高，法師站在當中，一臉驚慌的樣子，一會兒又彎著膝蓋朝水裡望，轉著圈找什麼似的。

「怎麼回事？」我問。

法師一見我，好似偷雜貨店糖果的小孩當場被老闆逮著般。我心想大事不妙，做起最壞的打算，搖著頭走進書房。早知道不該找這傢伙來，在網路上隨便找人果然還是不行。外頭水嘩嘩湍流的聲音聽著真揪心，可奇怪著我卻眼皮沉重地抬不住，打起盹來，醒來天隱微亮，距離日出還有一小時。

我坐直起像隻鹿一般瞪眼豎耳靜聽，沒有水的聲音。只有鳥叫，滿樹的鳥喧譁得像一大巴士囉唆的女人沸騰得吱喳嘰嘰的。這些就叫做早起的鳥，每日在這個時刻睡醒便拿著擴聲筒嚷嚷，半個鐘頭後就會靜下，就像把老公小孩餵了早餐送出門上班上學以後回床睡個回籠覺似的。

我揉揉眼睛走出書房，和正要走進來的法師撞個滿懷，法師一手高舉在掌心裡的東西差點掉了出來。

是一團好似青蛙內臟還是閹貓割下來的睪丸什麼的東西，赤紅色，小小的一堆軟溜溜的，看了令人皺眉的東西。

「成啦！成啦！」法師喜孜孜地說，一臉光燦開朗的笑容。

這隻鬼，咱們把它封在一個六層疊套的俄羅斯娃娃裡。

每一層都用三秒膠黏住，每一層都貼上了符咒，連符咒也是用三秒膠貼的。

在量販店買的六支一包的三秒膠，五支都用上了，留一支黏鞋底。

符咒其實只貼最外一層即可，不過我想既然都用了俄羅斯娃娃，不要憑白浪費它這種多重結構的設計。

為什麼會用俄羅斯娃娃？只是剛好而已。原本是買來送姪女當生日禮物，在後火車站一個架子上堆滿灰撲撲陳年舊貨的雜物店買的，不是木頭做的、傳統風格的俄羅斯娃娃，連造型都不是穿著俄羅斯風情服裝的小姑娘，而是塑膠製的肥胖小熊，粉紅色，穿著愛心圖案的小背心，做工有些粗陋，套色不均，還零零落落地掉漆，後來覺得拿不出手，就擱在家裡。

法師的包裡有一疊符咒，像從銀行提出的十萬元鈔票那樣用白色的帶狀棉紙條端整紮牢，這倒是讓人感覺有些氣魄，若說法師身上有哪裡可透露一絲專業氣息，就在這上頭了。

說起這位法師，他的經歷也是很傳奇的。

法師小時候的志願，是當一名舞蹈家。

「舞蹈家？跳什麼樣的舞呢？」

「國標舞。以前是叫做交際舞的。」

法師的父親很愛泡舞廳，也帶著法師一起去，那時候法師才八歲。這段時間也不長，約莫一年，雖然法師的父親也興沖沖地教法師跳，但法師不感興趣。到了十七歲時，有一天法師拿到了幾個同學祕密流傳的一卷錄影帶，是一部關於交際舞的電影，法師完全迷住了。

「幾個同學祕密傳閱的錄影帶，關於交際舞的？」我不解地問，「是一群同性戀的同學嗎？」

「才不是！」法師傲慢地說，「是一部很偉大的電影，藝術性的。」

總之，法師因此對國標舞產生了極大的熱情，且不可思議地這股熱情持續了有十年之久。

「但是我終究沒有辦法成為一個好舞蹈家。」法師垂頭喪氣地說，「我無法跳出那種韻味，因為我的骨頭太硬了，我天生有一種骨骼硬化症。」

「有這種病嗎？」我問。

法師要我和他一起坐在地上，老實說這地板又髒又濕漉漉，我一點兒也不情願，但法師很堅持。於是我和法師並坐，伸直兩腿，然後彎腰，試圖用手去扳腳板。這當然是不可能的事，不過我起碼能搆著腳踝骨，要是我願意多使點兒勁，扳不著腳板，搆著腳趾頭還是可能的。

至於法師，勉強只能搆著膝蓋，背弓著像貓，一些彈性都沒有，用力去壓都壓不下一毫米。

「雖然日日苦練不懈，但十年下來一點進展也沒有，即使不願意放棄，卻明白再堅持也無用，我悟出世間有些事，注定有心無望，便看破紅塵，雲遊四海。」法師說。

法師周遊列國，在印度、土耳其、泰國、荷蘭、義大利、祕魯、海地都發展過刻骨銘心的戀情。談及此法師陷入回憶的深淵，眼神悠遠，靈魂已飄向遠方，但他並未描述戀情的細節，只以過來人予以深刻雋永忠告的溫柔語氣說：「愛情使人痛苦。」並且帶著詩意的憂鬱搖頭，「世間沒有任何事所帶來的痛苦更勝愛情。令人快樂的愛情不會留下痕跡，那不能稱之為愛情，頂多只能算是春天小鳥的歌唱，滿山桃紅的杜鵑一般平庸，只有令人痛不欲生卻無法自拔的，才夠得愛情殿堂的石碑上鐫刻一筆。」

法師在加拿大認識一位女性是個靈媒，她能看出人的前世。

「你不會對自己的前世有興趣嗎？」法師問我。

「不會。」我俐落答道。一點興趣都沒有，前世怎麼樣與我何干，那種前世的結未解，今生依舊糾纏的說法，實在令人倒胃口。

「你是對的。」法師點頭。

法師當時還不似現在有法力，只是個平凡人，對於有人能說出他的前世很感興趣。凡聽過高人說出自己前世者，似乎前生都不平凡，若非君王、猛將、祭司，就是公主、名妓、巫女，雖然陳腔濫調，還是讓人願意相信。不過，法師的前世沒有這麼華美堂皇或沾染神祕之氣，而是一位南歐鄉下的獸醫。

這種結果讓法師十分失望，所以與這位女性沒有發展出戀情。

「這位女性是印地安人後裔，我覺得她對動物醫療類的事可能特別執著，所以混亂了。」法師說。

不過他還是半信半疑，因此有一次在希臘遇上一農戶的母牛生產困難，便自告奮勇接生，相信冥冥中他的靈魂也許會指引他奇蹟地發揮出獸醫的專業表現。不幸靈魂冷眼旁觀，沒有任何指引，他搞得一團糟，母牛與小牛都一命嗚呼。

「兩條生命葬送在我手中，這是何等沉痛、何等罪孽的事。」於今想起，法師仍一臉痛悔，眼角噙淚。「那不是兩張一大一小的桌子，或者一張桌子和一張較小的椅子，而是兩個生命，活生生的生命！牠們原本能一起奔跑、一起歡笑，迎接黎明的晨光、享受美食與生活種種冒險的樂趣，可是，這一切都不會發生了，再也不會，牠們長眠九泉，美麗的眼睛不會再睜開，腳不會再踏上芬芳的泥土。而這都是我所造成的！你能想像嗎？生命從光亮到熄滅，完全的死寂，無可挽回……天啊！我做了什麼？……」法師抓著頭髮，滿臉懼怖，聲音哽咽。

「我太投入了，」法師突然清醒過來說，「其實那段罪惡深重的可怕記憶，我已忘懷並得到平靜。」

害死兩條無辜生命的悲痛使法師決心研究生死輪迴、超自然力、巫術之類的東西。真令人驚訝，法師的法術是自學而成。法師給鬼怪折騰的經驗不少，但是，不曾收過鬼。這是他第一次嘗試。他沒這麼直說，但言下之意我已明白。

稍早在網路上詢問和搜尋時，滿地乩童術士，但讓人信服的沒有，漫天吹噓，令人捧腹，俗不可耐，雖然當中也有年輕美貌的女子，有些穿著坦露，讓人心動，但大抵皆給人雞鳴狗盜之流的歪瓜劣棗印象，僅法師貌似正派。細想起來，法師根本沒提他有什麼能耐，只說了「願助一臂之力」這樣含混的話。

法師走時開了個……坦白說我有些意外，比一般行情要高上許多的價，出口時他有一剎那猶豫，我猜他本不想獅子大開口，但理性成分琢磨了一下自己的經濟狀況，還是硬著頭皮要了。

法師破壞了不少家具，持平而論，帶來的損壞比助益要多。

●

怎麼處理這隻鬼，我本毫無打算，想都沒去想這件事，不放在心上，但友人說最好是請人念經超渡什麼的。已經花上對我而言不小的一筆錢在這傢伙上頭，還得繼續花錢供奉它？美著咧！我還想著怎麼賺回一點呢！

要從這傢伙身上削點錢，還能怎麼著？只好把它給賣了。

我沒網拍經驗，也搞不懂，就拜託一個朋友。

「起標價是多少呢？一元起標吧？一元比較吸引人，舊東西通常都用一元起標。」朋友說。

用「舊東西」三個字來形容我的鬼，總讓人覺得有那麼一點兒不舒坦。

「底價呢？底價打算定多少？」

「一萬元。」

「沒有哪個笨蛋會花一萬元買一個聲稱裝了鬼的破塑膠玩具。」

我沒有想到裝在廉價塑膠玩具裡降低了我的鬼的價值感，我操，世人就盲目於華而不實之物，難道我該先給它打造個鑲彩貝鎏金銅壺不成？

「沒關係，也說不定有人識貨，就別預設立場，誰知會不會有意外的驚喜。」

他這麼說了，我便也不再過問，由他去搞，結標期限快到的時候，他告訴我目前的喊價恐怕與我的期待有些落差，因為沒有設底價，恐怕結標之時只能以八百元賣出。

「八百元？」我感到憤怒，甚至摻雜著屈辱感。

「其實八百元我個人以為已經不錯了。」

「那是一隻真正的鬼！」我脹紅了臉叫道。「不賣了！我要取消這筆交易。」

「不行，這是違反規定的。」

「什麼規定不規定，這是我的鬼，我想賣不想賣隨我高興。」

「你別老是『我的鬼』、『我的鬼』叫的那樣親熱，你若真那麼器重它，又何必讓人把它收押了。虛偽！」

我光火地說不出話來，朋友繼續說：「現在裝在這破爛裡，橫豎是出不來，跟沒有一樣，對誰來說都只是個便宜玩具。」

他說的倒也不錯。

但有就是有，沒有就是沒有啊！不能說月遮了日，就沒有日，不能說屌放在褲子裡看不到，就沒有屌。真理就是真理，事實就是事實。那怕它是起不了作用的。

「總之，現在取消拍賣是不可以的，就算可以吧，那會造成壞評，影響日後我的拍賣信用，不能如此胡來。」

「你有什麼拍賣信用？專把壞了的東西拿到網上賣，根本是個騙子。」

「不能這麼說，買舊東西本來就是碰運氣，這才是拍賣的趣味。」

「別再說舊東西了！」

「要不用八百元賣出去也成，你出八百多一些標下來就是了。咱們一陣子再重拍。不過，」朋友停了半晌，「我知道你覺得你這寶貝很稀奇，但……」

「怎麼不稀奇？是個鬼啊！」

「你真那麼信？」

被他這麼一問，我還真給問住了，不由深思起來。

「管他的，誰又能具體證明有上帝有神佛，這不重要。現在得琢磨的是怎麼賣個高價，我認為，得做些宣傳。我有個點子，不如拍個影片。對啦！收妖的時候，有沒有錄影？」

我搖頭。

「傻！這種事怎能不拍一下。那麼，找那個法師來，叫他現身說法。也算幫他打知名度，他肯定樂於配合。」

「法師那人看來不像喜歡這一味。」我心中尋思拍攝法師的效果，法師外貌還行，口條未必順，但法師那股笨拙外加寒酸之氣，我總覺得上鏡只會幫倒忙。

「其實，不找原本那個法師也行，反正都是作假，隨便找個人演就行了，把收妖的過程再搬演一遍。」

「我沒在旁看的，且那時候似乎屋裡淹大水，這效果要做出來費周章，不值得。」

「不拍收妖也無妨，那也落俗套了，矯情。重點還是放在鬼上頭，畢竟鬼才是商品。但若沒有一些聳動的情節，不會引起注意。要爭議，要造成話題，最好是連新聞都播報，現在的記者都在網上找材料。我認為要讓那個鬼恐怖一點，最好有點血腥的場面。不如我們弄隻兔子，把牠宰了，肚破腸流的。不必拍鬼殺兔子的過程，先拍兔子溫和地吃蘿蔔，又嫩軟又可愛的，女孩子看了想抱在懷裡，一會兒鏡頭過去，已經嗝屁了，爛肉橫飛什麼的。」

「不行，這是虐待動物，動保團體會痛扁我們。」

「也是。」朋友停頓了一兩秒。「不對呀！動保團體不該找我們，這凶手又不是我們，是鬼啊！這影片說的不是鬼殺了兔子嗎？他們有什麼證據兔子是我們殺的呢？」

「動保團體生了腦子的，不會相信鬼殺了兔子。何況，本來殺兔子的就不是鬼。」我不耐煩地說，「這點子還是算了，我不想殺兔子，兔子就像娘們，殺兔子這種事我做不出來。」

「那怎麼辦？」朋友疲倦地搓著鼻梁想了一會兒。

「癩蝦蟆呢？你家院子不是有很多大蝦蟆？蝦蟆醜，又沒有毛，有毛的動物才會惹人憐愛。宰隻癩蝦蟆，動保團體絕不會介意的，就算你用癩蝦蟆的血在牆壁上寫字。」他摸了摸下巴的鬍渣，「但是蝦蟆的血到底是什麼顏色？整起來不知道有沒有效果。弄隻大的，你家上次那隻真有夠驚人，快跟一隻貓一樣大。光是那麼大的蝦蟆出場就鬼氣森森的。」

「最近沒看見蝦蟆，大蝸牛倒是不少。晚上在後院子轉悠，走來走去腳底下嘎咧嘎咧是蝸牛殼裂開的聲音。前陣子是蝸牛產卵的季節，碎裂的蝸牛糊裡一團米粒樣乳黃色的卵，看得人吃不下飯。」

朋友搖頭揮手。「你都能滿地踩的東西，還用得著鬼？不驚悚。」

他對於拍攝影片的事興趣濃烈，我則沒什麼想法，他一人構思了半天，打響了一下手指說，他想弄一點希區考克的懸疑感，用一些匠心獨具的運鏡，讓人感覺心揪著，好像什麼駭人的事將要發生。不過後來他覺得希區考克式的懸疑太造作，不像真的，應該隨興些，粗糙，很外行的人拍的樣子。

「我們本來就很外行，這只是用手機拍攝的、拿來網拍用的產品介紹影片，怎麼樣叫做內行？」

朋友沒搭理我說的，「我決定放棄具體的劇情，只營造一種氣氛，反正黑漆漆一片，鏡頭晃動，什麼也看不清。看不見的東西最嚇人。」

過二日他寫好了劇本，演員不消說就是我跟他，沒有其他的動物。對白很簡單，大抵不外這些：「後頭是不是有人？」「我記得先前不是這樣的。」「天啊！」「這是怎麼回事？」「燈還是不亮。」「我什麼都看不見。」「行了。」「你看見了麼？剛才那是什麼東西？」

裡頭有不少意象式的空鏡，水滴落的特寫，鏡子，螞蟻爬在牆上，閃爍的日光燈什麼的。且所有的影像都是黑漆漆的只有些許朦朧微亮，老實說光這一點我就覺得很假。

「要不要找個女孩子來？我覺得好像缺一些尖叫之類的。」他說，但繼而自己又否決了，「不，還是走低調一些的路線比較有真實感。越平淡越好。就像達頓兄弟的電影。」

「我估計這支用來拍賣鬼的宣傳片能順便幫我們贏一座坎城大獎。」

「我這片子真有那麼不商業？」朋友瞅了我一眼，「你倒提醒我了，我再給加進一些人文關懷、社會議題的東西進去，內涵素質高一些。」

●

影片後來沒拍，一點不意外，我這朋友向來是個光說不練的人。所以這次叫價沒有比前一次高出多少，被一個年輕女孩以一千二百元拍下了。中途有幾個買家詢問問題，朋友都擅自回答，胡謅一氣，完全沒問過我。買家要保證書，朋友自個兒就冒充法師開了。

「一千二還少？比八百多了四百，可漲了百分之五十！好在上次沒用八百給賣了。四百也是錢啊，五十元的便當能買八個，你都能吃一週了，你不向來都吃得少麼？要那麼多錢做啥？」

木已成舟，我也沒什麼好說了，朋友和買家約定面交。這也合理，你總不能把一隻鬼郵寄或快遞，那總是不妥當。

那女孩跟她的一個女性朋友同來，兩個都染了頭髮，穿著時髦，才二十多歲臉上卻化了濃妝。長相很平庸，說不上可愛，但也不醜。我那朋友對這女孩有點興趣，跟她聊得挺熱絡，她的女伴則很少說話。

「我男朋友不知道我買了一隻鬼。他知道我很喜歡在網上買東西，但是不太過問，他自己是不上網的，一回家就看電視，然後做運動，會做一個小時，然後洗澡，睡覺。每個星期二、星期五，他會去買彩券，晚上會做愛，做完了就去對獎。不過他從來沒中過，連普獎也沒有。……他這個人有一些怪毛病，像是吃麵的話，一定要去特定的某一家。回家前他就會打電話說要去吃麵，到了麵店他一定要坐在固定位置的座位，靠牆壁前面數來第二桌。如果進了店裡發現那個位子有人坐了，他就會大發雷霆。我通常都會幫他先訂好那個位子，但是有時候我忘了，我根本忘了他說要吃麵。他是不會責怪我忘了訂位，他只是不高興有人占了他的位子，他會很生氣，氣到哭呢！」

「這會讓你覺得很丟臉吧？」

「還好啦！我這個人臉皮還挺厚的，很難有什麼事讓我覺得丟臉，有一次我掉了一隻假睫毛呢！只剩一隻眼睛有，而且是很長很濃的那種，我也不覺得有什麼窘。後來跟朋友講這件事，她說你幹麼不把另外一隻也拔掉呢？我根本沒想到。……我說到哪兒去了？……噢，丟臉不至於，就是覺得煩，如果一次兩次也就算了，經常這樣。那家麵店生意很好。……大樓的電梯裡頭本來是貼木皮的，重新裝修以後改成白色大理石紋，他氣得要命，在電梯裡又吼又踢的。我說你要是那麼討厭大理石紋，乾脆爬樓梯算了嘛！可是他又偏偏一定要乘電梯，進了電梯又一定會喧鬧不休。……還有很多啦，都是一些莫名其妙的事。不過，他賺的錢全都拿回來給我。他不會管我怎麼花錢，也不管我出去玩，我愛做什麼他都不干涉。」

「你們在一起多久啦？」

女孩沒回答，卻說：「我想分手。」

「為什麼？」在我看來這人算是老實，沒有什麼惡習，除了無趣、有點無傷大雅的歇斯底里，算得上是個可靠的好人。

「他的錢賺得太少了。很多我想買的東西都不能買。而且我不喜歡工作，最好有人賺很多錢給我花。他說想結婚，可是他只是個搬家工啊！如果嫁給他，我豈不是一輩子還要自己工作？那多討厭啊！而且我什麼都不會呀！不知道要做什麼。

「我有個朋友是在做美甲的，有個女的常來，每次都挑最新款的、最貴的做，好羨慕，她身上穿的衣服、提的包、穿的鞋，都好美啊，一看都是名牌啊！她人很好，長得漂亮，笑起來很甜，也很大方，會請我們吃東西。後來就熟了，還會一起出去玩。原來她是一個黑道大哥的情婦！你不覺得這很酷？所以她那樣有錢啊！有一次我們一起去游泳，躺在沙灘上她的胸部也好挺啊！我才想到她的胸部是假的。八成是為了那個男的去做的吧！好敢哪！可是後來想想，有那麼大的胸部，穿什麼衣服都很性感啊！內衣也不用穿，好方便呢！做手術要花不少錢，是那個男的出的吧？真好啊！

「我也很想做大胸部，如果摸起來一樣很軟的話，假的有什麼不行呢？可是我聽說那很痛，非常痛，我就不敢了。我很怕痛，超怕的。你看我的牙齒……」她張開嘴，裡頭是一口爛牙，幾乎沒一顆完好的。「好多蛀牙，可是我不敢去看牙醫，我怕打麻藥，一想到要打針，我都快嚇哭了。」

我就不明白，蛀牙難道不痛嗎？依我看牙痛可比打針痛多了。

「你為什麼想買這隻鬼？」我問，猜想答案不外乎好奇、好玩兒。

「許願啊！」女孩一臉理所當然的表情。

我和朋友對望了一眼。

●

「我們把它打開來怎麼樣？」女孩跟她的朋友兩人趴在她的臥房床上。

「不要，好可怕。」

「你相信噢？」

「沒有就算了，萬一是真的呢？」

「但是不打開來怎麼知道裡面有沒有鬼？如果沒有的話，只是一個醜八怪小熊而已。這個符咒還滿酷的，但是貼在這個破爛的玩具上，一點都不潮了。好掃興！……這個小熊如果不是粉紅色的我就不會買了。」

「其實一千二滿貴的。」

「還好啦！上次買那件大衣也是一千二，買回來毛都一塊一塊掉下來，好扯，根本不可能穿。還不給退。那次真的很生氣。」

「你覺得那個賣家像騙人的嗎？」

「誰？」

「賣鬼的那兩個。」

「我不知道，但是不能打開好無聊喔！」

兩人暫且決定不打開塑膠小熊。你問我怎麼知道的？我有加她臉書。至於我那朋友，和她互動得還挺勤快。總之，她生活的點點滴滴都讓我們瞭如指掌。她在蛋糕店裡工作，會來店裡的客人大多是女孩子，所以這個工作很無聊。男客人則多半是買給女朋友或太太小孩的，何況喜歡蛋糕的男生她覺得有點令人倒胃口。

「我知道我需要瓶子裡的精靈給我什麼願望了！」一天女孩興奮地對她的女友說。

那不是瓶子裡的精靈，那是封印在塑膠玩具裡的鬼啊！

女孩認識了一個外國男子，對他馬上傾倒。此人高大挺拔、俊俏、笑容迷死人，不過他不會說中文。她跟他在一起，兩人不是比手畫腳，就是在紙上畫圖。

「我想要英文變得很厲害。突然能說很流利的英語，那實在太酷了吧！叫我自己辛苦地學，還要上補習班，就算學再久也沒辦法說得像外國人啊！而且我背不起來單字，看到英文我就想睡覺。假如它能讓我突然英文變得很強，那它就是真的鬼，否則就是騙人的。」

估計這是不可能的，我的鬼……唉，現在變成她的鬼了……應不是個洋鬼，它自己恐怕還聽不懂洋文呢！

「因為他那個很大所以才這麼哈他？」女孩的密友問她。

「才不是呢，我不是那麼肉欲的人好不好？而且他是個很正派的人，我跟他還沒到那種關係。」

為了打破僵局，讓兩個人的親密關係能更進一步，女孩終於要求助於那隻鬼了。

不過，從床底下拿來塑膠小熊，卻發現它已經被拆開了。

「是我男友拆的。他看見那個符咒就很不舒服，他就是會這樣，讓他看了不舒服的東西他就會很激動，很瘋狂。我說你為什麼翻我床底下？他堅持沒有，他說小熊就放在餐桌上。……打開來裡面什麼都沒有，只有一點點髒水，裡頭有些好像煤屑一樣的渣子。」

「我才想起來我男友變得很奇怪，沒在電梯裡大叫大嚷了，有一次去麵店，他居然坐在別的位子，一副沒什麼不對的樣子。雖然是冬天，他好會出汗啊！每天做運動弄得地上濕答答的，有一天晚上還害我滑倒，摔得屁股好痛，我躺在地上半天都起不來，痛得一直哭，他也不理會，跑去洗澡，洗得很久，在浴缸裡自言自語。上個禮拜他買彩券竟然中了一千元。但是那天我們沒做愛。」

「我覺得跟鬼放出來有沒有關係啊？好像有發生一些事，最近都好倒楣噢！連續幾次跟客人不愉快，被罵得很慘，而且還發生錢短少了，賠了五百多元，心情惡劣透了。還有呢……噢，我把酸梅掉到兔毛衣上，那個汙漬怎樣都弄不掉，我快哭死了，我最喜歡的兔毛衣，是粉紅色的，有毛絨球。」

「最倒楣的事來了，外國人一直不願意跟我上床，我也不知道問題出在哪裡，他也不是同性戀。我覺得他有點躲著我。後來他終於說好，可是那天下午他的那裡被棒球打到了，就是那麼巧。很痛很痛。我一看就心想沒指望了，他那個樣子根本就不可能做。……這件事我就覺得跟鬼作怪比較有關，因為也未免太巧了。」

「啊！隔壁的太太殺人了！好可怕。有小偷到她家，可是不知道為什麼半夜她在炸蝦，她用長筷子把滾油裡的蝦子揀起來扔那個小偷。她往他臉上扔，但一個都沒扔中。我後來也嘗試過了，用筷子夾住東西扔，要對準並不容易，而且會很沒力道。後來她就想把油鍋裡的油潑向那個小偷。那個小偷心臟病發作，死了。」

「我今天也做了水晶指甲，可是回家的時候騎機車跌倒，斷掉了。」

「一連串慘絕人寰的悲劇，不過我還是不確定是不是鬼害的。……我相不相信世界上有鬼啊？如果要證明有鬼，應該明確一點啊！它要很可怕的樣子出現在我面前，或者鏡子裡跑出一個人，回頭看卻沒有，或者當著我的面讓家具自己移動啊什麼的，或者有一個人走進電梯，後來電梯門一打開，他已經慘死在裡面……。像這樣模稜兩可的，又都只做一些小家子氣的事，誰會相信啊？但是它只能這樣的話，只值一千二百元也算差不多啦！」

穆桂英

編造故事，構想出這樣、那樣的情節，把它們放在一起，於是營造出種種效果；或者相反，為了想呈現某種意義，於是設想這樣、那樣的橋段、事件……。可是回憶從陳舊的箱子裡翻出來時，每一椿代表了什麼呢？這一幕、那一景，彼此之間有什麼關連呢？即便生命無限的連環圖畫裡，每一幅都不是偶然的罷，然而從那偌大倉庫堆積如山的膠捲盒裡抽出來的古老影片，是什麼意念選擇了這一段、那一段，而不是別的，剪接拼湊起來的風景，是否存在彷彿要訴說的企圖，或者，什麼都沒有？

穆桂英是他的真名字，繡在學生制服上，騙不了人。

電視上播映港劇《楊門女將》以前，他還沒那麼討厭自己這個名字，他不在意自己叫什麼，他不認為自己跟名字這個虛無的東西有什麼關係，但他也納悶，說名字這東西很奇怪，明明就是看不見摸不著，比任何事物更生不帶來死不帶去，但為何比任何事物都跟得人緊，生揮不去死脫不了。這話不知為何我老往心上擱著，外祖父的屍體火化時，殯儀館的人說我們做親人的要在旁大聲呼喊他，叫他快跑，他尚不知自己已死，會給火燒著。母親與她姊妹們喊著爹，外祖母喊老伴兒，我的表弟妹們喊阿公，只我喊他的名字，連名帶姓的。

說真的我為穆桂英感到可憐，他畢竟是個男孩。想不透怎會有父親給自己的兒子起這種名。家喻戶曉的奇女子。但我沒這麼跟他說，怕他惱火。反而表現出一副羨慕的樣子。這倒不虛偽，反正同樣是女孩兒名，我還不介意和他交換呢！那時候我對《楊門女將》裡頭飾演穆桂英的汪明荃很著迷，我喜歡她的一臉英氣；她的相貌俊巧、潔淨，典雅強悍，氣勢莊嚴。《楚留香》是本地電視台首次播出的港劇，收視極熱烈，據說達七十%，觀眾分為支持飾演沈慧珊的汪明荃與飾演蘇蓉蓉的趙雅芝兩派，令人沮喪的是喜歡趙雅芝的人數壓倒性地多，卻不怎麼聽說有人喜歡汪明荃。同樣是強韌的女性形象，溫柔永遠比剛直討好。

穆桂英是我父親任教的國中裡的學生，比我大上兩歲。

小學的時候我常去父親任教的學校玩兒，學校後頭有一條大水溝，我愛在那裡捉蝌蚪和豆娘，一待數小時，不覺得久。水溝旁有一排無人教室，這些教室因為老舊、建築結構有危險而貼上禁止進入的封條，我把那後頭一塊小空地當作我的祕密基地。一日我提著一塑膠袋蝌蚪赴祕密基地，發現竟有入侵者占了那地方，就是穆桂英。

「你知道我爸爸是誰嗎？」我傲慢地抬高了下巴說。以為他會識相退開。

他面無表情地聳聳肩，坐在水泥斜坡上一點都沒有想動的樣子。

我雖然還在念小學，但因為個子高，已是大女孩的模樣，他的個頭跟我差不多，估計打起架來我也不輸他，我揮舞了兩下拳頭，大聲罵了一句：「幹恁娘！」

我不怎麼會說台語，連我自己都不曉得那是什麼意思，只覺得那樣罵人十分有氣魄，且有種宣示「可別以為我不知下流人的作風」的意味。

穆桂英聽了大笑，那笑並無輕慢之意，但當時我卻覺得受了傷，摸摸鼻子自個兒悻悻然走開。回去我跟我爸爸好好告了一狀，說有個學生對他的名諱視如無物。其實穆桂英什麼都沒說，但我誇大其詞描述這個可惡的學生如何言詞冒犯他，如何踐踏他的尊嚴。之所以把事實這般嚴重加以扭曲渲染，是我為自身受到羞辱而氣不過，意想不到的是我那天真的老爸卻受了很大的打擊，他老以為全校的學生皆多麼敬畏他。

但我並未供出穆桂英的名字，我怕他若給叫去會洩漏我罵髒話的事，那可並不妙。其次我總覺得說出「穆桂英」這樣的名字頗荒唐，似在開玩笑。更可怪的心理因素是，我認為說出冒犯我爹的人是穆桂英，彷彿褻瀆了汪明荃或者那個真正的穆桂英——楊宗保他老婆本人，雖然這完全風馬牛不相及。

之後我總在祕密基地碰見穆桂英，我倆總是默不說話地分坐斜坡兩邊各自發呆。

穆桂英不是你第一眼見到會覺得好看的男孩子。事實上多看幾眼也一樣。但久了你會把他歸類到有個好相貌的男孩裡，他的臉孔混合著一些矛盾的東西，俗與不俗，可鄙和可愛，傲慢和卑瑣，極好和極壞的癲狂。

這麼多年來我不太願意去想穆桂英這個人，若有人提到穆桂英三個字，我心中浮現的都是

《楊門女將》裡頭戴龍鬟形綴珠銀冠，手持紅絨鬚長槍的汪明荃。至於那個穆桂英，我不確定他至今是不是活著，我最後一次看見他的時候，他躺在擔架上臉被縱劈開來，我知道一個人的臉被縱劈開來好像不算是致命傷，然而，你不覺得那樣還是不要活下去的好麼？

●

我經常夢見自己身在一所有著正方院子的房子。這院子裡有棵百年松樹，地上堆放了許多盆景，這些盆景植物的枝幹原本被栽培成有著嚴謹藝術性的彎曲造型，但因久未有人修剪照顧，早跑了形狀，枝葉雜生，就像宮廷御所裡尊貴典雅的人兒流落民間變得一身裝扮粗土野氣。

我疑惑自己何時住過這樣的房子。此刻忽然醒悟，那是穆桂英的家，我早忘了。

小學畢業以後我並未進入爸爸任教的公立學校，而是考進一所私立女校的音樂實驗班。穆桂英總在我放學回家的路上等我，我成了他家常客。

但我從未見過他父親，連他母親我也只見過一兩次，她十分年輕，年輕得幾乎像個小女孩。我沒聽她開口說話過，她總是關在自己房間裡不出來。

穆桂英家是獨棟的日式房子，據說那種大院子裡種著典雅松樹的美麗精緻日式房屋都屬於某些政府高官，舊日的將軍什麼的。但穆桂英的家雖然優雅，卻很陳舊，空氣裡充滿霉味，太陽照不進屋，大白天也十分陰暗，木頭的牆、地板、家具朦朦朧朧地彷彿全成了棕黑色。客廳的牆上掛著大幅泛黃的古董字畫，木雕的桌椅貌似重量深沉，氣派講究，地上放著兩個巨型青瓷花瓶。穿過通達裡面房間的走道時踩在墊高的地板上會發出軋軋的響聲，因此記憶裡走在穆桂英家裡總是動作躡手躡腳，不自覺連說話都壓低了聲音，黑暗中我好像從未看清穆桂英的臉。

每次父母問我放學去了哪裡，我都答穆桂英家，能這麼老實承認我很高興，我父母聽了只是「噢」一聲，心中留下穆桂英是我班上最要好的朋友的印象。我不會那麼傻地解釋穆桂英是一個男孩的名字。

倒是爸爸問過我穆桂英是哪裡人，父親是做什麼的。

小時候我父母多少介意我來往的朋友是本省人或外省人，我想那個年代本省人和外省人之間存在著一種微妙的不信任。或者說，周遭的一切都讓人抱著警覺心。爸爸只要看見我在寫信，就會抄起來撕毀。他說寫信這件事萬不可行，他認識的某人就因為曾與友人通過信，後來對方被以匪諜罪名逮捕，爸爸那個熟人也被拖累，雖然不至入獄，卻斷了前途。但我當時寫信的對象只有一個，是我小學的同學，我倆總在討論「外星人是否存在」、「尼斯湖海怪是否為古代恐龍」這類低能的問題。

我答以穆桂英是廣東人，父親是大學教授。爸爸對這樣的身家背景算是滿意。但事實上我並不知道穆桂英是哪裡人，更不曉得他父親的職業。之所以說穆桂英是廣東人，是因為他教我怎麼唱粵語發音的《楚留香》和《楊門女將》主題曲。

那是我和穆桂英還在祕密基地碰面的時候。開始時我倆都不說話，有一次我忍不住開口表示其實我對穆桂英這個名字有分好感，接著談起我熱中於收看《楊門女將》連續劇。我把主題曲的歌詞寫在紙上，穆桂英幫我用注音符號為每個字加上粵語發音的標記。當然注音符號很難準確詮釋粵語發音，我回到家會跟著錄音帶一起唱。從那之後我倆漸漸開始無所不談。

穆桂英家有一台老唱機，和許多黑膠唱片。

「你聽什麼音樂？」

我搖頭。

我家只聽古典音樂，但我不喜歡。我會把廣播節目播放的古典音樂錄下來，做成一個催眠大全輯，睡不著覺的時候放出來聽，不出半小時就呼呼大睡。多年以後有次我遇到那個廣播節目的主持人，「我學生時代天天聽您的節目呢！」我說。他非常高興。我沒說我用來製作催眠專輯。

我不敢收聽西洋音樂節目，那種東西稱不上音樂，爸爸總是以半嚴厲半嘲諷的語氣說。他也聽國語老歌，他不能忍受當下的流行歌曲，覺得粗俗不堪，因為他們直接把「愛」這個字寫在歌詞裡，毫無美感可言。

「所以歌詞裡不能有『愛』這個字？」

「不能有『愛』這個字。」我點頭。

穆桂英沒說話。

「也許『愛』這個露骨的字眼不適合赤裸地說出來。」我聳聳肩。

但我爸爸每次批評這事時那義憤填膺、天理難容的姿態，讓我覺得「愛」這個字幾乎是個淫穢的字眼。

穆桂英放The Doors的唱片給我聽，〈Light My Fire〉這首歌的前奏旋律非常古怪，主唱那歌聲的調調十分詭譎，像是一個人打著傘獨行在地獄峭壁邊的小路，煤煙瀰漫在整個山谷裡，黑色的石礫不斷從上頭滾落，隨時他也會掉下谷裡去似的，我忍不住笑出聲，「怪不得我爸爸說西洋歌算不上音樂，但是很有趣。」我說。往後我一直都極愛The Doors。太多事物被時間洗滌以後變了顏色，只有The Doors沒有。

那時在學校裡才開始學英文不久，課堂上教的英文歌是電影《真善美》裡的〈Edelweiss〉這種旋律純樸、詞彙簡單、意境高尚的歌曲。到現在還記得整首〈Edelweiss〉的歌詞。

「做愛這字眼是個翻譯詞吧？從make love直翻過來的，中文裡原來沒這麼說。」穆桂英突然說。

我楞了一下。

雖然我已經十三歲了，但我並不知道男女交合這件事究竟怎辦的。十一歲時的一個夜晚，我媽媽突然神祕兮兮地曉以我女子會有月事，健康教育課本上那一套全講了一遭，獨缺關鍵的具體行動為何。

我的初經是十二歲時來的，也約莫是那時候，我看了同學間傳閱的一本羅曼史小說，關於一位淑女和一個粗獷的海盜之間的風流故事。至今我所記得的書裡最色情的描述是「他抱住她，用力捏她的屁股」。

捏屁股這一橋段當年讓我頗激賞，海盜狠狠抱住端莊矜持的淑女，用他那雙雄渾有力的大手捏了她柔軟的屁股肉。我以為這算是神來之筆，瀟灑又有男性氣概的一招，不知道這在男女的感官互動中算是很普通的動作。

我對男女熱烈的情愛抱有幻想，然我心中上演的戲碼進行到做愛的部分就和當時的電影、電視劇一樣，鏡頭帶到床頭花瓶裡的花，再轉到窗外高掛的月亮，下一鏡就直接跳到天明了。我知道我忽略了某種精彩刺激的段落，但也只能睜一隻眼閉一隻眼。

當時班上的女同學們著迷瓊瑤的小說，各自給自個兒起了瓊瑤式的夢幻筆名，裡頭要帶著「詩」、「夢」、「雨」……這類的字，彼此以筆名呼喚，寫作浪漫唯美的文章交換閱讀，我對這些沒有興趣，倒是某日我的女同學（她也是有著夢幻筆名的女孩當中的一個）半興奮半鬼祟地朗誦予我一首她如獲至寶聽來的打油詩：「一天夜裡，兩人同床，三更半夜，四腳朝天，五指摸摸，六毛黑黑，七上八下，久而久之，十分爽快。」（瞧，我一字不漏仍記得。）

她也不明男女床笫之事的真相，這首淫邪之詩沒提供我的幻想影片更多具體素材，但在抽象層面上卻帶來了不明的刺激感。似乎這事越是下流越引人綺想。

我終於忍不住告訴穆桂英，我對他說的「make love」的奧祕一無所知。穆桂英聽了沉默了好一會兒，從房間裡取拿來一本小畫冊給我看。

說是畫冊，其實只是二十五開的大小，薄薄的，十來頁而已，每頁都是彩色照片，印刷極簡陋，色彩粗糙，是否附有文字我已不記得。裡頭全是男女交合的畫面，像是從A片裡頭翻拍下來的。

沒有比這再大的震撼了！

人怎麼想得出如此荒唐的行為？我無法相信世間絕大多數的人都做過這般瘋狂、滑稽、不顧臉面之事，令人悚然。爸爸和媽媽也做過，否則不會生下我，想到他們也做過這般驚嚇人的醜怪之事，我連打寒顫。學校裡的老師也做過，除了我的女班級導師未婚，她大學剛畢業不久，其他科目的老師皆有孩子了。無論看來再怎麼正經之人都有本事進行這樣斯文掃地的行止麼？包括聖人、偉人也是麼？

「那個，這麼說來，如果……所以……」我結結巴巴地說。「就連國父或者蔣公，也做過這樣的事？」

我學生時代所受的教育，塑造孫中山和蔣介石是至高無上的兩完人，神聖崇偉、端正英明、可敬無瑕，如月黑風高的夜裡插了電通體閃亮的兩座參天的金箔像。一般稱國父及蔣公，不可直呼名諱。學校地理課的老師，是個皮膚黝黑，穿著公務員襯衫，總是掛著爽朗笑容，說話中氣十足的中年男人，訓誡我們凡聽到言談中提及國父或蔣公，站時要立正，坐時要挺直。由於怕我們警覺不夠，有所疏漏，每當他在課堂上提及此二人，都要瞬時提高嗓門，久了這像是一種遊戲，他會在一段平和輕緩的話語進行的半途，「於是，在這個時候……」突如其來以宏亮的聲音大喊：「國父！」……就怎麼怎麼。類似海頓的驚愕交響曲那樣，你在半睡半醒當中聽到轟然雷聲乍響的「國父」吼叫而驚嚇醒來坐直。

大學的時候，有一次和學妹聊天，隨口說到：「像國父那樣的人很了不起啊！」突然被學妹以無比激動的態度怒罵，大致是不應該隨國民黨政府將孫中山與蔣介石兩人過分神化。當時她突如其來的憤慨嚇了我一大跳。真不敢想像她如果逮到我那位地理老師，會怎麼個批鬥他。

於今想來，我的反應多麼滑稽呢！至於穆桂英說了什麼，臉上是什麼樣的表情，我全然不記得了。

那時候他十五歲，該是個已開啟性慾的男孩了吧！但我未有這種感覺，當時的我籠罩在與現實背道而馳的架空世界的氛圍裡頭，我嚮往的是《楊門女將》裡的那種鐵血丹心、悲壯浪漫，對於有著傳奇巾幗英雌名字的穆桂英，我壓根沒有意識到他的性別，不僅如此，從頭到尾我好像不曾關注過他連結著真實世界的部分是些什麼。

●

「最近同學們私底下在選班上前十名的美女。」

「要做什麼？」

「沒有做什麼，就是把公認最漂亮的十個女生挑出來而已。」

「有你麼？」

我猶豫了幾秒才回答：「怎麼可能呢？」

「其實你很希望自己也在前十吧？」

「那是當然的呀！誰希望被打到醜八怪的那一邊呢！」雖然總覺得我會進到前十名的話，澳洲的聖誕節也會下雪了吧！我猜在大家心目中，我大概只像一個兩頰有嬰兒肥的女同性戀者。

那時候學校規定的髮型是耳下一公分，不能打層次，不能染燙，不能剪瀏海，要用黑髮夾整齊夾好。但是校慶的時候，無論是老師、教官、訓導主任都不會來抓你的頭髮違規，連我也把髮夾拿了下來，讓頭髮斜垂落下，半遮著臉，自覺頗有風情。

穆桂英大笑。

「沒有想到你也會在意這種事。」

「我才不在意。」

「剛才你說在意的。」

「哪裡有？我只是不想被歸類到醜八怪。」

「十名以外就叫做醜八怪，你的標準也太嚴苛了。」

「當然，十個很多的。」

穆桂英挑了挑眉毛，「原來你也只是一個普通的女孩子。」

「什麼意思？」我不高興地說。「我啊，我猜得到你欣賞什麼樣的女孩子，就像我們學校裡高中部的排球隊長那樣的女孩吧？我也覺得她很帥，但我不是那樣的人，我就只是我。既不是漂亮的甜姐兒，也不是英氣風發的俠女，兩種都美都好，但我都不是。」

我誠實地這麼說，絲毫沒賭氣的情緒。我喜歡柔美可人的淑女，但不想變成那樣，我欣賞豪邁有男子氣的女孩，但我沒那麼瀟灑。我希望自己是一個「奇女子」，但現實的世界很平庸，我能夠在裡頭怎麼個奇特法呢？

●

升上國中之後我自然不可能再去爸爸任教的學校玩兒，唯一去那地方的一次，是國一下學期的初夏，滿樹林蟬聲囂譁，那驚天動地勁兒簡直大到快要爆炸，樹液與爛熟的果實發出難以言喻的濃稠氣味，幾隻喜鵲降落在草地上，在穿過樹蔭的點點金色隙光中呆笨地拖著尾巴踱步。這天因為要去外祖父的告別式，我向學校請了假，但早上還是得去學校參加音樂術科考試，回家時發現忘了帶鑰匙。

爸爸不在他的辦公室。

我爸爸任教的學校被戲稱為流氓學校，裡頭充斥著不良少年，雖然只是國中生，卻也有加入幫派者。校方對這些頑劣分子的管教方式分文武二種，身為輔導主任的我爸爸掌管的就是文，用他從美國學回來的那套教育心理學、行為心理學來對學生進行感化；掌管武的是訓導主任和教官，採取傳統的體罰模式。

我爸爸的辦公室就在訓導處隔壁，兩邊的風情截然不同。學生進了輔導室，我爸爸會跟他們長談、做各種心理測驗，只差沒叫他們躺在沙發上回憶童年的創傷、嬰兒時期的恐懼或者欲求不滿，而即使沒讓他們躺著，他們最後還是睡著。在此同時，隔壁訓導處則會傳來大聲怒吼、叫罵、摔杯子、響亮的耳光聲和戒尺、藤條揍人的劈劈啪啪聲。我爹屢次到隔壁抗議，認為訓導處的暴力干擾他柔性的感化教育有效地進行。

我猜想他認為他和訓導處之間存在著緊張的競爭關係，但事實上學校壓根不認為心理輔導有個鳥用吧！

室內空蕩蕩的。

一進入輔導室，是個像會客室的小空間，有藤沙發和茶几，裡頭是我爸爸辦公的地方，以及另外一個小諮詢室。三個房間其實是以鐵櫃隔開，鐵櫃全部上鎖，裡面是學生的心理測驗、智力測驗以及性向測驗的資料。我很小的時候爸爸有時會把我安置在這兒，鎖上辦公室的門，出去辦事，我曾因為覺得無聊，爬到窗戶外，沿著窗台爬到隔壁的訓導處，當我掛在訓導處窗台外時，還引起教師和學生們的圍觀。

我站在走廊上，無所事事地趴在鏽鐵斑斑的欄杆上往下眺望，從訓導處走出來的教官打我身後經過，嘴裡嚷斥著我怎不去教室上課，我轉過身，發現我不是這個學校的學生他似乎有一剎那感到困窘，但隨即像是為了保住尊嚴似地面不改色繼續吼嚷叫我去上課。我忍住笑，因為我心裡冒出個念頭，差點想脫口而出：「你知道我爸爸是誰嗎？」

突然間我聽見訓導處傳來響亮的鞭笞聲。

我向教官行禮，假裝離開，隨後一溜煙回來，靜悄悄地挪到訓導處窗外。一個學生彎腰伏在辦公桌上，訓導主任揮動藤條毆打穿著短褲的學生屁股。每次揮動藤條擊破震天價響的蟬聲，簡直像霰彈擊碎屋頂，天空的裂片四散迸飛。藤條擊打在肌肉上的聲音大得驚人，難以想像人脆弱的骨骼肉身有辦法承受那樣破壞性的暴力。

在那個時代嚴厲的體罰極盛行，因遭體罰而殘廢的情形不算很稀奇，被掌摑而耳聾的例子是最常聽聞的。訓導處很像一間刑房、拷問室，至今我唯一留下印象的刑具就是這根巨大的藤條，它幾乎不太被拿來使用，因為過去曾有學生被打成癱瘓過。平常它被掛在牆上有點像鎮堂寶刀，象徵性的，被供奉與恐懼，而非真拿來開殺戒。

我感覺心臟怦怦跳得很劇烈，難以形容那是什麼感覺，我應當離開，腳步卻無法移動。

被鞭打的學生一張脹紅的臉咬著牙，不經意抬起眼，我看見了他的臉，我不確定是否與他的視線相會，這一瞬間我鼓起勇氣拔腿就跑，就像惡夢裡無論怎麼扯開嗓子都叫不出聲，最後孤注一擲用盡全力嘶喊醒來。

那個人是穆桂英。

我一路跑回家，我不知道我為了什麼跑，我想我是在奮力從某個我不該看到的畫面逃離。那個時候讓我心驚、感到恐怖的，與其說是鞭笞這件事會給人帶來的肉體的傷害和痛苦，不如說是靈魂不可承受的屈辱。

而我不應該出現在那裡，不應該看見，不應該讓穆桂英發現我看見了。

或許他沒發現我，我不知道，但自那一天起他沒再在放學路上等我。畢業後他考上一所爛高中，我們有很長的時間沒見過面，一直到我升上高一的某一天，才突然又接到他的電話。我幾乎認不出他的聲音。

●

表哥和穆桂英念同一所高中，我偶爾從他那裡聽說穆桂英的事。穆桂英在學校裡很有名。比起他國中念的那所學校，也就是我爸爸任教的學校，這所高中裡不良少年的人數多得多，幫派分子也更多。穆桂英沒有加入幫派，他成立了自己的一個幫派。這個幫派規模不大，人數不及二十人，作風不高調，卻有某些原因讓人聞風色變、敬而遠之。

聽了這種傳聞，接到穆桂英的電話自然情緒有所謹慎。

「你想做什麼？看電影好麼？」他的聲音變得很低沉，但也變得更輕，更淡。

「如果要看電影，我自己一個人就成了。」我說。我向來是一個人看電影。「兩人一塊兒，不就是要說話麼？看電影不能說話，只能啞巴似地枯坐兩鐘頭，那何必拖著另一個人？沒道理。」

穆桂英笑了笑。「你這人真奇怪，那你想去哪兒？」

我不知道。我甚至不太跟女同學結伴，哪想得出跟男孩子出去要做啥。我一個人吃飯，一個人逛街，一個人去游泳。

靜默了一會兒，「啊！去打撞球好了！」我說。

我一直想打撞球，但畢竟這不是一個女孩子方便做的事。

「你果然是個怪胎。」穆桂英說，笑了。

打從國小六年級起，我以每年一公分的速度長高，換言之，升上高一，我長高了將近五公分。國中的時候穆桂英只比我高一點點，沒想到升上高三的他卻比我高出一個頭有餘！他的長相也變了很多，怎麼變法我說不上來。不過，他看我也應該覺得我跟以前很不同吧？畢竟，我燙了頭髮！

高一開學沒有太久，教育部宣布解除了髮禁。說是解除髮禁，其實規定還是很多，染燙依舊不可以，長度也不能過肩膀。一聽說髮禁解除，我立刻燙了鬈髮，每天早上用吹風機吹直去學校，放假去玩出門前上髮捲把頭髮弄成些許波浪狀。

穆桂英帶了四個人來，四個人都一直很安靜地站在他身後，這跟我平常看到的不良少年成群結夥的情形很不一樣。四個人的模樣也不像不良少年，穿著普通，表情很溫和，但他們身上有某種跟普通男孩子很不一樣的東西。

這間位在地下室的撞球場比我想像得大，擴音器裡傳來渾濁的流行音樂，倒讓我聯想到夏天擠滿人的游泳池的氣氛。穆桂英教我打撞球的原則，我的反應很笨拙，估算球杆撞擊球的角度要花很久的時間，我倆自然打不起來，他很熟練，我則幾乎輪不著。雖然我興趣很高，但心有餘力不足，打不了多久就說算了。

「去吃冰淇淋吧！」我說。

我點了冰淇淋聖代。穆桂英接著跟服務生說他也點一樣的。但冰淇淋聖代送來以後，他一直都沒碰。

他的兩個手下坐在我們旁邊，另兩個似乎等在樓下。

「我們有兩年沒見了。」穆桂英說。

「說的也是，時間過得好快。」

我這麼說，穆桂英奇怪地望著我。

「你什麼感覺都沒有？」

「什麼意思？」

「以前我每天都會去接你放學。」

「你沒有接我，你只是出現在半路上而已。」

穆桂英擺擺手，露出「算了」的表情。

我津津有味地用杓子挖著冰淇淋。

「你根本不在乎。」半晌他才開口，嘆了一口氣。

我用吸管吸融化的冰淇淋，發出呼嚕呼嚕的聲響。

「你什麼事情都不在乎。」

「我要在乎什麼？」

「現實裡的任何事你都不在乎，你只關心一些莫名其妙的東西，一九九九年是否是世界末日，火星上有沒有人居住，人類會不會發明雷射槍……」

「啊！」我突然打斷穆桂英。「記不記得我跟你說的那位地理老師？有一次上課時他神祕兮兮地告訴我們，台灣其實製造有原子彈，這件事當然不能公開，因為是國防機密。那個時候我好興奮喔！所以反攻大陸是真的辦得到的，我一直以為這是舉國上下在開玩笑呢！原來我們擁有原子彈，只要等到適當的時候發射……」

「呆瓜！」穆桂英說。

我聳聳肩。

「我以為突然消失的話，你會發現你不習慣。」穆桂英搔搔頭髮說。

「不習慣什麼？……啊，你說放學一起回家的事？升上國二以後很忙呢，後來連鋼琴都放棄了。媽媽說不要考音樂系了，還是上普通大學吧！雖然不練琴了，功課壓力卻變得好大。」

我想起母親到美國去念書那年的夏天，模擬考的前一天颱颱風。

夜裡狂風呼嘯，那聲音讓人驚怕得睡不著覺，白天風靜了，雨卻下不停。半夜起家裡的地下室便開始進水，到了早上已經填滿了整個地下室。外頭的馬路水位不斷升高，屋子裡的水也到了小腿肚了，我和父親慌忙將家中重要的東西移至較高的位置，直到外頭的水淹至人的大腿根那麼高，父親將「逃難皮箱」交給我，要我到二樓的鄰居家裡避難。「逃難皮箱」裡裝的是並不是金錢首飾什麼的，而是各種重要的證件、憑據、信件、印章，以及對我們家人來說有獨特紀念價值的，在動亂變故中不想丟失的一些東西。我父親當年從淪陷大陸逃難來台，這種事他有經驗的。我家的「逃難皮箱」儘管裝在裡頭的東西有些變換，但直到今天，數十年來一直是同一個古老的棕色皮箱。

我帶了一袋子課本、參考書、筆記，坐在二樓人家的客廳裡，滿肚子怨忿地準備考試，心想再也沒有人比我更倒楣的了，那些家裡好端端沒有淹水的人能夠好整以暇地準備，肯定考得比我好，這樣公平麼？

什麼時候起，考試在我心目中成了最重要的事。

穆桂英輕輕用湯匙敲著桌子，無意識的。他的聖代幾乎完全融化了，我覺得好可惜。

「對了，」我用手支著頭，瞅了一眼坐在旁邊的穆桂英手下。「你為什麼要組織幫派？」

「干你什麼事？」

「是不關我的事，但我想知道。」我說。

「你從來不想知道我的事。」

我一時語塞。

他說的沒錯。和穆桂英共處的時候，我不曾問過任何他私人的事，他父親是做什麼的？為什麼從來沒出現過？他母親為什麼從不說話？他有些什麼朋友？他成績是好是壞？他平常都在做啥？我一概不知道，也不曾過問。他自己的事，想說就會說，不想說問了也是白問。

但他也說對了，我並不在乎。

穆桂英雙手抱胸，沉思了半晌。

「簡單地說，為了做自己。我這個人，沒辦法不做自己地活著。」

我望著天花板，想了半天，聳聳肩。其實，我也不覺得我在做自己，無論是上學，或者與同學相處，面對老師、爸爸、媽媽，我都很懂得如何讓他們滿意，我沒想過要去反抗他們，沒有必要，讓他們滿足並不難，我也不覺得太辛苦。有一天我會為自己而活，但不是現在。大家都說對的事，我不會反駁，沉默就好。別人說我錯的事，我不甘願，也只是笑笑。但穆桂英的意思，好像一分鐘不讓他照他自己的意思做，他就會死掉似的。

當時我並不知道，如果你習慣了毫無感覺地應付這個世界，你一輩子都會想討好這個世界。

「這跟你組幫派有什麼關係？」

「人想照自己的意思活，憑的就是力量，叫那些想干涉你的人噤聲，擋在路上的人讓開。」

「依我看你只是想為所欲為罷了。」我咂了咂嘴說。

「每個人有他自己的一把尺，我就想遵循我自己的這把尺，我不管它多歪多斜，我倒想看看這麼一路走下去能走到什麼地方。」

穆桂英家離我家也不過是走路十五分鐘的距離，但因為那與我外出的路線相反，除了以前放學到穆桂英家玩兒，我從不曾經過他家門口，甚至不曾靠近。

也不過兩年沒來，也不過我長高了兩公分，奇怪的是，穆桂英的家看起來不像之前的印象那般大。它依舊很陰暗，事物依舊很朦朧，但以前那個穆桂英給我的一種不明確的真幻莫辨之感消失了。

或許改變的其實是我自己。升上高中以後的我不像之前那樣孩子氣，那樣活在空想裡、活在傳奇故事中。

回到這間屋子，什麼都沒改變，之前我不曾認真觀察過這屋裡所有的物件擺設，但我敢說什麼都沒多什麼也都沒少，這讓我很驚奇。我家就完全不一樣了。剛認識穆桂英的時候，我家其實遷到新居不久，說是遷到新居，其實只是搬到馬路對面的巷子，然而，不過是馬路兩邊之差，氣氛卻很不一樣，我家原來住的社區大多是外省人，搬過來後鄰居全是本省人。不消幾年我家的面貌大幅改變，圍牆也重砌了，家具都重買了，雜物多了好幾倍。

「你家完全沒變。」我說。

「沒什麼好變的。」穆桂英說。「再說，有什麼不一樣了我媽會認不得。」這是他第一次提起他母親。

儘管屋子裡什麼都沒改變，我仍覺得好似來到一間完全不同的屋子，包圍在我和穆桂英之間的空氣彷彿轉換成了不同的氣味不同的顏色。

原來那台老唱機壞了，況且早已沒人在聽黑膠唱片。我幾乎遺忘了以前在這間屋子裡我們都在做什麼。除了聽唱片，我什麼都記不起來。

我在穆桂英的床緣坐下，他的房間牆上貼了一張裸女的海報，這倒是之前沒有的。我品賞了那海報好一會兒，那女孩的臉蛋長得很像齊藤由貴。

「記不記得你曾給我看的那個小本兒？」我說。

在穆桂英給我看那冊子之前，我曾看過一些半裸女郎的月曆圖片、色情錄影帶的封面，都是有著激烈的葫蘆曲線、汗毛閃著金光的西方尤物，但那本小冊裡的模特兒幾乎像是本國人，且極盡平凡之能事，鬆軟垂肉，圓桶凸腹，餅臉，掉妝，扭曲皺眉，通體姿態毫無避諱，露出胳肢窩，青蛙般滑稽地張開腿。我所受到的驚嚇，或許一部分來自這些醜陋。

坐在書桌前的椅子上的穆桂英站起來，微微拉扯了一下褲襠。「沒事，硬得難受。」他淡淡地說。

我沒臉紅，我可壓根不聯想到那會與我有什麼關係。

當年看過那本冊子以後，我忍不住和我的女同學討論了一番。「聽說女子在做那個的過程裡，會發出呻吟的聲音，這是為什麼呢？照片看起來都是一張臉皺得像沙皮狗的痛苦相，可書本裡又說那感覺十分歡樂。究竟是痛苦抑或歡樂？」這種對話現在想起來滑稽到不可思議，但當時我們確實是很認真這麼困惑的。

「做那件事真有這麼爽快？」我突然問道。

「不是的。」穆桂英回答。

我嚇了一跳，我都沒覺察我把問題真說出口來了。

「我看到一本書上頭寫，人所有的感覺都是腦部的作用。刀片割到你的手指，你覺得痛，是因為神經把訊息傳到腦部，腦裡頭有產生痛的區域，讓你感覺到痛。」

「所以呢？」我一臉茫然，不太懂他的意思。

「所以說，並不是手感覺到痛，所有的感覺都來自於腦，如果沒有腦，光只有手，是不會感覺痛的。」

「好好笑，誰會沒有腦只有手。」

「笨蛋，重點不是在這裡。」

「我才不是笨蛋。」

他盯著我看，好像想確定我到底有沒有懂他的意思。

「我知道啦！在你面前的人可是一個天才，」我說。「所以沒有神經把刀片割到手的訊息傳到腦裡，手就不會感覺到痛。」

「對了。」賓果的表情。「進一步說，如果手感覺到痛是因為腦裡面痛的區域發生的作用，那麼反過來說，假使腦製造出痛的反應，就算手沒有被刀片割到，也會有被刀片割到的痛感。」

「話是這麼說，但是腦怎麼製造這種作用呢？」

「像你這種活在超越現實的幻想世界的人，你不更覺得這是理所當然的？」

我沒說話。

我倆皆安靜了好一會兒，看來他不願意先打破沉默。

我拍了一下大腿，十分震驚地說：「我知道了！你的意思是說，做那件事的快感也是腦的作用。」我又沉思了一下，確定我將要說的是否正確地沿著穆桂英方才的邏輯。「換言之，就算不真的做，也能感覺得到？」

穆桂英微笑。

「你好瘋啊！」我哈哈大笑。

我喜歡這種感覺。當初之所以和穆桂英談得來，我倆間存在著只有古怪的人才明瞭的默契，這分熟悉的空氣又回到我倆四周。

「你看著。」他說。

他站起來，脫下褲子，他這突如其來的動作讓我大吃一驚，隨即他連內褲也脫了。雖然震驚，但我不動聲色。我想，我之所以什麼反應都沒有，其實是我的反應遲鈍，我不知道我該做什麼反應。

他的陽具已經膨脹得很大，豎立著呈深紅色，我極力讓自己不要露出目瞪口呆的表情，也別反射性地別開目光。

我不記得過了多少時間。準確地說，在當時我可能就不清楚過了多少時間，好像漫長，但或許實際上很短，也有可能相反。我肯定是如坐針氈，誰在這樣的情形下會感覺自在呢？他動也不動，兩手垂放在大腿兩側，我不敢看他的臉，卻變成只盯著他的陰莖。它輕輕震顫著，緩緩流出一些液體。他有時好像忍不住想要用手去碰觸，但克制住了。我不知道他腦子裡正在製造些什麼感覺，但他怎麼有辦法啟動腦的虛構作用的同時，又去控制肉體想要干擾的實質動作？

穆桂英是一個意志超乎常人地強大的人，但在那樣的年紀，我不可能體會得了這些。時間像鐘乳石洞滴下的水，好像萬年才流過一滴，在這幾乎凍結的宇宙裡一切都被放得異常巨大，他的陰毛，陰莖上血管的紋路，汗水，大腿的汗毛，發熱而呈薔薇色的皮膚，身體的抽搐，沒有細節能找到空間躲藏起來。

我幾乎覺得自己一直是屏住呼吸的，就在我快要缺氧窒息的時候，他張開雙手，掌心向上，他的雙眼一直是閉著的，他緩緩抬起微彎曲的雙臂，往兩旁升到胸部的高度。我輕瞄了一眼他的臉，發現注視他臉上的表情遠遠比注視他的陰莖更令人羞惶臊熱得多。他射精了，一隻手動作很快地握住陰莖，但他仍沒使任何力，他輕輕握住龜頭只是避免精液亂噴。

他用另一隻手從書桌上的衛生紙包裡扯了幾張衛生紙，動作俐落地處理他的精液且擦了擦手。

「你剛才在想什麼？」我咳了兩聲一本正經地問。

「還能有什麼？不就一些不高尚的事麼？」他輕描淡寫地說。

把衛生紙扔進垃圾桶。「你不覺得，在你面前做這樣的事滿悲哀的？」一邊穿著褲子一邊說。

「是你悲哀還是我悲哀？」

「都有吧！」

「我沒有這種感覺，為什麼要悲哀？」我抓不到重點。

「你覺得我為什麼要做這樣的事給你看？」

「證明你的理論。」

穆桂英點頭。

「但是，會這樣做也表示我不覺得你是一個女孩子。」

「這麼說也有道理。」

「你真是個呆瓜，你什麼感覺都沒有嗎？」

「有啊！我覺得亂恐怖的。」我誠實地說，其實我說得很節制，我沒說我幾乎昏過去。

「你也會做給別的女孩子看嗎？」

「我才不這麼無聊。」

「而且她們對你這套理論肯定沒有興趣。」

穆桂英笑了，他走近來，摸摸我的頭。

「那個，你沒有洗手耶。」我尷尬地說。

那是我最後一次到穆桂英家。三天之後，這棟老舊而失去昔日優美的房子便付之一炬。

消防車開進巷子時，催魂一般驚心動魄的鳴笛聲從我家也聽得見。這是我媽媽說的。火災並不常見，但讓人打心底恐懼，聽到消防車靠近的聲音，家家戶戶都會跑出來觀察黑煙從何處冒出來、是遠還是近。放學回家時媽媽告訴我附近失火，我還不知道燒掉的就是穆桂英家。

穆桂英家是遭人縱火，但縱火的人並不知道穆桂英的母親在裡頭。嚴格說來她不能算是被火燒死的，因為穆桂英跑回家，穿過火場衝進母親的房間時，她吊在屋梁上。

但也可以說是火災害死了她，穆桂英發現她的時候，她恐怕還沒斷氣，穆桂英堅持他看見她曾踢了一下腳想要掙脫，但在大火中他沒辦法把她弄下來。事後想這些也許意義不大，如果不是看到火災的黑煙，穆桂英可能不會想到回家。那天不是假日，但他也沒去學校，他和他的黨羽在附近不知在商量什麼事。如果不是火災，如果他不是在那個當兒回到家，他也不會在日後反覆痛苦於眼睜睜看著自己有機會救母親一命卻辦不到。

我後來得知穆桂英的母親是原住民，我沒看出來，她很美，臉很小，皮膚很白……但也許在那陰暗的房子裡看什麼顏色都不作準，且只是匆匆一瞥。

她又聾又啞。

穆桂英的父親把帶她回家，打算娶她，但穆桂英的祖母震怒不允許，把她按在地上讓她吃狗食，後來把她的耳膜戳穿弄聾了，從那以後她也變成了啞巴。穆桂英的父親娶了另一個女人，把她安置在這間老房子裡，穆桂英是在這間房子裡出生的。早些年他父親還常過來，並派人照料她的生活起居，但穆桂英十歲以後母親開始變得神智不清，父親就不曾再出現了，穆桂英上國中之後這個家算是無人聞問，但隔一段時間他父親會讓人送錢來。

很奇怪的關於穆桂英母親的故事，非常多年以後我卻聽到一個女性朋友提起，她完全不認識穆桂英。「你怎麼知道的？」我驚訝地問。她說從一群貴婦那裡聽到的，「其實八卦雜誌裡也提到過噢！不過講得更難聽一點。」她壓低了聲音說。

我想起穆桂英曾說從他幼年起，母親一直沒有變，他長大了，變成一個英挺的男子，母親卻維持著少女的模樣。他那麼說的時候我沒留意。但我對他母親的印象也是少女的形象，在那陰暗老房子的狹窄走道上一閃即逝的幽靈。

穆桂英的報復行動進行得非常快而有效率，他帶著弟兄們以迅雷不及掩耳的速度襲擊他的仇家，第一天六個，第二天三個，第三天兩個。之所以數目越來越少，是因為對方在風聲鶴唳中躲藏起來。他的話不多，判斷很快，用的時間很短，他會用鐵棍打碎他們的手骨或膝蓋骨逼供，凡跟縱火這件事沾上邊的，他便剁了他們的手，或砍掉他們的耳朵。一說他很冷靜，沒有表情，手段殘酷俐落，但也有說他又哭又笑，把屋裡的東西全打翻砸壞，最後獨坐在牆邊淚流滿面，完全是瘋子的樣子。

是的，這些全來自傳說，也許誇大其詞，也許沒一樣是真的，我毫無當事人第一手自白，打從最後一次去穆桂英家，再次見到他就是我這一生最後一次見到他。

穆桂英家被燒毀以後沒人曉得住在哪裡，我想應該是跟他的同黨在一起。他隱匿了一段時間，因為對方也放出風聲要展開回擊。而他躲藏的地方仍在我家附近，我當時並不知道。

這日放學後我留下參加合唱團的練習，離開學校時天已經全黑了。走進巷子，救護車嗚嗥著從我的身邊竄過，不知為何我的心抽緊了一下。要拐進我家那條小巷時我停下腳步，轉而追著救護車方才駛去的方向，遠處我看見紅色的旋轉燈沿路灑出一片詭魅血光，路燈上停著一隻大飛蛾，張開的淡黃色翅膀也被暈染成鮮豔的鮭桃色。救護車停在一棟公寓敞開的門前，老式的公寓，五層樓，沒有電梯，我走近的時候，醫護人員正從樓梯間把擔架抬出來，躺在上頭的人雖然已經面目全非，我卻認出那是穆桂英。

附近好奇的鄰居穿著拖鞋跑出來圍觀，也有母親遮著幼小孩子的眼說：「別看！」我轉過身走開，背對那片霓虹燈般閃爍的紅光，「傻瓜！」我喃喃自語。

腳步不自覺加快。

「瘋子！」我又罵了一句。

越走越急，幾乎喘起氣來。

「混帳！」我哭著大喊，急步成了奔跑，一路跑回家。

就像那個蟬聲大作，熾陽灼身的夏日，我從訓導處的窗外跑開。

你這狼狽的樣子，為什麼要讓我看見！

我在家門口停住，用手背把眼淚鼻涕擦掉，免得等會兒爸媽看了要問東問西。

腦中莫名其妙不合時宜地響起粵語版《楊門女將》的主題曲。

英姿煥發，威風震番邦，手中槍，要敵人肝膽喪。

像是揮手驅趕蒼蠅般我想揮掉嗡嗡振翅盤旋的歌聲卻徒勞。

躍馬乘風往，丹心映日壯，楊門有英雌，鐵血保國邦。

一切都太荒唐了。

我把眼睛張得老大，仰頭望著墨色天空懸掛的一輪明月，我想學穆桂英，讓腦子裡虛幻的作用欺騙自己，但我不知道要騙自己什麼。眼淚被阻絕在淚管，臉卻痙攣般歪斜扭抖，肩膀劇烈地抽動，看起來活像夜歸的醉鬼在瘋狂地大笑。

●

高三的暑假我參加了帆船夏令營。雖然我也滿心認為戰鬥營是非參加不可的，但認真考慮我恐怕很難通過五分鐘快速洗澡的考驗，於是選擇了帆船隊。

我是個與團體生活格格不入的人，五天的營隊活動，我幾乎未曾開口說話。晚間睡覺的地方是個大通鋪，整晚是不熄燈的，直至夜裡十二點，女孩們還在聊天嬉鬧。參加營隊的大多是學生，但也有社會人士，兩個較年長的女性整晚在彈吉他唱著西洋歌。我也有一支吉他，買了歌本自學的，我能彈奏一些簡單的和弦，但我不愛唱歌，記不起來歌詞。我見她們能一首接一首流暢地彈唱無礙，覺得很羨慕，那唱歌的女子長相不好，聲音卻很美。我若會唱那麼多歌兒，該不知多愜意。但她們實在太吵了。

且惱人的是，我剛巧月事來了，很害怕經血會滲出褲子外頭讓人發現了丟臉，本來也就不敢睡著。

白日大夥兒興高采烈地玩風浪板和帆船，連連跌落水，尖叫呼笑，幾乎沒人能平穩地站在風浪板上。我卻因月事的關係甚至連下水游泳都不便，只能乾坐在岸邊。我在團體裡本已夠孤僻了，這般遠離人群獨坐，更顯得不討喜。

有個男人游上岸，在我身邊坐下。他有二十四歲了，是社會人士組，年紀比我們都大，皮膚黝黑，肌肉粗壯，同樣是個沉默寡言的人。他問我為什麼不和大家一起玩。不知為何，我老實地回答我不能下水的原因。

其實並非我不願意同他人交談，而是別人也無意和我說話。當時我不懂，現在回想自然明白我給人難以親近、不太置身現實的感覺。但為什麼我會向他坦白，我不知道，我嗅到他跟其他人都不一樣的氣質。

他靜默了幾秒，「明天你和我一起駕帆船吧！」他說。

「我不會呀！」我說。

「交給我就行了。」

「你可不能讓我掉下水。」我驚恐地說。我見很多人翻船，比風浪板沒好到哪兒去，我掉下水可就慘了。

「只要你不在船上亂動就不會翻船。」他說。

那天有個女孩也剛好來月事，她說沒關係，用衛生棉條就行了。她也給了我一個。「你是處女嗎？處女的話就別用。」

雖然我是處女，但我並不在乎。我在廁所裡試著塞衛生棉條，她在外頭指導我，但結果還是辦不到，我弄不進去。

後來我失去處女膜也不是出於性行為，而是騎腳踏車，這是真的。我和男友騎車去爬山，後來我從廁所裡走出來，跟我的男友說：「我的處女膜好像破了。」那時候我和男友還沒有發生關係。他聽了只是一臉茫然。

那女孩塞了衛生棉條下水，但不一會兒就尖叫著奔上岸，用大毛巾圍著，毛巾很快便染了紅色。

隔天我和那男人上了帆船，那是雙人的小帆船，在風大的時候藉由拉動兩根纜繩來操作風帆的轉動方向，若是靈活熟練，那簡直就像轉動方向盤駕駛汽車一樣，能隨心所欲且漂亮靈巧地控制帆船的行進。那日風並不大，船走走停停，我很驚訝他能那麼輕而易舉地操控帆船，因為隊上絕大部分的男孩女孩都操作不了帆船，結果只是在船上亂跑亂晃，故意弄翻船嬉鬧。

太陽熾烈，我們漂流了有一兩個鐘頭，我全身曬得通紅灼熱。船走的極為平穩，一點點會翻的跡象都沒有。

四周很安靜，我們離其他人很遙遠，幾乎看不見蹤影。我倆有一搭沒一搭閒聊，我原以為會和他聊得來，我說過了，因為他有一種很特別的氣質。但實際上卻很難找到適當的話題。

「你是做什麼的？」

「外務。」

「外務是什麼？」

「就是送貨的。」

「噢。」

沒料到會在船上待那麼久，我沒有擦防曬油，全身如熟蝦的通紅皮膚已經開始感到刺痛、繃得緊緊的。

「你也想死吧？」

他忽然說。

我嗄了一聲，一臉呆相，不明白他的意思。

此時無風，習慣了那輕輕的搖晃而變得無感，甚至覺得船靜得像擱置在陸地上。

「你其實也想死吧？」他又說了一遍。

「才不哩」三個字還在我的舌尖上沒吐出，他走近來雙手勒住我的脖子。我不敢劇烈掙扎、抵抗，我怕船翻掉。

脖子被勒住讓我覺得強烈地想嘔吐，此時就算想使勁扭動掙脫也無法動彈，我勉力伸出右手，捏著他的鼻子。他大概以為我想讓他無法呼吸吧！但不是，我要折斷他的鼻梁骨。這是穆桂英教我的，非常簡單但有效的防身術。鼻子雖然只是個小小的、脆弱的器官，但鼻骨斷掉會造成難以忍受的劇痛。穆桂英自己曾被打斷鼻子，斷掉的鼻梁骨陷進軟骨裡去，他說他痛到昏過去。

那人加重了手指上的勁兒，但我沒鬆手，像杜賓狗咬住獵物那樣，我感覺我整個人的意志力都集中在手指上了，即使呼吸停止，也不鬆手。

以前穆桂英教我這一招時，我壓根不相信我能把誰的鼻梁給折斷，那未免太恐怖、太殘忍。但此時此刻，我一點猶豫也沒有，只是在找一個我能恰當施力的時間。刻不容緩，在我心中大喊：「就是現在！」的時候，他放開手了。

我喘著氣乾嘔，嘴巴沒辦法合攏，眼淚和唾液滴流在甲板上。

我有心臟瓣膜脫垂的毛病，所以大家去遊樂園玩的時候只有我不能坐雲霄飛車，我也不能潛水。方才心臟劇烈跳動，此時卻忽然彷彿暫時停止。其實是心臟這個幫浦原本把血液打進全身的強勁而有節奏動作，突然鬆垮、乏力、軟綿綿而暈散掉了。

胸口比剛才被勒住脖子還要窒悶。

汗水在我全身皮膚上蜿蜒滴落。

「回岸上去吧！」他說，無意識地摸了摸鼻子。

我鬆了一口氣。我既不會駕駛帆船，也無法游泳，我怕衛生棉浸水。這個時候了，我還在想這種事。

風起了，很輕，即使如此輕微，背部的毛孔還是感覺到汗水蒸發帶來的一絲涼意。我眺望岸邊，雖然距離那麼遠，耳朵裡卻盈滿喧囂蟬聲的幻覺。

海神記

1

平靜無風的夜晚，甲板上，一老一少低聲交談。

「昨夜咱們見到一個身上覆著魚鱗，背部、腋下、腳掌生魚鰭的男人，站在船舷上。」

「是的，您先看見的，您以為那鱗片是鎧甲，莫非是來襲擊的海盜，您就大喊，叫站在您旁邊的我看。」

先開口的是個天庭飽滿，氣色紅潤的白胖年輕人，武人裝束。應話者是個身材乾瘦，嘴唇縮皺塌扁，頭髮掉光了的男人，一張枯褐色的臉布滿斑點，貌似老人。

「我沒有大喊，我不過就是悶哼一聲，點了你一下。那時四下靜悄悄，只有大海的鼻息像是打鼾……或者船上也充滿了打鼾的聲音，月色明晰，亮得整個甲板通透，整艘船像是綴著貝殼螢光的鑲邊。」

「總之，您看見了，我揉揉眼睛，也看見了。既然兩人都看見了，就不是幻覺。事實上我從船艙的酒窖偷了酒喝，我朝海裡痛快地吐了一番才不感覺那麼暈顛，但我一抬頭見到卸下了帆的桅杆上頂著鵝黃色、杏桃色兩個月亮，忽焉在前，忽焉在後……」

「我想你說的應該是船上掛的燈籠。昨晚是弦月。」

「哦？您再說說看，那長了魚鱗的男人什麼樣子？」

年輕人皺著眉一臉認真地回想。「他的臉孔是鐵灰色，發出像鉛一樣的光澤，魚鰭泛著青輝，鱗片是赤紅色……」

「不對，鱗片是靛色帶著一點杏仁色。」

「我以為較像牡蠣殼內緣那樣彩虹般的光澤，有赤紅色，藤黃色……」

「也有靛色帶著一點杏仁色。」

「那是顯然的。」年輕人同意。但那鱗片的顏色，說真的是很難形容的。

年長者頷首。「這麼說來您和我看見的確實是相同的東西。不是因為喝酒產生了一些無傷大雅的幻覺。雖則產生幻覺也是理所當然，畢竟聽了關於海神的傳說。日有所思，夜有所夢，白天埋了親手殺的人，半夜就會把入侵的盜賊看作是他。您記得後來怎麼著？那東西好像縱身躍入海裡，我二人奔去瞧，只見海面漂浮著似有若無的泡沫，或者他是憑空消失，翻個跟斗竄入虛空之中？」

「當時甲板上還有其他人，但似乎沒有其他人看見。也正因這奇妙的因緣，我跟你才有所交談，畢竟我倆身分天差地遠。」年輕人臉上露出驕氣，不過不至於討厭，說話時經常鼓著嘴的模樣有種肥胖嬰兒的感覺。

年長者習慣性地摸著自己臉上的小肉瘤，「是啊倒也怪，那時尚有幾個衛士和未就寢的漁人，就像將石頭雕刻的老鼠放在貓的面前、將發情的公狗推到母狗的畫像前一般沒有反應。那東西的現身也是個奇景，我見過兩個頭三隻手的嬰兒、蛇的肚腹突出刺蝟的刺的形狀，還見過天上掉下百來隻青蛙，卻沒見過有魚鱗和魚鰭的人。要不要打個賭，他還有鰓呢！現在回想，當時這樣傻目痴望，若非帶著酒意，怎會全無悚然之感？」

年輕人揚起下巴昂然說：「如你這般的膽小鬼怎能跟我相比擬，我非害怕，只是拿不定主意，你瞧我身上背著弓箭，這是祖父為了我特別打造的，鑲上了牛角和貝殼。我的射箭準確無人能及，能射穿飛行中的蒼蠅的眼睛，左眼進右眼出，必要之時我可朝他發一兩箭，我有把握不致失誤。但我不確定該朝他射箭？」

「他今夜若現身，您再好好思量吧！昨夜出於意外剎時反應不過來，這麼眼睜睜瞧著他出現又消失，張著嘴卻沒出聲，連手指都沒動上一動，就像趴在岩石上曬太陽的烏龜。您猜那東西是人是神還是什麼生物？那是海神的斥候、使者？」

年輕人四下張望了一下，才低聲說：「聽說吾皇夢見和半人半魚的海神摔角搏鬥，起先陷於苦戰，後來呢，還是把海神給撂倒了，大概因海神是魚身，在陸上不容易站得穩……這是我個人的猜測。海神被摔在地上，肯定心裡是不痛快的，大概說了什麼不中聽的話，讓吾皇耿耿於懷，後來叫博士解釋這夢到底什麼意思。我猜吾皇滅了六國，心裡還不滿足，海神知道了，看不過去。但你瞧，還不是給吾皇撂倒了？吾皇威武啊！但這博士說，吾皇得殺死海神化身的大鮫魚才成，這就是咱們這次陪同吾皇出行的目的。」

「海神不輕易示人，但出現在吾皇夢裡也算相稱，讓你我看見又是啥意思？」

「你要這麼問起麼……」年輕人撫弄著自己柔軟多肉的雙下巴，他一摸起自己這兩層白泡肉便愛不釋手，有時揉搓著那兒幾根稀疏的軟鬚。「我也不是個凡夫俗子，只是機運未到，至今尚未闖出什麼名號，現在看來功成名就指日可待，應當不是一點點功勳，怕是不得了的輝煌啊，該是個什麼樣的光景！至於你，多半是沾了我的光。你湊巧站在我身旁，只好讓你也看見了。沒錯，這麼想十分有道理，你一同看見，可為我作證，確有此事。」

「吾皇那樣尊貴勇武的人才看見了海神，你也看見了海神，可解讀成你自認與吾皇能相提並論？」年長者心存逗弄，露出猥瑣的笑容說。

「胡言亂語！」年輕人怒斥，但一洗方才的意氣風發，臉上露出些許不安之色。「我自幼將吾皇當作效法的對象，希望有吾皇千分之一的雄才大略與威嚴氣魄便好，真切之心就像倘若是碧玉，從灰白的岩石裡鑿出來就是青綠的，燒灼的烙鐵會現出赤紅的顏色般不虛假。聽說吾皇威儀嚴峻，夏天出行時遮天的蝗蟲會讓道，抬起聖足要踩過冬天的湖面，湖水會結凍；那些遭殺害的嬰兒的死靈徹夜啼哭，吾皇經過的時候也嚇得噤聲。你瞧我身上這玉佩，寸步不離身，這可是吾皇賜給我父親的，上頭雕刻了仙人的圖案。」

「這是仙人麼？看來明明是隻猴子。吾皇為何要送猴兒圖樣的玉佩給令尊？」

「你這鄉下人你懂什麼？你有看過玉佩麼？」年輕人呸了一聲說。「你可有把昨晚見到半魚人的事給說出去？」

「說出去有什麼好處呀？可有賞金領？我怕是自己酒醉眼花，說出去招來殺頭之罪。」

「我是滴酒不沾的。」

「那自然是很好。我其實千杯不醉，只不過一上船便暈眩，即使下了錨漂在平靜無波的海上我也感覺上下上下的沒個安穩。那帆鼓脹著乘風破浪的時候，我就像踩著爛泥裡的芭蕉葉，一骨碌要滑倒似的。」

年輕人大驚，「你不是善捕巨魚的漁人麼？吾皇遣人找來為了狙殺化身鮫魚的惡神，你竟說會暈船不適，豈有此理。」

年長者嘻嘻笑，「池塘裡抓泥鰍我擅長，但我不曾上過船，不諳水性，若把我丟進水裡，不擔保兩三下一命嗚呼。」

「我見你同那幾個漁人講話時頗熱絡，以為是同夥的，你竟然說不善泳？」

「應該說，我有記憶以來不曾下過水，到底能不能游，還是個未知的謎呢！把人從懸崖往下推，必然摔死，因為人沒有生鳥的翅翼，但投進水裡的死屍都會自然浮起，想要下沉還得牢牢綁上巨石，所以說人自然能漂浮於水上。我是在水中出生的。我娘懷了不知父親是誰的孩子，懷胎八月時投水自盡，誰知我竟在水中出了娘胎，據說我如生了鰓的魚般在水裡悠然泅泳，不曾把頭探出水面，村人將我娘救上岸，費了會兒功夫把我如一條大鰻魚般撈上來，待有人說出一句我娘歸西了，我才張口發出降臨人世的第一聲啼哭。此後我討厭水，總是避得遠遠。至於那幫漁人，我是臨上船才頭一次見到。」

「竟有這樣的事，那麼我也不好再指責你，聽來多少有些可憐。啊！你聽，好像有什麼奇怪的聲音？」

年輕人微側著頭，又四下張望，那模樣不像豎起耳朵的狼，倒像是用鼻子東聞西嗅的狗。

「我什麼也沒聽見，你說的是什麼樣的聲音呢？莫非這回是半人半魚的美女在唱歌？」年長者微微一笑。

「罷了，也許是我多心。」

「膽怯之人才喜疑神疑鬼。」

「你這麼說就大錯特錯，我發誓，就連小牛犢也沒有我這般不多疑。」年輕人鼓脹著臉反駁。

2

近午，依舊是在甲板上，那中年男子與年輕人並肩站在船邊。年輕人呼了一口氣，一張臉鐵青泛白，臉頰卻透出微慍的玫瑰色。他的膚色原本就潤白，這會兒不像歷經險境的臉色發白，倒似白花瓣裡透著桃紅了。

「這下子，就不是我自吹自擂了。無論是射藝抑或個人之勇氣，我可是歷經磨難鍛鍊出來的，即便是冰雪寒冬，我也被迫只穿著單薄衣衫每日練習，所以我才吃得這麼肥胖，否則哪裡抵禦得了那般酷冷。夏天呢，夏天這肉皮袍可成了反效果，夏天本應刮掉這層肥油，無奈我與朋友們競射，輸的人請贏的人吃豬蹄膀，而我可從沒輸過，一夏吃足蹄膀。總之，種種艱難刻苦，一言難以道盡。方才那真是精彩，我的腋下全濕透了。」年輕人因為無法把手伸進袖子裡頭，只得扭動著粗壯的臂膀。「你可好好鑑賞了我的射術！」臉上表情十分微妙，混合著掩不住的驚魂甫定，以及沾沾自喜。

「您的射術精良不在話下，否則在下此刻怎還身會在此。但身為箭靶要說還能同時激情地欣賞品味您的射術，是有那麼一點兒叫人為難。」

「什麼話！怎能說箭靶是你？瞄準你也太容易了吧？我瞄準的豈是你，是你頭頂上的李子啊！那小小的李子，那麼遠我還得瞇起眼來看哩！公子聽聞我是技法最精良的射人，偏要試試我的能力，公子是吾皇的么兒，被嬌寵壞了，想出這麼個殘酷的方法，我也只有遵旨。我聚精會神，不能容許自己有一絲一毫閃失……」

「聽您描述當時的心情，在下深感欣慰。您的器量大，似乎把在下的命還看得有幾分重。」

「我這人多少還是通情曉義的，平常練習射箭，心中也寧願選黃鼠狼勝過老母羊。聽我說完，我一鬆手，那箭從離了我的弓電光火石地飛出去，到穿進那以一個李子而言算是飽滿肥大，以一個箭靶來說卻算是纖弱微小的目標物，是眨眼的功夫都不到，可我卻覺得像融化了的慢速，在空中緩悠移動，彷彿不是筆直地朝向標的，而是隻說不準什麼時候會亂套的不受控制的鳥兒，你盯著牠假裝照著指示老實穩當飛著，卻不放心一個隨心所欲牠就突然扭翅叛離航道。第一箭射中目標，我心中頗為滿意，臉上卻不敢露出絲毫放鬆的表情。聽到公子說一箭射得準，不定是湊巧，得再射一箭才算數，頓時我體內又上升一股寒氣，但又豈能違抗。雖不似射第一箭那般心中稍有忐忑，但我依舊全神貫注。第二箭也完美射中目標，我不禁露出得志的微笑。沒想到公子又說，既有第二箭，自當有第三箭，三箭都射得準，就真承認我的射術讓人無話可說。儘管前兩箭發得精準，可也不見得第三箭必有十成十的把握，老實說，射第三箭的時候我有些鬆懈了，發了二箭我已全然進入射箭的狀態，不假所思，原先的緊繃略有消失，不自覺順從本能的動作，箭一發出去，我心中才剎那顫了一下，隨即閉上雙目……」

此時幾個漁人走來，打斷年輕人的說話。這幾人先祝賀年長者平安毫髮未損，又讚他方才的表現沉著。「身處那樣命懸一線的險境，面不改色，臉上未見懼怖，一派淡然不為所動，可真值得讚賞！」其中一漁人說。

「那是當然，他何需有所疑慮？我可是射術第一之人。」年輕人說，指著年長者的鼻子。

「而此人所需要做的，只是站著不動而已。你們倒是說，誰需要的勇氣較大？」

漁人皆向年輕人鞠躬。

年輕人想了想，以一種持平的神情說：「我看你也與常人同樣是個貪生怕死之人，處在你那般境況會膽戰心驚也不奇怪，你是裝作鎮定掩飾不安恐懼的高明，還是信任我的射術？你我相識不過幾天功夫，能將自己性命坦然託付於我，算得上具慧眼。」

「在下不擅長裝作豪邁淡然，不通射術，自然不清楚您的射術精良到什麼程度。只不過無論怎麼想都沒有用啊，箭還沒射來的時候我一口氣還在，箭射來了穿過我的腦門，我一命歸西，也莫可奈何，不，連哀嘆莫可奈何都做不到，因為已命喪黃泉。箭射來了我安然無恙，可喜可賀，我也感覺如獲重生，但終歸決定不在我。只能坦然接受。人生在世哪件事不是如此呢？我這個人終其一生可是奮力活著，說是無所不用其極都不為過。就像用蜘蛛絲吊著雞蛋，小心翼翼。即使如此，該死的時候還是會死。您第一箭沒射死我，公子說要射第二箭，第二箭又沒射死我，公子又說要射第三箭。誰知道公子會不會叫您持續射到我死呢？今天平安從這船上下來，明天穿越某個戰場，頭頂上越過的飛箭，怕不也穿過我的腦門？實話實說，冷不防箭從我頭頂上咻咻飛過，有時甚至是十幾二十支，或我在千百箭齊發中狂奔，跑得比那箭飛得還快才保住性命，這種事不是一次兩次了。不足為奇，早已習慣。」

「十分可惜，如果你真心相信我的射術，應該是能更愜意的。不過……」年輕人轉向漁人們：「各位，你們都聽到了，他並不是特別強勇，只是心存苟且罷了，不能與我的勇武豪邁相比。」

眾人無言，年輕人又摸了摸自己下巴，露出狐疑的表情，「聽你所言，難道曾以士兵身分上過戰場？」

「讓我先猜一猜，」年長者露出狡猾的笑容說，「像您這樣一位射箭的高人，戰場上早已殺敵無數，卻將方才那樣的場面說得怵目驚心。閣下其實不曾上過戰場吧！自先王以來至今連年征戰，連鄉下不識武器的農人都被徵召，吾皇平定六國，又南征北討蠻族，別說壯丁，連婦人都得召去運送傷兵，你卻未曾上過戰場。那麼你那無人能及的高妙箭法，可曾用來殺過人？」

年輕人咳了兩聲，「我天生是當大將軍的材料，豈會貪生怕死，只是我娘親體弱，怕她憂心傷身，她每年為我請善卜者問命，都說有血光凶災，危及生死。家父擁有勢力和錢財，便讓我免於冒險。我個性強悍威猛，小時與周圍孩子打架向來是別人被我揍哭，是個不折不扣的男子漢，任何冒險我樂意試他一試。吾皇雄才大略，我視為偶像，終日幻想上戰場殺敵無數。但我是不願見我娘親憂悲的，她是個美人，說起話來嗓音跟姑娘家一般嬌滴滴……」

「我瞧您體型富態，睫毛如小母牛，臉頰肉光澤豐潤，連十隻手指都肥白腴軟，戰場未必適合你，光是那幾萬人的血肉汗尿屍味，您聞著都昏倒了。」

「那是當然。」年輕人順口答道，也覺得這話合乎自己尊貴的身分。「那麼你為何對戰場的景況如此熟知呢？」

眼見其他漁人已散去，年長者壓低了聲音說：「在下不妨向您坦白，我是一個強盜、小偷，我偷戰場上被殺死的士兵，劫掠出亡的富人貴族，搶奪遭攻城的百姓。這也是莫可奈何的事情。當今亂世，生死是一番兩瞪眼，這一刻張嘴說話，下一刻人頭不盡然在頸子上，有如風吹滿枝樹葉翻飛，正面是生反面是死，此一時彼一時變幻莫測，抵擋不了，叫做逆來順受。談不上置生死於度外，能讓自己活下去我是吃奶的力使盡，骯髒和惡臭也顧不了。有時活著是種交換，他人的死換我的活，他人的敗換我的勝，他人輕心換我得利；但凡事沒有稱心不變，什麼時候生路不通，無力翻轉，我也沒什麼好不甘願的。」

年輕人皺了皺眉，良好的教養讓他盡量不過分顯露嫌惡的表情。「你說的不錯，人皆有一死，只能接受這樣的必然。但吾皇若求得仙丹，就能長生不死。」

年長者嘿嘿一笑，「吾皇若是長命不死，那麼我便要慶幸我非長命不死的。」

「你說這樣不敬話真是冒犯吾皇聖名！」年輕人叫道。「幸虧只有我聽見，我當你無心，不會告訴任何人。有人批評吾皇暴虐無道，像你這般平庸之人，恐怕不明暸吾皇滅六國這般宏大的基業，是抱著怎樣悍硬非如此不可的心志去做的呢！你只是個打魚的人，不，還連乘船游水都不適，必然不懂，我來告訴你，人如果跟狼虎搏鬥，倘使給狼虎占了上風，就是被當作餐食，一塊塊肉被撕咬下來，直至剩下骨骸；相反，就是取狼虎的毛皮、肉油；馴了馬就給牠套上轡繩鞍具、釘上蹄鐵，就能拉車犁田。平定天下，總不是為著侍候、供奉六國的人吧？否則何必死傷數十百萬人做這樣的事。」

年長者露出諂媚的笑容說道：「那麼我要感激您出於正直和包容不計較我的胡言亂語囉！」

年輕武士像河豚般噘著嘴。「我是情願上戰場殺敵的，如果有人能安撫我的娘親，跟她擔保我不會死，我是一刻不猶豫的。」

「跟您的娘親擔保能得到什麼好處？交給我那是易如反掌的，那幫漁人還相信我捕魚的技術勝過他們呢！要安撫你娘還不容易？占卜之人說你命中有劫，那麼即便足不出戶也是難逃一死，在家中飽餐讓黃豆哽在喉嚨噎死，或者在戰場被敵軍的長戟刺穿而歸西，有什麼不同？都是一死。何者死得痛快都甚且難說。」

年輕人吐了口唾沫，「你這怯懦之人只懂得苟且偷生，哪裡曉得強者致勝的道理。」

年長者望向遠處，打斷了他的話，「啊！船艙那邊有騷動。您聽衛士們在甲板上急亂走跑的雜踺聲，真像從著火的森林奔出來的驚慌鹿群。這是出了什麼事？快帶著您那祖傳的珍寶弓箭去躬逢其盛罷！」

3

風和日麗，蔚藍晴空一片飽滿光豔的色彩，和兩人俯首船側所望見的海水中的景象，可真是情致反差的對比。

「你瞧，那些循著屍塊染紅海水的鮮血而來的，不正是成群的鮫魚嗎？」年輕武士說道。

「從琅邪航行至勞山、成山都沒出現鮫魚，先前投下施了餌的不少竹籠，沒捕到半條魚，倒撈著一些螃蟹，話說那些自投羅網的螃蟹如此呆笨，吃起來倒是鮮美。這會兒把被砍斷手腳的刺客拖行於海中，竟引來大批鮫魚。」

「船上藏有刺客，真是讓人吃驚。雖然將這刺客砍斷手腳，身上的肉一片片割下來，他也不供出是否還有同黨藏在船上，但整艘船已仔細搜過一遍，即便是隻臭蟲也無所遁形。老實說，方才見刑求那刺客，我忍不住嘔吐，我不應該半夜還爬起來吃東西，吃得過多，但誰又曉得會發生這種事呢？那刺客相貌端正英武，被割下鼻子，挖出眼睛，切掉頭皮，令人慘不忍睹。你聽，那人尖叫的聲音就像豬的嗥聲，此刻還在船上迴盪，這餘音如血的腥味凝結在空氣中散不去，如甲板上濃稠的汙血海水沖刷不掉，就連浸入大海中的血水都暈積著引來了鮫魚。」

「那人的聲音怎可能現在還聽得見，是你的幻覺而已。早知這樣能引來鮫魚，吾皇怕不早下令殺幾個人丟下去了，只怕帶血的死人都不一定能喚來鮫魚的關注，還得是能拚搏掙扎，攪得海水嘩嘩作響，逗弄起鮫魚興頭，血氣新鮮的活人。」

「既然鮫魚出現，怎不還將牠們殺死？殺了鮫魚就能打道回航了吧？我實在厭棄這航行了，終日吃水產，連解出的糞便都帶魚腥味。」

「這些鮫魚身形不大，恐怕不是方士所說的惡神，也許還有更大的鮫魚。」

「我得快獵殺一隻大鮫魚，好立功回去。」

「這豈不讓人擔憂起來啦！若這些鮫魚不夠看，吾皇又明白了鮫魚嗜人血，回頭真要找幾個短命鬼丟下去，誰知道不會是你我。我替您多一分憂心，任誰都看得出您身上的肉比其他人多一些。」

「別亂說！」年輕武士斥責道。「聽說刺客行刺失敗，是因認錯了人。這刺客身手極矯健，臨危不慌不亂，力氣又其大無比，拿著一柄殺魚的長刀，後來他們亦是用一柄片魚的刀片下他身上的肉。可惜他狙擊的對象是一位護衛吾皇的武士，他似乎把那人當作是吾皇了。」

「連吾皇長什麼樣都不知道便貿然行動，實在是莽夫。吾皇在這船上身著便服，與普通人無異。您認得吾皇的聖容嗎？」

「不認得，我不曾見過吾皇聖顏。」年輕人搖頭。「據目擊刺客行凶的衛士說，刺客襲擊的那位武士，相貌持重，有幾分威儀。畢竟是一統天下的一國之君，莫非吾皇當時不在場，否則，吾皇本人不比那位武士更像是吾皇嗎？」

年輕人認真疑惑，中年漁人聽了卻哈哈大笑，「這倒令人玩味。有利爪的動物食肉，腿長的動物善跑，人可不一樣，有刀槍弓箭比虎狼還善獵捕，只兩條腿卻可騎在馬上奔馳。一個人的本性與他顯露在外的皮相，兩者間未必有一目了然的關連吧！這麼說起來，武藝身手的重要尚不如識人的眼力。」

年輕人搖頭，「你若一輩子住在茅草房，沒見過寶玉真金，就算給你黃金你也看不出那是什麼。鄉下人只識得醜女，拿公主來跟自己媳婦比，以為差別只在臉上多一顆痣。我就巴望能瞥見吾皇聖容一面，聖上站在面前豈有認不出來的道理。把千斤的巨石放在你的背上叫你走路，脊梁會斷掉吧！吾皇君臨天下壓倒群倫的氣概就像那千斤的巨石，如同暴風要讓這堂皇雄碩的大船前進，它就前進，要讓它下沉，它的桅杆便折斷、浪濤要覆沒它的甲板。有朝一日我騎著馬在戰場上睥睨大軍，也要讓周遭之人震懾屏息。」

兩人望了一眼爭食屍骸的鮫魚群，那刺客被丟下海時還存一息，現在只剩掛在骷髏上的些許碎肉，鮫魚卻沒有散去，仔細一瞧，鮫魚竟開始彼此噬咬。

「見這些凶殘的鮫魚，讓我想起在戰場上的情景。」年長者說，「我大軍立克敵軍，對方被打得無法招架，勝負已分，此時戰爭就不是生死拚搏，而成了舒壓活血的恣遊，那便是無須緊繃神經抱著時時有喪命恐懼的屠戮啊！要說有什麼時刻我也想當當戰場上的士兵過過癮，就是此時了。無論是用刀劍、斧頭或者槍戟，逢人便砍劈刺殺，攔頸斬斷或者戳穿咽喉，有點心眼便瞄準眉心或眼睛，不花心思便大器放矢，一個痛快粗心便錯殺了同袍。」

「有這種事？若是我可不會犯此失誤，我不只射術高明，眼力也絕佳。除了天生眼力優異，還經常登高望遠、觀察細微，來訓練自己。我站在城牆上目光追蹤飛鳥翺翔，經常盯著螞蟻的觸鬚看，把針尖放在眼前……」

「您臉上露出相當自豪的表情，我相信您所言不虛，不過，我的目力也相當不錯噢！」中年男子說，「大軍散去的戰場，無際的原野只剩遍地屍骸，麇集的蒼蠅像條軟厚的黑毯，從那上萬死屍當中，我一眼便可辨識出尚未嚥氣者，就算他躺著不動，眼睜著，蒼蠅停在眼球上，微開的嘴不發呻吟地靜默朝向天空，我也知道他沒死。不過，這該說是我眼力好麼？這或許是我練就出來的直覺吧！」

年輕武士表情若有所思，看不出他心中想著什麼。

「你說這些鮫魚是生性便凶暴，還是因飢餓而瘋癲猙獰呢？」年輕人問。

年長者未直接回答這問題，倒是陷入回憶：「我多年來周遊列國，見識無數戰事，此刻讓我想起某次經歷，那並非兩軍交戰的場面，卻比兩軍相互殺伐更駭人。」

「你倒是說說看。」

「我軍進攻魏國，欲拿下某城，由於我軍事先得知消息，該城連續兩年因蟲害饑荒，為除蟲而遍施毒藥，不料牲口吃了有毒的植物竟然皆發狂顛亂至暴斃，我軍將領因此認為只需花上一段時間圍城，攻下此城不必費力。圍城十五天，我軍輕而易舉破城門，沒有遭遇任何抵禦反擊。然而進城見到的景象，我大軍都驚訝地腿軟，非但無人持刀殺進，還聽見刀劍不自覺掉落地上的金屬哐噹聲，連馬都舉起前蹄嘶鳴，甩著鬃毛倒退。」

說到此，年長者故意賣個關子停頓下來，年輕人急切催促道：「什麼景象？那城裡的人都早已餓死？這也不太稀奇吧？」

年長者舔了舔乾澀的嘴唇說：「餓死的當然有，遍地屍骸，但可怕的是活人，這些人衣衫襤褸與斑駁血肉混作一道，也有人赤身露體，爛肉剝落，人們或坐或臥或緩緩爬行，以手指摳抓著彼此傷口的血肉吃食，那些被刺瞎雙眼的，因為看不見，吃食的是從自己裂開的肚腹流出的腸子也不知，抓著腸子不斷塞進嘴裡，就像從紡紗機上頭連綿抽著絲線一樣。」

年輕人張口結舌，圓睜著一雙天真的眸子，良久說不上話。

「你說的是真的？」年輕人沉思了半晌，「但你為何要遊走各國？照你這樣說來，你跑過的地方可真不少，彷彿那暴亂征戰之地沒有你沒去過的。」

「話說當初我離開村子，是因少年時血氣方剛，與人鬥爭，一時意氣不慎殺死對方，只好逃出家鄉。既無一技之長，所到之處又受排擠，只得偷盜為生。」男子嘻嘻笑著說，「太平安逸的地方，就算本事高，能得手，也擔心被逮捕，然而戰亂之地，公然掠奪搶盜，隨心所欲，如入無人之境。魁梧壯碩的男子我興許打不過，但這些壯漢有雙方敵軍替我將他們砍斷手腳、割下頭顱，而留下或出亡者，多半是老弱婦孺，即便是壯年男子，也只差沒被敗亂局勢壓垮，加上欲保護妻小，我十分善於應付。富有之人更容易欺騙，畢竟我往來各處前線，消息靈通，除了偷盜搶騙，我也做買賣，其間我甚至發過幾次小財。您或許對我這些行為不敢苟同，但畢竟我也成不了您那樣宏武的格局，我第一次殺人是無心，此後便明白殺人這事我是幹不來的。」

兩人轉眼望著水中的鮫魚，船側的海水已呈一片鮮紅，那刺客的殘骸已不見蹤跡，浮出海面的倒是鮫魚如被車裂的不全屍體。

4

「大鮫魚出現啦！」這驚天動地喊聲是從另一艘隨行的帆船上、站在桅頂的漁人所發出來，頓時甲板上又是一陣混亂的奔步聲，年輕武士背著他的弓箭，也忙不迭跑到船邊，眾人擠聚在船舷旁，驚嘆聲此起彼落，那鮫魚不是普通地大，起先在水底迴游，碩大的影子便足夠嚇人，竟然還會將龐然巨首突出水面，張嘴露出銳齒。那鮫魚一探出頭，眾人便駭然跌撞著錯步退後，鮫魚回到水面下，眾人又躡手躡腳地靠向前。其他那些較小的鮫魚，不知何時都已散開不見蹤影，只剩兩三隻在旁漫無方向地游動。

另一艘船此時放下一隻獨木舟，載著數名持連弩的武士，逐漸靠近那隻大鮫魚。年輕弓箭手暗自叫了聲不好，要給那些傢伙給搶先了，趕緊拉上弓，然而正才瞄準大鮫魚，卻剎時又失去了牠的蹤影。那鮫魚沉下的速度極快，神出鬼沒，從海面上能見牠隱約的銀色背鰭時，好似游得頗悠閒，然而一旦沉入視線不及的深度，從難以捉摸的另一處探出，卻顯示其在海面下的行動是料想不到的疾速。

正當眾人到處尋找大鮫魚的蹤跡，那艘載著連弩手的獨木舟卻突然讓浮出的鮫魚給撞翻了。眾人眼睜睜瞧著那些連弩手跌進海中，可預見將要被大鮫魚生吞活剝，撕成碎肉，不禁搖頭嘆息。誰知大鮫魚似乎並不將這幾連弩手視為美餐，正眼亦不瞧一下便珊然游開。

「快將那些連弩手救上船來！」年輕武士大喊。一眼便可看出那些連弩手是陸上機敏矯健豺虎般的悍將，水中卻是只會挺著肚子一個勁撲搧肥翅、亂蹬皺爪的老母雞。然而無人採取任何救援行動，這也是可想而知的事情。因為身穿甲冑，那幾人不消多少時間便沉入水中，水面留下的一小片泡沫也緩緩散去，過了些許時分便不留半點痕跡。

大約有一刻鐘時間，水面寧謐，波聲如撥弄箏琴般絕美，金燦霞光滿天，兩艘船上聚集的眾人仍留在原處不敢大意，登在三根桅頂的漁人預備點燈，同時虎視眈眈地望著水面。

那大鮫魚若是再現身水面，我將毫不猶豫以迅雷不及掩耳之姿將牠射殺。年輕的弓箭手心想。屏氣凝神，隨時要拉開他的弓弦。夕陽將沉入大海，金赤的烈焰冷卻，成了飄渺的煙桃色，雲朵像是灰燼裡殘餘著點點星火般在縫細處燃著縷縷金絲，就襯著背後這逐漸黯淡隱沒的落日輝光，大鮫魚出現了。

「我來！」年輕武士氣勢威武地大聲吆喝，拉開弓瞄準了大鮫魚，卻倏地從旁有人推開了他，讓他甚且差點跌倒，他正欲怒斥，對方卻先聲色俱厲開口：「快讓開！膽敢擋在陛下面前！」

包括年輕武士在內的周圍之人皆低頭彎腰驚懼退開，而取代年輕人方才所站的位置的，是個個子比他還矮的男人，從喉嚨深處發出一種低沉卻刺耳的沙啞聲喊著：「在哪裡？在哪裡？」

頭頂禿了一塊，黑髮當中摻雜些許灰白髮絲，略帶不潔之感，鬍子則幾乎算斑駁了，臉孔不至顯現老態，卻呈枯槁，鼻子發黑，一雙下垂眼，臉像隻鬣狗。罩袍底下的身材瘦乾，略弓著胸，毫無氣宇軒揚之感。這人就是皇帝？

皇帝因操勞國事而身心疲憊，略損威儀，雖然年不過五十，看起來卻比實齡蒼老，也是合情理，讓人不失敬意，但眼前這男人不僅是毫無氣概可言，甚至給人陰鬱狡險之感。靠近之時幾乎有如濕冷的蛞蝓爬在背上，光著屁股背對狼嚎的暗黑密林，寒氣滲入屁縫裡，或是被食腐肉的兀鷹盯著一般渾身毛孔聳起的不舒服。

身邊的侍衛遞給這男人一把大弓，他茫然地望向遠方，夕陽正以肉眼可見的速度掉落，侍衛指著前方說道：「大鮫魚就在那兒！」男人拉開弓，不假思索地放箭射去，但好似射的不是鮫魚，而是夕陽。

第一箭射向空無，第二箭射入無一物的海水，第三箭射中鮫魚了，誤打誤撞地射中了一隻小鮫魚。侍衛高聲喝采：「陛下射中鮫魚了！陛下驍武，身手非凡，射死了鮫魚！吾皇萬歲！」

男人把弓箭隨手遞給侍衛，轉身時雙腿搖晃了一下，面上看不出什麼表情，木然離去。日頭落下，藍紫泛桃的天空陡然成了暗灰色，那大鮫魚的身影逐漸朦朧，不知是沉入海中，還是被夜色覆沒，但不曾再靠近兩艘船。

5

月明星稀，船上的燈籠輕輕搖晃，麻繩的影子映在甲板，像睡醒的蛇不時扭動身子。先前捕螃蟹的大籠子裡，還殘餘著些腐敗魚蟹屍體，尚多了一個龐然之物，蹲坐著。

年輕武士站在籠子外，壓低了嗓音對籠中之人——就是那年長漁人——說話。「我的玉佩在哪裡？把它還給我，那可是我傳家寶物，至關重要。」

年長者卻只是露出不明含意，或說帶著一股痴傻氣的微笑，越發使得年輕武士著急。

「方才為慶祝吾皇射殺鮫魚而舉行晚宴，你竟趁此時機偷酒狂飲，喝個爛醉，發起癲來，搶走我的玉佩，咬在嘴裡胡亂奔跑，在甲板上歪七扭八踉蹌而行也就罷了，又到船艙跳舞，其後竟然直衝吾皇筵席，眾多衛士攔阻，倒也奇了，被你那醉漢跳舞般的步伐全給閃躲了，就像那風中搖晃的蘆葦，怎樣的狂風也奈何不了。可夠驚人的了，酒醉再能使人狂莽，也難以讓你這卑瑣之人膽大，但酒醉卻能使人痴蠢眼花，把癩狗當圍巾掛在脖子上，把車輪當作棉被蓋著睡覺，把火焰看作絹布伸手去拾撿。多虧得此時有驍勇伶俐之士揮劍，沒能砍下你的人頭，又捕風捉影一般讓你給閃避了，但保住了那寸毛不生的項上人頭，劍士的刀還是削去了你一塊頭皮。瞧你猶如戴著一頂赤紅小帽兒，還垂綴幾根紅流蘇呢！」

年輕武士說著在籠前坐下，原想盤起一雙胖腿，又作罷。

「教人悚愕的是，吾皇對於你這醉漢侵入筵席竟似渾然不覺一般，對周遭嘈雜喧囂充耳不聞，眼神茫然，目無焦點，以手抓食，有時不及送入口便掉落，掉至案上，搖頭四下張晃尋找，低頭以鼻就案去嗅聞，還找不著。你那被劍士削掉的一塊帶血頭皮，就這麼剛好飛至吾皇面前，吾皇伸手一抓，便送進口裡咀嚼，嚼得津津有味，無人敢出聲阻止。就這麼看著吾皇將你的頭皮嚥進喉嚨。」

年輕武士搖頭。

籠中的年長者咧嘴微笑。「您若願意將籠子打開，我可將玉佩歸還給您。」

年輕人一驚抬頭，臉上慍怒。「搶人珍貴之物已是厚顏無恥，還以此要脅！玉佩在哪裡？快交出來！」

「先放我出來，否則您就再也拿不回玉佩啦！」

年輕人雖急亂咒罵，卻無益，只得打開籠子的鎖。年長者走出，神清氣爽的模樣，看來酒已醒了。伸伸手腳活動筋骨，摸摸自己頭頂，血早已乾涸。

「先前那刺客藏身船上，無人發覺，一直藏匿到現身狙擊吾皇，且失敗了。當時眾人皆懷疑這刺客有同黨，但顯然並非藏匿在暗處不為人所知，因為船已被徹底搜索，只差沒把船身的木條一一拆開。那麼刺客的同黨就是船上已知之人，那些漁夫是齊國人，自然值得懷疑，但若把他們全殺了，就沒人駕船，只好留著不死，嚴加監視。」年長者說。

年輕武士不明其說這話的含意，只是順著回答：「我曾暗自傾聽那些漁人談話，要說可疑，有諸多可疑之處，但要說無辜，也確實找不出線索。」

「那麼您猜，還有誰可能是刺客同黨呢？」

「何止是刺客的同黨，或許主謀亦在這船上。或許有同黨接應支援他，或許根本就還有其他刺客，想到便讓人不寒而慄。」

「您說的都對了，事到如今，我要告訴您，我就是那刺客的同黨。」

「什麼？」年輕人訝然驚呼。「那麼方才筵席上，你意圖行刺吾皇？」

「我不必再採取任何襲擊，吾皇會死於此次出行。」

「你，你你好……好……」年輕人結巴著說，圓胖的臉上兩眼張大如錢幣。

一陣突如其來的宏亮怪誕鳴叫嚇了年輕人一跳，桅杆上不知何時停了幾隻黑色巨鳥，不是海鳥而是烏鴉。

年長漁人唉呀喊了一聲，聳振著肩膀開始嘔吐，皎潔月色映照下，伴隨嘔吐物掉落在地上的不是一塊玉佩麼？

年輕人蹲下，猶豫從穢物中撿拾玉佩，半晌才回神高聲叫喊捉拿刺客，在船的另一端巡邏的衛士隨即跑步過來，年長漁人奔過甲板，輕快地跳上船舷，以俐落的身姿躍入海中。

不是說不善泳？年輕武士怔忡矗著，彷彿見到年長漁人躍入水中時，在空中劃出泛青輝赤紅抑或靛色帶著點杏仁色的微光。

其後不久一行人上岸，那位皇帝便開始龍體不適，臉上及全身皮膚乾燥落下白屑，翻起魚鱗般的皺摺，頭髮與指甲脫落，頭皮龜裂出血，眼眶腐爛使得眼球變得巨大而突出，喉嚨無法發聲，卻湧出帶腐臭脂膿的血漿。公子怕皇帝被喉頭嘔出的膿血給窒息，便命人以嘴吸出這些血。公子先前考驗年輕武士的射術，對他頗青睞，讚他沉著大器，便將此差事交予他。

當年輕武士將皇帝嘴裡惡臭的汙血吸進口中，從自己的喉嚨深處就排山倒海冒上一股抽搐，只差一點兒便要嘔吐在皇帝臉上了，只得忍住將皇帝嘔出之物與自己的嘔吐物一起吞入肚中。反覆這麼嘔至口腔又吞下，出了一身大汗，眼淚鼻涕全流在皇帝臉上。當他的臉與皇帝的臉靠得只有一指近，他看見皇帝那雙突出腐爛眼眶外大如李子的眼睛，直勾勾地盯著他的眼睛。

皇帝不久即病死，從全身孔竅流出帶魚騷味兒的透明液體，公子竄改遺囑廢太子，由自己即位，賜予年輕武士爵位、俸祿和領地，年輕武士返家稟告母親：「兒如今已成為一位男子漢。」

孫文在台灣

醒來睜開眼睛時，維持躺著不動搧了幾下眼瞼，確定自己是清醒了。不知。完全不知自己置身何地、怎地跑這兒來。不過，因為過去曾有嚴重的酗酒問題，這樣的情形算是家常便飯，便也沒有太驚訝。

只是感到沮喪。

戒酒好一陣子了，頗具信心地以為這次真成功了。當然，每次的開始都頗具信心，每次的頭一日都倍感脫胎換骨，翻開簇新一頁新人生觀，天上的雲、地上的螞蟻都開啟了恢弘深刻的迥異哲學眼界。第二日開始覺得時間漫長，一日如三秋，雲朵變得很乏味，也顧不著螞蟻給自己提升的雋永境界。沒有一次過得了第三日這一關。

但這次持續了一週，將近一週，實則是五天，或說四天半。成功破了第三天這一邪惡的關卡，神清氣爽，深深喜悅脫離酒癮束縛是如此輕快，沒想到又功虧一簣。

不記得怎麼會又喝酒，腦袋空空，對昨晚發生的事毫無印象，他不情願地從床上坐起，身體軟綿綿，腦殼暈眩，便把枕頭抵在脊梁後靠著床頭板。抓起枕頭時他楞了一下，原來現今還有人在睡稻穀枕的。

他想從褲口袋掏香菸，但香菸沒在那兒。他打量了一眼置身的房間，光線很昏暗，有股怪味，說不上來，好像床底下塞了一袋袋發霉的南北乾貨似的。但凡廉價賓館冒出什麼奇特的味道都不令人意外。

有人在外頭敲門。「孫先生？」

他沒理會，顯然是找錯門的人。

「孫先生？」

宿醉使他口乾舌燥，嘴裡好像含滿了沙。不只是頭痛，背脊兩側的腎臟處也十分痠痛，房間的昏暗讓他有種幽閉恐懼的窒息感。他瞧見半掩的窗外有微弱的陽光透進來，於是搖搖晃晃地站起身，想去打開窗戶，但他發現木頭窗板是封死的。

「孫先生？您還好吧？要不要吃點東西？」外頭的人說。

大概是供早餐的時間快過了，竟然還有人特地來通知。

但總覺得哪裡不對勁。

對啦！這不是路邊巷子裡的低級賓館嗎？怎還會有早餐？難道他跑到大飯店來了？這房間怎麼看都不像大飯店。一陣暈眩撞擊他頭顱中心大概是眼睛和鼻子間的位置，他蹲下來，手指觸到地板，居然沒鋪地毯？

服務生打電話上來不就好了，幹啥專程跑門外來敲門？

他抬起頭環顧房間，有一個樣式很古老的衣櫃，一個矮櫃，沒有電話，這房間真他媽說不出的古怪，他按壓眉骨和眼球之間的凹陷處，眼球底很痛，但揉不到那個地方。

往床上坐下，床板很硬，怪不得醒來時全身痠痛，腰背尤其痛，原來這床連個彈簧床墊都沒有。平常他連彈簧床都受不了，得睡乳膠床墊才行。

發了一會兒呆，有點想起昨天晚上的事了。

跟幾個老同學聚會，後來去唱ＫＴＶ。晚餐在一家海產店，吃海鮮不搭配啤酒怎說得過去，尤其他最愛烤牡蠣配上冰涼的麒麟啤酒，那簡直是說不出的通體舒暢銷魂，但他忍住了，雖然很想跟自己說啤酒不是酒，但以前發生過這種事，認為啤酒不算酒，結果狂喝到不醒人事。酒醉不是關鍵問題，糾纏的是接下來陷入嚴重的低潮，馬上便又擋不住酒癮，那次可真悲戚地糟，因為過度憂鬱使他兩次自殺未遂。

吃完海鮮本不想跟著大夥去ＫＴＶ的，他不會唱歌，更不覺得有義務聽別人唱歌，他連得到免費的演唱會入場券都會轉手扔進垃圾桶裡，何況這幫嗓音抱歉的人。但他也不想一個人回家，轉念何不乾脆放鬆一下？他把自己繃得太緊了，這陣子便祕早已說明了一切。

因是週末，Ｋ房燈火輝煌川流不息地爆滿，雖有預訂，卻給這些吃撐了的傢伙弄遲到而還是等了快一個鐘頭，直到十點多才進入包廂，他往柔軟的沙發一坐就睡著了，絲毫不受震耳欲聾的破鑼歪嗓影響，醒來渾渾噩噩把眼前的杯子拿起就喝，咕嚕咕嚕灌下去半晌才腦子轉過來自己喝的是威士忌。

他像從水溝裡出來的濕毛狗甩了幾下頭，環顧四下，發現走了幾個人，又多了幾個人，在他睡著時加入的是兩男兩女，其中一個女生是以前班上的風紀股長，連續三年的風紀股長——是了！要說昨晚最令人倒胃口的就是她！突然開始大發政見，宣稱明年要出來競選立委。他覺得這是胡扯，但她說得挺認真，她一向都很認真，這就是他最不喜歡她的地方，也是她最令他倒胃口的地方。以前同學間謠傳他暗戀她，這是詆毀！侮辱性質的造謠！他怎會暗戀如此無趣的女生？令人從頭到腳極不爽快。但是他越反駁，那股子氛圍就彷彿他暗戀她越像是真的。

我以祖父母的墳發誓，全世界的女人都死光了我也不會對葉敏兒有興趣，他在心中吶喊。但他不太清楚祖父母的墳在哪裡。

從一種完全客觀角度來看，葉敏兒是頂漂亮的女孩，白淨，眼睛烏黑清亮、炯炯有神，但完全不合他口味，她國中時頭髮剪得很短，沒有女生會剪她這種有髮禁的古代萬不得已才含著眼淚剪的呆板髮型。可他啞巴吃黃蓮有口難言，女孩子們可以成天不厭其煩地窮抱怨，她們嫌男生這個粗魯、那個笨，這個無才、那個腳臭，但男性不會這般說女人壞話，若一個男子說他嫌惡一位漂亮的女子，他人不會評價你氣量小，而是懷疑你有毛病。只有同志和女人才會討厭女人。

葉敏兒發表她的政治宣言，痛斥政府無能，強調她要如何讓人民的意見變得更有效而具影響力，且使官員的腐敗墮落無所隱藏，她要撥亂反正司法的顢頇扭曲，她要斬斷財團和政府的勾結。他真想立刻拂袖而去，再也沒有比女人談政治更讓人討厭的了。男人談政治可以激情，可以嘲諷，可以時而正經時而裝瘋賣傻，可以沒道理地偏激，可以為了意見不合大打一架。但女人不適合，氣氛就是不對，娘們就是不能像男人那樣混帳又瀟灑地施展開來。

葉敏兒選不上也就算了，選上只會更讓人不敢恭維，聽她咄咄逼人鬼嚷一氣的是些什麼幼稚的言論！世上再也沒有比女立委更醜更讓男人倒陽的，他心想，就連陰陽人也比她們好。

百般無聊他無意識地連續喝了幾杯威士忌，突然大聲說：「我絕對不會去投票！」

葉敏兒張大了眼睛瞪著他。

「不是因為你要參選，跟你沒關係，我本來就決定好了，從上次選市長的時候就決定了。投票的人是白痴，因為政客都是垃圾，參選人都是垃圾，有些人選上之前也許不是垃圾，就像你，葉敏兒，」他指著葉敏兒的鼻子說：「因為你頭腦很簡單。雖然你是天才，老師總說你是天才，你數學很好，物理也很好，但我告訴你，我認為你的頭腦構造很簡單。否則怎會看不出來任何人只要當選立刻就會腐敗？那就像糞便上的蠅卵自然會變成蛆。老鼠拉在粥上的屎，難道你指望變成粉圓嗎？一廂情願以為有民主這種東西，靠自己的選票造就出總統、政務官員、民意代表就得意洋洋，簡直是滑天下之大稽，不就是這些人蠶食了國家？選舉是鬧劇，就是人民親手選出這些愚弄了自己的人，這些無恥的丑角，拱手把天文數字的金錢和權力交到他們手上。」

假使不是酒醉，他才不敢跟葉敏兒這麼說話，從國中的時候他就很怕她，她是老師的心腹，是個愛告狀的討厭鬼……當然她不覺得這是告狀，因為她是風紀股長，這是她的職責，職責！職責！她總是擺出雷厲風行、道貌岸然的模樣，板著一張小巧的臉，走路抬著下巴，挺著她的平胸，她上輩子一定是蓋世太保。

但他也不是醉到完全不清醒，事實上他知道自己在說什麼，否則也不會現在還記得，只是醉意讓他摒除了清醒時會有的理性，理性會阻止他亂說話，他即使在喝醉的當兒也了解這種作用，但他就是喜歡靠酒醉釋放自己那喜歡惹惱別人的本性。

外頭又敲起門來了。

他心想他應該要杯水，這房間裡居然也沒有熱水瓶。

他懶洋洋地走過去打開門，真詭譎，這門的構造很不可思議，他從沒見過的門栓，他彎著腰看著那門栓，頭又暈起來，整個人晃啊晃的。

他把門打開了，外頭站著一個年輕男人，因為背著光，臉暗暗的，他感覺那人頭頂光溜溜的。

「孫先生，希望您別見怪昨天的失禮，我一直仰慕您的，昨晚我哥哥還嘲笑我過分激動了，我自己也沒想到孫先生一席話讓我慷慨莫名，簡直就像眼前打開另一扇窗一般。」

「你的髮型真恐怖。」他眯著眼睛說。

「孫先生？」

「你找錯人了。」他說。關上門。

他按了按太陽穴，又用力揉了揉眼睛，他的眼睛很痛，痛得他想把整顆眼球挖出來，但不只是眼球痛，從眼窩深處一直痛到後腦杓。

他想著等會兒坐計程車回去，再補睡一覺。幸好今天是星期天。

珍妮昨天晚上很可能有打電話給他，早上八成也打了無數通，質問他怎麼一夜沒回家。他們已經分手了，他在哪裡過夜干她什麼事？他手機裡可能充滿珍妮的未接來電記錄，說不定還有留話，不過珍妮不喜歡留話就是了。

這麼一想，他開始找他的手機，忽然擔心他把手機掉在哪裡了，他掉過太多次手機，雖然每次都買最便宜的，還是覺得很浪費。

床頭擺著一件深褐色西裝，那不是他的。更怪的是他身上穿著的並不是昨天晚上他出門時穿的藍色T恤，而是一件皺巴巴的白色襯衫。他正納悶誰給他換了衣服，又擔心弄掉了手機的時候，忽然剎那清醒閃現。

他惹火了葉敏兒，她對他大發雷霆，痛斥他這種只會批評指責別人、自己什麼都不做的人才是垃圾，他們互相咒罵對方自命清高，葉敏兒用酒杯砸他，他冷笑她還沒進立法院已經開始演練全武行了，沒說完葉敏兒就把酒倒在他頭上，他到廁所去把臉和濕衣服擦乾，珍妮打電話給他，其實珍妮打來了好幾通，只是之前太吵他沒聽見。

他到樓梯間去接電話。

「你不愛我了，對吧？」珍妮劈頭就說。

老天！他真想回答「是」，但這樣珍妮一定會沒完沒了。

「你不要亂說。」

他以前以為這是三流電視劇裡才會有的低智商對白，沒想到原來在生活裡確實存在的。因為他跟珍妮之間這種對話已經發展過無數次了。

為什麼他不乾脆地說「是」，而珍妮也乾脆地說「好，我明白了」呢？但事實上他覺得無論「是」或「不是」都不對，他不知道自己還愛不愛珍妮，明確地說，他不知道自己有沒有愛上珍妮。再明確地說，他不知道怎樣叫做愛。這問題並不哲學，而是很實際很具體的，到底怎樣叫做愛？

他倆之間的問題很廉價，珍妮想結婚，他不想。為什麼不想？珍妮問了八百次，他不知道。不想就是不想。

「孫先生，我把洗臉水送來了。」門外有人喊，這次是個女人的聲音。

我想洗把臉，但我不是孫先生，他心裡默念，覺得這好像英文課本的翻譯。但英文課本裡不會有這樣的課文，就算有，也應該是「我是孫先生，我想洗臉」比較合理。不，不能說「我是孫先生」，正確的說法是「我姓孫」，然後對方回答「哦，孫先生，您好，很高興見到你。」

不不不，搞什麼，他根本不姓孫！

他打開門，外頭沒人，但有個搪瓷臉盆和毛巾放在地上。

他洗了臉，感覺比較清醒了，一切顯得分外不對勁。他呆站了幾分鐘，很認真地又一次打量了房間，忽然起了強烈的恐懼，他想去打開門看看外面，但恐懼阻止了他這麼做。

這是一種直覺，很奇詭，好像他掉進了電影《養鬼吃人》裡那樣的恐怖次元。

他站在門口，靜悄悄地把門栓打開，把手放在門栓上，一動也不動地站著，他體察到自己的手在抖，可他有點搞不清楚這是因為宿醉——胸口有東西塞著很難受，不記得昨晚有沒有吐，但此刻他想到晚餐吃的海鮮，喉嚨還有一股混著胃酸的腐腥味，加上尼古丁焦油味，這讓他感到極為噁心。他實在太不舒服了，作嘔，全身無力，暈眩，好像魂飛魄散，而且他似乎聞得到自己的口臭——然他隱約覺得他似乎並非因宿醉而發抖，有某種更令人懼怖……或說不妙的毛骨悚然壓迫著他。

就在他猶豫要不要打開門的時候，門被砰地用力推開，差點打到他的臉。

「孫先生！您醒來了！昨天真是十分失禮。咱們回去整夜睡不著，我和明志兄弟倆聊了個通宵。」

一個年輕男人精神爽朗、聲音清脆宏亮，臉上掛著一種神采奕奕的亢奮，明顯情緒激動地說。他身邊站著兩個男人，一個顯得較為靦腆，另一個就是先前跟他打過照面的那個男人。

他迷惑地望著這三個人。

他們都穿著粗布衣服，像演民初片的裝束，最不可思議的是剃了半個頭頂，後腦留著髮辮。這是拍戲現場……或者整人遊戲……整人電視節目，他明白了，立刻轉過身，倒在床上。你們去玩吧！我不舒服，我再睡一下好了。

「孫先生？您是不是身體不舒服？」方才說話那男子十分擔心地問。

他坐起來，懶洋洋地說：「昨晚喝多了，現在頭痛得很。」

「原來如此，孫先生酒量不好。」那男人哈哈大笑，開心的樣子。

他望著那男人的臉，感到難以理解，是一種很純真開懷的笑容。

那男人竟然逕自在他床邊坐下，滔滔不覺開始說話。

「您昨天說得對，台灣現在雖然給日本人統治，但不管日本人用什麼方法要台灣人民歸順，我們都不可能變成日本人，我們是中國人。」

他眨了眨眼，表情呆滯地說：「老弟，我們不是中國人，我們是台灣人。」

年輕男人愣了一下，不解地望著他。

「台灣人不是中國人，如果你要問我個人的意見的話。然後，如果你想問我贊不贊成台獨，我告訴你，我不會在鏡頭前面說的。」

他不知道怎樣算「真正的台灣人」，因為「血統不純正」他得多喊幾倍「愛台灣」的口號。他的父母是從廣東來的，沒錯，他是外省人。但他出生在台灣，全然不覺得自己是廣東人。雖然父母在家裡還講廣東話，但他猜他跟中國正港的廣東人可能不是很談得來，他連跟香港人都不太對味，事實上他甚至不欣賞廣東菜。

「孫先生，我叔叔是台灣興中會的成員，他常跟我提您的事，不過他腳腫得太厲害，痛得雞歪鬼叫，出不了門，他酒喝太多了。」

他望著這個臉龐充滿純真光采的年輕男子，覺得自己有些喜歡他了，但他不想繼續這個遊戲。「我得走了。」他說，作勢要起身。

三個男人互看了一眼，表情似乎有點為難。

「有些事，我們想確定一下，」說話的男子瞧了另一個男人一眼，那是他哥哥，好像要獲得肯定的表情，後者點了一下頭，他便接著說：「若兒玉總督答應您的要求，日本人就成了革命黨的盟友，我和許多兄弟們也想投入革命，但這麼一來我們不也變成跟日本人是同伴了？」

什麼意思？什麼意思？他完全聽不懂。

「我頭暈，我得出去呼吸點新鮮空氣。」他說。

那位哥哥沉思半晌，跟另外兩人說：「那麼你倆陪孫先生出去走走吧！」

他鬆了口氣，年輕男子站起來，替他開了門，模樣很恭敬。他走出門，兩人跟上來，做出請他先行的手勢。

他還以為外頭應該是旅館的走廊，但結果是一個很狹窄走道，有微弱的陽光照進，是露天的，樣子像是旅館的後門。來到前廳時他才真的傻眼，這不是西門町的旅館，倒像是鄉下的民宿。所以他出了台北？老天！他挺能跑的麼！到這麼遠來了，可真夠誇張。

走出大門時，迎面一個跛腳男人上前，臉上一番頗急切的表情。「真是孫文先生啊！」那人大喊。

剎那間他一拔腿頭也不回地狂奔。

他沒命地往前跑，直到他喘不過氣放慢了速度，才回神注意到他跑在田埂上。四周都是稻田。

他跑過竹林，彎身下來嘔吐了一陣，抬眼斜睨著陽光，從額頭流下的大量汗水滲入眼睛，他皺著眉，嘴張得大大的，一會兒才費力地直起身，踉蹌走到一棵大樹下避開毒辣的日照。

樹下坐著個老人，皺巴巴的皮膚呈深褐色，頭頂稀稀疏疏剩下幾小撮灰白頭髮，那些頭髮脫落得很不整齊，活像染了皮膚病一樣。老人身上穿的衣服殘破像從墳墓挖出來的死屍上附著的零散腐爛布屑。大概是乞丐，他想，雖欲趕緊遠離，腳步卻像大象般腫重難移。

他抹了抹額頭、臉頰的汗，汗水多得他還撣了撣手把它們灑掉，他茫然呆立著，一絲微風吹來，雖極其微弱，卻無比涼爽宜人，但也只是一瞬，隨即恢復悶熱。樹葉沒有一絲晃動，幾滴水落到他的鼻尖，他還以為是雨，但不可能。約莫是蟬撒的尿。

他低下頭望著老人，老人的眼球白濁，直直向前瞪著，他恍然想到，這老人是個瞎子。

「老先生，我想問你一個問題……」他聲調呆板地開口：「現在是民國幾年？」

老人沒吭氣。

不但是瞎子，還是聾子？

他蹲在老人面前，伸手晃了晃，老人咧開嘴似笑非笑。他站起來倒退了兩步。

父親在春天的時候過世。

他跟父親處得很不好。父親五十歲才生下他，年紀差半個世紀，他總把父親當作完全另外一個世界的人。

年老真可怕，他看著老人，心想自己有一天也會這麼老，不禁打了個寒顫。以前他不會去想這樣的事，直到父親死前那段時間。

瞎子看得見普通人看不見的東西，他忽然冒出這種想法，他盯著老人渾濁的眼睛看，想知道從那灰白的玻璃球看出去是個什麼樣子。

「哇！」

老人突然發出聲音，好像青蛙叫一樣。他嚇了一跳。

「哇！」又叫了一聲，伸出手指著前方。他轉過身朝老人指的地方看去。

一年幼小孩兒從前面三合院跑來，手裡抱著一隻幾乎快和他差不多大的雞，雞脖子被割開，沿路飛濺出血，那血噴得強勁，反作用力甚至使得小孩兒跑得歪歪斜斜。

他驚嚇地轉身就跑，他沒有目的地，不知道要往哪裡跑，但他什麼都不想，老遠他見到小徑上有一隊日本兵，他們沒看到他，他縮了縮脖子往遠離他們的方向跑。

不知不覺地他跑回原來那間房子，其實他根本沒認出來，是那對兄弟站在門口等他。他們見他跑回來，喜出望外。

他的心臟跳得很快，耳朵因為氣壓的關係彷彿塞住一樣，裡頭發出無聲的嗡嗡鳴音。既然是無聲為什麼依舊是某種聲音呢？

兄弟倆的講話聲好似從很遠的地方混沌地傳過來。

他穿過院子跨進前廳，聽見兄弟中的一人說道：「孫先生，您要招募志士起義……」壓低了聲音，一臉心領神會的表情，「您說是在惠州？我和哥哥也想參加。」

「笨蛋，惠州之義會失敗！」他喊。

不只惠州起義會失敗，後來還會失敗很多次，他在心中鬼叫著。

隨即他往內屋衝去，想跑回他原先待的那個房間，他也不知道為何要去那裡，他只是想找個歸宿，把自己單獨地關在一處靜一靜。

但他根本分不清東南西北，他推開一扇門，以為那就是自己昨晚睡的房，但鑽進去轉身關上門，才發現弄錯了，這是間女性的臥室。但這會兒出去就糗了，管他的，他拴了門，任憑他們在外頭喊叫。

姑娘的閨房！他立刻在梳妝台上找到了鏡子。

他深吸了一口氣。

鏡子裡的臉不是他自己的，他應該感到駭異，但他隱約間已經有了預感。這很像在作夢，他夢過照鏡子，夢裡他知道自己在作夢，所以鏡子裡的臉不是他的臉他也不會意外。

他現在是不是在作夢？他聳聳肩，誰知道呢？

鏡子裡的臉不是他很熟悉的千篇一律制式的國父像那張臉，因為現在他比較年輕，但還是看得出來，人真不該個性太執著，那樣會長得太老成，他想。他對著鏡子擠眉弄眼的，確定鏡子裡的人的動作和表情會跟著他的動作表情改變，那樣才能證明鏡子裡的人就是他沒錯。

他把手指按在鼻尖往上壓，鼻孔向外張了開來，這麼搞是個豬鼻的模樣，世界上肯定沒別人看過國父做豬鼻嘴臉，只有他，國父他自己。老天！

他摸著自己的臉，好極了，他可以去演文建會計畫籌拍的《國父傳》而不需要化妝。

他想起小學的時候，老師問大家「我的志願」是什麼，他說他想當「一個很有名的人」，老師問「什麼樣的很有名的人」，他就答不上來了。下了課私底下他倒是跟好友繼續討論這個話題。

「很有名的人這樣的說法的確太籠統，我想當全世界都知道的人。」

「我想當頭像會被人印在T恤上的人。」

「嗯，這兩者確實有微妙的不同，全世界的人都知道格瓦拉和比爾蓋茲，但是他們會穿有格瓦拉頭像的T恤而不會把比爾蓋茲的頭像印在T恤上。」

「這麼說的話我還是較想當比爾蓋茲，誰在乎頭像印在T恤上？除非每賣出一件你可以抽個十塊錢。」

「你怎麼知道格瓦拉沒有賣出他的肖像權？」

「估計他死的時候市面上還沒有銷售這種T恤。」

他想世人會喜歡穿印有格瓦拉頭像的T恤並非因他是個革命家，而是因為他長得很酷，相較之下國父孫中山的頭像就不適合印在T恤上，太老氣了，不屌，沒有現代感的帥勁。甚至不適合印在馬克杯，頂多印在茶葉罐上。

他是發瘋了嗎？此刻陷入了妄想症？有些瘋子堅持自己是佛陀轉世，所以他認為自己變成了國父也不奇怪，精神病醫生會說這是他的心理補償作用，因為他在現實生活裡太平庸，所以幻想自己是個不凡的人，因為欲求太不滿所以精神分裂，相信自己其實是不朽的偉人。

但他如果要堅信自己是某個偉人的話，他寧願變成舒馬克或者喬丹，甚至連老虎伍茲都行，特別是伍茲還有一大堆情婦，當中包括脫衣舞孃和A片女星。

如果他不是發瘋，那麼究竟是發生了什麼事？

他努力靜下心來回想，昨晚他在樓梯間跟珍妮通電話，珍妮變得很歇斯底里，讓他感到煩躁，他不想花唇舌心力安慰珍妮，他倆已經沒關係了，說要分手的也是珍妮，每次又打電話來要求見面的也是珍妮。

他好不容易打發珍妮掛了電話，走回包廂房間，開門走了進去，才發現他走錯房間了，正想說聲抱歉出去，突然五六個男人衝出來，他還沒搞清楚發生什麼事，一陣驚人槍聲驟響，震耳欲聾，他似乎被什麼東西撞到，倒退了兩步坐在沙發上，他低頭看自己胸前有一些汙漬，但那應該是剛才被葉敏兒潑的酒，他想，如果他被槍擊中，汙漬的顏色應該更深、更濃郁才對，他盯著那些汙漬看，看它們會不會擴散渲染得更暗沉、深邃。

然後，然後他就不記得了。

老天！他死了，在他原來的時空他八成是死了！

這麼說來他回不去了，他只能待在這個時空，直到他再一次死掉。

現在就死好了，他難以想像待在這個可怕的世界裡生活，尤其是還扮演國父的角色。

他想上吊自殺，這房間裡顯然不會有繩子，但也許有些姑娘家的絲巾什麼的，他想打開抽屜翻找，但相當程度的教養使他覺得那樣做並不妥當。

管他的，先寫遺書好了，這裡有紙筆嗎？

遺書要寫什麼？國父死前說的最後一句話是什麼來著的？「革命尚未成功，同志仍須努力」，還是「和平、奮鬥、救中國」？

他呆了幾分鐘，覺得上吊死不妥，或者撞牆好了，比較慘烈，古時候的婦女會這麼個死法，但這一點都不真實，他頂多把額頭撞個腫包，甚至不會撞暈過去，因為他不敢，他用的力氣萬不可能弄裂自己的頭骨，連最輕微的腦震盪都不至於。

或者咬舌自盡？把舌頭咬斷雖死不了人，但據說捲起的舌根會塞住咽喉導致窒息，不過這他也不敢，他連吃東西咬破舌頭都會痛得哭爹喊娘。

還有個辦法，就是用襯衫裹住頭臉而窒息，他可以先用襪子塞住自己的嘴，如果把襯衫綁死緊一點，說不定他慌亂之餘沒法子自個兒解開。

但他真的很怕痛苦的死法，心裡頗不情願，無論如何難以果斷實施。

雖然很窩囊，但他開始哭，先是抽抽搭搭的，後來只差沒嚎啕大哭，他刻意憋著不發出聲音，因為身為國父卻在這裡像個孩童般驚嚇大哭實在太丟臉。

慢著！但我現在尚且還不是國父啊！因為革命還沒成功是吧！滿清還沒有被推翻，中華民國還沒有建立嘛！在這個時刻孫文也只不過是個普通的男人，並未創造出偉大的歷史，哭個一下無傷大雅吧？

這實在太荒謬了，荒謬到比較值得笑而不是哭，但他笑不出來。不，一點都不好笑，只有恐怖而已。

還是逃走吧！對，還是逃走是個辦法，隨便逃到哪兒去當個農夫什麼的，平靜過完一生。雖然對於在一百多年前的世界裡怎麼求生存他漫無頭緒，但總會找到方法，老實說他不認為在二十一世紀裡混口飯吃就比較容易，在他來到這個時空之前他正為了達不到業績目標焦慮不堪，他原來在行銷公司擔任市調輔導的職務，公司倒閉之後他失業了將近一年，迫不得已才接受了這分藥局的保險業務推銷的工作，但是達到業績目標對他來說實在很困難，這個月再無法達到目標他就必須走路，雖不是很希罕這分工作，但他對生活長久無法找到重心感到萬般疲憊。

外頭那些傢伙又敲起門，他忍不住大喊：「不要來煩我，誰敢進來我就自殺！」

馬上他就感到後悔，國父怎麼可能說出這麼傻氣的話，他現在開始應當講話要嚴謹慎重，最好加入一些廣東腔，他記得人家說國父都講廣東話的，但很不幸他不會，他只會一兩句髒話，且是從香港電影學來的。他記憶裡沒聽過父親講不正經的話。

「孫先生，您要保重，您背負著成千上萬中國人的命運！」

他在心底罵了句三字經。

照你這樣說的話，成千上萬中國人可倒楣了，他想。

如果孫中山沒有領導革命，推翻滿清，建立民國呢？中國會變得怎樣？台灣會變得怎樣？

他現在就是孫文，他可沒這個本事領導革命，他是個從樓上丟石頭下來隨便打中的一個最普通不過的路人甲，不是那種萬中選一、名留千古的人中之龍。

他往床上躺下，想睡上一覺，也許醒來他會發現這是一場夢，他會發現自己又置身在他那個凌亂的公寓裡，迎接令人沮喪但至少比較正常的新的一天。

他沒力氣胡思亂想，雖然惶恐卻因為過度疲倦很快就睡著了，醒來天已經黑了，他還是在姑娘的閨房裡，沒在他那個現代化的公寓，他想這不是夢，他曾經在夢裡想要趕快醒來於是就醒了，但他現在醒了還是在夢裡，他想像他不斷醒過來依舊是在夢裡，就好像被裝進了無限多層的盒子。

少年時他是個孤芳自賞的人，長大以後才體會現實的殘酷險惡，也就是說，他太平凡了，沒什麼可孤芳自賞的，面對討厭的人不能直接表現出討厭，生氣的時候也得壓抑，因為除了搞砸一切你不會有任何好處，他對任何事變得很淡然，他沒什麼大的欲望，也沒想追求什麼遠大的目標。他在臉書上有六十多個朋友，他覺得這算是個大數目，但又大得不高調，恰到好處，他不跟這些半生不熟的朋友辯論任何時事問題，他不想跟人衝突，也不在乎人家知不知道他內心的想法。或者他沒什麼內心的想法？那麼他是誰？

有時他懷疑他根本不是他自己，而他現在確實不是自己而是孫中山，他是不是應該像孫中山一點？

逃走的念頭又冒上來，他趴在門上豎耳傾聽，他猜很可能有人守在門外，這些人肯定很閒，輪班二十四小時在外頭監視都不無可能。

但他們盯著他為的是什麼？他來台灣又為的是什麼？他們說他要去見兒玉總督，做啥？以前歷史課讀的東西他全忘了，且他不確定歷史課本裡有沒有寫這一段，他得找時間套套他們的話，問他們他自己想幹嘛。照他們的說法，他好像是來找日本人幫著革命，他想不通這個點子好在哪，不過革命是需要贊助的，這他倒是可以理解。他的本行是行銷，知道找贊助是特別重要的，無論是錢或者商品都好……有時候商品甚至更好，當然那要看是什麼商品。不過天下沒有白吃的午餐，哪來平白的贊助，都是打過算盤的……。

不不不！他狂亂地抓著頭髮，他幹嘛要套他們的話知道自己原來打算做什麼，管他原來打算做什麼，他可以不要照那個腳本走，他何不有自己的創意？

不不不！他從來就不是很有創意的人，他比誰都清楚創意是狗屁，做行銷這一行口口聲聲講創意，其實誰都知道那是空話。

難道他非得接續孫文的志業，領導革命？別開玩笑了，由他來領導革命除了失敗不會有別的結果。他選修經營管理的相關課程時，教授不客氣地告訴他，他是個既無領導氣質，也沒領導能力，生下來就完全不是領導人才的人，不要說成為企業裡的領導人，連當上中階主管都恐怕有問題，這種秉性是天生的，很不幸他並無獲得上天這樣的賜予。他聽了雖自尊受傷，但卻沒過分沮喪，因為他本來就不想當什麼領導者，是不是這塊材料在其次，他壓根沒興趣，一樣你不想要的東西人家跟你說你拿不到，有什麼好失望的？

他聽到門外好像有什麼聲響，嚇了一跳，那些傢伙要破門而入也不難，他們是尊重他，想他大概需要在房內獨自沉思……他可是一國之父！要沉思很重要的革命大業，背負著全中國人的未來……又來了，他幹嘛老想著背負著全中國人的命運這種事。全中國人與我何干？

其實這跟政治立場無關，他認為自己算不算中國人不重要，今天就算告訴他，他背負了他們那棟公寓住戶的未來，他也會嗤之以鼻。

但電影裡面如果你有拯救地球的機會，不是別人，就是你，好像大家都願意當這種英雄。蜘蛛人的奶奶告訴他，能力越大，責任越重啊！

不不不！什麼能力越大，我有什麼能力？雖然變成了孫中山，我還是我……真奇怪，為何我還是我？

一想到此他的胃又抽筋起來了。

強烈的恐慌像海浪襲捲上來，這種感覺就像高中的時候他竟然當選為學藝股長，明明成績平庸，人緣不佳，為什麼會當選？有一部分原因是被惡整，但是他在班上的存在感和重要程度還沒到達其他人集體聯合起來搞他，他不懂，但那也不重要，總之讓他鬱悶且焦慮難安。其他人當選幹部都意氣昂揚、春風得意，只有他如喪考妣，這實在太沉重了，邁著千斤步伐頂著黯淡夕陽走回家的路上，他甚至想撞車死了算了。

一覺醒來變成國父，這比卡夫卡的小說裡一覺睡醒來變成蟲還恐怖，他非逃走不可，但是要逃到哪裡呢？他在這裡人生地不熟……腦子裡閃現人生地不熟的字眼時他有一點想發笑，悲劇與喜劇的同質性還真他媽的高。

不如就鐵了心躲在房間裡，跟卡夫卡的蟲一樣，一步也不踏出去，就這麼辦！

「男人都害怕承諾，我不懂，我還以為這是陳腔濫調，沒想到是真的。你從沒說過你對我倆的將來有什麼想法，總是顧左右而言他，為什麼？就這麼吝嗇做出承諾？」他的腦中響起珍妮的聲音。

「對將來有什麼想法？誰有辦法知道將來會怎樣啊？講那些不是才不負責任？」

「你承認了吧？你承認你就是不敢承諾。」

「你要聽的就是用嘴說的話，我們男人跟你們女人不一樣，一旦說了就得扛在背上，不是用嘴巴說就好了，光用說的誰不會，就是認真看待才不能隨便說。」

「那有什麼不同？就是不敢負責罷了，你這個騙子！」

跟女人說話真是秀才遇到兵，沒有做出承諾怎麼能叫做騙子，承諾了什麼事沒有做到才叫做騙子啊！未來的事誰能打包票嘛！他不是不願意說，他連想都不願意去想，跟珍妮的未來？別說以後的事，光是現在就令他煩惱了，珍妮是個愛抱怨的人，沒有一件事能讓她滿意，永遠都不滿足，無論怎麼做一定都不夠好。

他聽見輕輕的敲門聲，「孫先生？」女性略帶嬌俏但壓低了的聲音。

他審慎地打開門，但只露出一條門縫，縮頭縮腦的那模樣連他自己都深覺可笑。

「外面到處在找您呢！哥哥們實在太冒失了，我擔心他們闖了大禍，他們說要替孫先生招募志士，沒想到根本就是在亂來。您不會跟哥哥們計較吧？您會跟總督說清楚吧？」女孩急切地說。

他沒出聲。

「您能再給我說說那些事嗎？有關未來的新世界？」未來的新世界？未來美國在日本丟了兩顆原子彈，人類登陸了月球，恐怖分子炸掉了雙子星大樓。他沒好氣地想。

「也許您會笑我，我阿爹總說人活著不能太樂觀，世界上壞事總是比好事多，但是我聽了孫先生說的話……孫先生跟哥哥們說話，我偷聽了……孫先生您知道我在聽，還對我笑，我的心裡好高興……您說革命沒有樂觀或悲觀，人只有決定該做跟不該做的事。我在想，人要怎樣知道什麼是該做的事？人要行善，不要行惡，這個我知道，可是還有很多事我不明白那算是善或者惡，或什麼都不是？我大概是受阿爹影響，是個悲觀的人，人怎麼能戰勝命運？但是孫先生您說，人天生應有的權利，就得去爭取，因為是義理，不爭取就是逃避，所以這是別無選擇的。」

他心中喟嘆，果然不愧為國父，說出來的話真不一樣。

「我是那樣說的？」他喃喃說道，明明這可不是他這樣的人想得出來的話，他卻覺得有股飄飄然。

「孫先生？」

「啊？」

「我也可以參加革命嗎？」

少女一臉率真懇直又帶著童稚的熱切，粉嫩面頰綻放出展示櫃裡施華洛奇水晶在鹵素燈照耀下折射出的璀璨光輝。

他沉默了片刻。

「你已經參加了，是我沒參加。」他說。

門的那邊不再有聲音了，良久一片靜悄悄，他想也許他不該那麼誠實。

肚子發出飢餓的咕嚕咕嚕聲，若被門外的女孩聽到就糗了。但他真是飢腸轆轆。

是不是該叫他們弄點東西給他吃？雖然如果他把自己關在房間裡完全不吃東西就會餓死吧？那不就達成他自殺的願望了？但他明白自己沒那麼想死，好死不如賴活，過去他常覺得人生很虛無，一切很沒意義，生命是令人不耐煩的偶然，無論怎樣做都只能證明掙扎著在這可憎的世上度過每一天全是徒然，但現在他有個想法，過一天算一天也沒什麼不可以，如果不想活，下一分鐘再死也不遲。明天是另一天，會發生什麼神仙也說不準，犯不著急著了斷。

目前他沒打算在房間裡絕食而死。不如他自己跑到廚房去找點什麼東西來吃好了，但繼而又覺得跑到廚房去偷吃東西也許不是那麼好的點子，這不該是日後肖像會被掛在學校大禮堂的偉人應有的行徑。

猶豫再三，他打開門，外頭沒人，姑娘什麼時候早已離開，他低下頭，看見飯菜擱在地上。他左瞧右瞧像個猴兒般腦袋瓜子轉了幾轉，動作俐落地把飯菜咻咻拖拉進來，關上門，盤腿坐在地上便狼吞虎嚥吃將起來。

黑水

我和Q兩人不是宿舍裡唯一吸菸的，卻是抽得最多的。Q一直是一天一包，而我則逐漸快跟上了，這原因使我倆給趕出了宿舍。

新住處是間老公寓的五樓，先前閒置了有七、八年時間，近日由房東繼承自他與親戚斷絕來往已久的叔父。屋內到處是悠長歲月空寂的痕跡，家具上的灰塵凝成一層灰色的毛氈，用手略施點力去抹，靠近表層絨毛狀的東西會先抹去，底下的則倔固附著著。連窗簾也覆蓋了薄薄一層這樣的塵氈，有些絨渣塊還垂墜在布緣上。原本似乎為乳白色的地磚轉為茶褐色，浴室在黯黃燈泡照耀下，當初凝結在粉色瓷磚牆上的水漬看起來像潑在牆上淡去的血跡。

房東是一模樣五十多歲，說話有氣無力的男子，把公寓出租前別說是打掃，連清空原有的家具雜物都無意願。

我和Q將大部分的物件堆置其中一間房間，也就打消了再找一人來分租的念頭。反正，租金不高，我二人還分擔得起。何況要再去找一個合適的同居人，實在嫌麻煩。房東住在外縣市，每月的租金要求使用匯款，若一次繳清一年，願給優惠，我和Q商量了一下，向家裡借了些錢，就

INK PUBLISHING

讀者服務卡

您買的書是：____________________

生日：　　年　　月　　日

學歷：□國中　□高中　□大專　□研究所（含以上）

職業：□學生　□軍警公教　□服務業

□工　□商　□大眾傳播

□SOHO族　□學生　□其他 ____________

購書方式：□門市_____書店 □網路書店 □親友贈送 □其他 _____

購書原因：□題材吸引　□價格實在　□力挺作者　□設計新穎

□就愛印刻　□其他 ____________（可複選）

購買日期：_______年_______月_______日

你從哪裡得知本書：□書店　□報紙　□雜誌　□網路　□親友介紹

□DM傳單　□廣播　□電視　□其他

你對本書的評價：（請填代號　1.非常滿意　2.滿意　3.普通　4.不滿意）

書名_____ 內容_____封面設計_____版面設計_____

讀完本書後您覺得：

1.□非常喜歡　2.□喜歡　3.□普通　4.□不喜歡　5.□非常不喜歡

您對於本書建議：

感謝您的惠顧，為了提供更好的服務，請填妥各欄資料，將讀者服務卡直接寄或傳真本社，歡迎加入「印刻文學臉書粉絲專頁」：http://www.facebook.com/YinKeWenXue 和舒讀網(http://www.sudu.cc)，我們將隨時提供最新的出版活動等相關訊息與購書優惠。

讀者服務專線：（02）2228-1626　讀者傳真專線：（02）2228-1598

把一年的房租給先繳掉了。這麼一來也好，特別有種一整年自由自在的感覺。

也因預繳了一年的房租，Q死了之後我仍住在這間公寓，一切如常。先前Q在他的房間聽音樂，聲量都是放得很低的，沒了Q我不覺得屋子特別安靜，也不覺得自己一人特別孤單。

傳言Q死在租屋處，這是因為Q老是放話他會早死，因此早有人懷疑他心存自殺企圖，產生這樣的附會之說：Q於租屋處自殺身亡。但我很清楚Q死在別處，至於Q的鬼魂會回來找我這種事，我是不信的，他沒這個必要。我和Q修的課幾乎一樣，Q沒有交通工具，總是坐我的機車，因此我倆看似形影不離，實則是不相打擾的，在租屋處兩人經常是各自獨坐自個兒房間，吸菸看書，或什麼也不做。我倆從不打掃，不在屋裡開伙。因此這房子保留了它多年陳舊積汙的模樣，打從我倆搬進來就堆在廚房的髒碗盤一動也沒動。

這屋裡原本無人氣的潮濕霉味很快給另一種氣味取代。所有物事皆給薰出濃濃的菸味兒，棉被、書本上到處是燒破的鑲了焦橙色邊的洞。偶爾打火機沒火，跟對方要火點了菸，回房間整晚便就著這菸頭一支支點下去，也不會再去騷擾對方。

我房間裡原本有一張彈簧床墊，似乎是兒童用的，嫌小，睡在上頭小腿以下懸空著，終究是不行，便推進了儲物室，買了一張榻榻米放在地上。夏天見有小蟲從榻榻米縫鑽出，我一忘情便用香菸去燒，弄得菸灰到處塞在榻榻米的乾草縫隙裡。

教室也是不准抽菸的，我和Q若是早到，就坐在窗台上，對著外頭的花圃吸著菸，那花圃給周圍的建築物遮著，是不見陽光的，芋頭生得肥大，地上的泥特別爛。班上一個小個子，頭髮總是油膩垂掛著，臉上長著痣的女生指著我和Q罵幼稚，要咱倆別裝酷。她惡狠狠地盯著昏暗中Q那坑坑巴巴的臉，被煙霧包圍的Q咧開嘴笑了笑。

這有什麼相干呢？憑我倆的模樣，沒想過有什麼事會讓自己看起來更怎麼著一點。

Q的髮型有些像貝多芬，但更捲些，更狂亂些，更要長一些，夾雜許多白髮。雖然才二十歲，常被以為是四十歲快要被現實擊垮的中年人。路邊看面相的常會對經過的行人高聲喊道您的眉型生得好，或者耳垂肥大，或者鼻子英挺，讓我來給您仔細看看。Q有一次給拉了去，那天他心血來潮，想做件善事。看面相的先生說他雖是中年人的年紀，卻依然有少年人的眼神。Q回到家在浴室裡望著鏡子許久，用手指撐著自己的眼皮，尋找他的少年眼神。

跟Q相反，我是個瘦子，穿著短褲時大腿和小腿一樣細，我天生一雙彎腿伸不直，站著的時候總好似作勢要蹲下一般。

Q說話很慢，字句間有時停頓很久，且老半天也很難讓人搞清楚他究竟要表達什麼，別人有沒有耐心聽Q講話我不知道，我是不著急，因為我對Q究竟要表達什麼是一點也不在意的。

我想Q說話那麼慢，約莫是腦子裡想的東西太多，連他自己也忘了他正在說話。有時候你甚至會頓生錯覺，彷彿他腦子裡飛舞的景象漂浮在他臉上，當Q重複著幾個相同且不甚有意義的字句，轉著眼珠子，臉上既像沉思又似茫然，無意識地搔著頭髮時，他的臉頰發著一種亮晃晃的光，一條灰色的路鋪前展開，兩旁的綠樹晃悠著倒退，旁邊擴展出去的是一片田野，開滿黃色的油菜花。柔軟糾結著的白雲羊群追逐著打橫越過，好像天空是一大塊紐西蘭的草地。

這一點我和Q也相反，我說話總是太快，快到我也忘了自己正在說話，好像話語是一列發了狂的火車，我瞄了它一眼，讓它兀自疾奔，漠然不加理會。我常在吸進肺裡的菸還來不及全吐出，便急忙開口胡言亂語，菸老把我自己的眼睛薰出淚來。

小個子女生怒吼著「不要瞧不起我！」的尖叫聲迴盪在陰暗的走廊上，那聲音像一艘船在透著一點點微弱粼光的陰沉海水裡飄搖。我的腦子裡經常出現那時候小個子女生尖銳但又被什麼莫名的東西給遲滯了的聲音。我們連她叫什麼名字都沒印象。

我猜我倆誰也瞧不起，但又不意味著我倆自認比人高一等，這兩件事也不相干。

「如果我的狗想抽菸……」我說。

「你沒有狗。」Q說。

「所以我才說如果。」

「你的如果指的是你有狗，然後如果牠想抽菸。」

「隨便，」我聳聳肩。「如果我的狗想抽菸，我絕對不會攔阻，狗一生的時間也不過十多年，我希望讓牠盡量做牠高興的事。」

「如果我兒子想抽菸，那麼也是一樣的道理，他說不定活得比狗還短。世事無常。」

「有一天你生了兒子還會說這樣無關痛癢的一番話麼？似乎你還沒有兒子你已經開始懷疑你

的兒子不是你的。」

「不，咱不就是以『如果』為前提在談論嗎？『如果』二字總是不負責任的，如果我有一個兒子，那麼就是當作我有一個兒子且是親生的兒子在談論。」Q停頓了一下，「但我是活不到結婚的，我的病會讓我英年早逝。」

「你有什麼病？」

「很難說，疾病是一個隱喻，它可能是各種形式。」

我和Q躺在湖邊的草地上，太陽被烏雲遮蓋實了，可以毫不費功夫地睜眼望著天空。Q瞇著眼坐起來，眺望湖對岸，那邊才是校園。我倆喜歡到湖這邊來，校園裡的湖邊全鋪了石板路，不像這兒是草地。那邊終日人來人往，這一頭則是私人屬地，但只一道矮牆，很容易翻。

倏忽騰空一道閃光，把一大片銀灰鏡子的天空擊出一條蜿蜒的裂紋，一路往地面碎裂下來。好像那閃電把Q垂在額頭的頭髮給掀開了一樣，乍時被照亮的Q顯得特別光坦的臉抬了起來，停頓了手裡的動作，眨了幾下眼睛。他每眨一下眼，掀開眼皮時便好似眼珠子要望向天空，製造出一種懸疑的表情，恍若豎耳諦聽，等待閃電以後的雷聲。但我們沒有聽到什麼聲響。

Q點了菸。

我仍舊躺著，一兩滴蜘蛛絲般細弱的雨飄飄晃晃地落到我臉上，觸著的面積比針尖還小，比蘆花的飛絮還要幼輕，仍給皮膚帶來瞬即揮發的涼感。

「今早我醒過來，還不想起床，但卻又睡不著。」我說，「於是我平躺著，心平氣和地深呼吸，這使我逐漸進入一種沉穩安詳的境地。我發覺我吐氣的時候，整個人會下沉，往枕頭裡往床裡往地裡下陷，反過來，我再吸氣，我就浮起來。我深吸一口氣，吐得越悠長，陷得深沉，再吸的氣越多，就飄得越高，一直飄到挨著天花板。

我一觸到天花板，我就不下來了，像個氫氣球輕飄飄地挨著天花板移動，但只能這麼飄，怎麼都出不了房間。我心想這可不行，便打開窗，往外跳了出去。」

「咱住的是五樓。」

「我知道，所以我才跳。你忘了我不是飛著？不過一跳出去我就明白了，我非悟出了什麼騰空飄浮的祕訣，我不過是在作夢罷了。倒是我也沒繼續朝著這敗興的方向想，反正是飛著了，我就在街道、商店、百貨大樓四處遊蕩，我遇著一個小男孩，他問我是怎麼讓自己飛起來的，我說吐氣下沉，吸氣就浮了。那時候我就要面子起來了，不讓他知道我只是在作夢。

現在清醒著，覺得會認真相信吸氣時人能夠浮起來還真是笑話。可惜。要真能相信，也就浮起來了。」

天色變得相當暗，樹林和其中那些矮房漸漸隱沒到黑影裡，連湖水也朦朧起來，周遭光度陡然消滅，活像熄了燈即將有電影要放映似的。

雨還沒落下，身邊的草皮便散發出一股溫潤的腥味，暴雨將至，這些草木似預知即將被蹂躪的動物，神經質地聳著毛，半緊張半激揚地等待著。

我想起前些日子學校舉行的越野賽跑，這是每年全校學生都要參加的活動。我和Q有個共通點，凡被迫之事必不認真。非出於我二人反骨，執意叛逆，這習性如何養成，或天然，不得而知，無從追溯，只曉得如今已成為本能。近五公里的環山道路對Q與我來說一太胖一太瘦都不適合，去年我和Q乃閒散漫步，一路晃悠著欣賞野草遊蟲、亂石山色，不時躲入樹叢小憩吸菸，合眼靜心聆賞林間鳥囀，待我倆回終點，早已曲盡人散，滿目蕭寂。由於出發時是千軍萬馬浩浩蕩蕩，這回來的景象讓人感覺自己有如從戰場大敗歸鄉的餘生者，且渾然不知其餘同袍皆早掛凱旋旗列隊返回接受彩帶鳴砲迎慶，娶妻生子安身立命，三年都過去了。

今年我倆走一條祕徑，縮短一半以上路程，不是只有我和Q走這條捷徑，這條捷徑也非我倆發現的，跟著這麼偷雞摸狗的起碼有三、五十人。捷徑無異讓人墮落，好像既使用了這便宜，就得發揮它的功能，我和Q反而不再如前一年那般浪漫愜意、且走且停，而是靜默揮汗趕路，速度雖不快，但絕說不上閒適，到了終點，竟然還有不少人落在咱倆後頭。Q露出帶有譏諷意味的笑容，至於是譏諷誰、什麼事，倒也不重要，那個當兒無論任何人（包括我倆）、任何事在意義上都有著半斤八兩的共通性。

我和Q走進廁所，赫然發現地上積滿水，四處漂淤著深色的汙物，讓人直覺想是糞便，但或許大多只是泥垢。不管是糞便還是泥垢，我和Q都不打算再往裡走，正在此時，裡間傳來說話聲：「像這樣跑步回來渾身汗淋淋做愛的滋味，真是浪漫痛快。」我和Q對望一眼，悄悄走出廁所，先在圍牆後頭撒了尿，然後步開幾公尺外吸菸等著，對賭從廁所走出來的是一男一女，或者兩男，興許還是咱認識的人。結果是我和Q從沒見過的一男一女，我忍不住笑出聲，笑的不是賭的結果，而是那女的板著一張再壞不能的臭臉，與男的剛才說的什麼跑步回來渾身汗淋淋做愛的滋味痛快，完全是牛頭不對馬嘴。當然了，誰會覺得一身濕黏酸汗泡在糞水裡，滿室屎尿衝鼻騷臭當中做愛有什麼浪漫情致。

那兩人走遠了，我和Q仍在原地沒動，Q幽幽說，他是在進大學前的暑假破處的。我楞了一下。Q說他始終認為他會早夭，不想死時還沒嘗過性愛滋味，因此回老家時，舅舅說要帶他去嫖妓，他沒拒絕。

Q說完，我倆都沒再說話，只靜靜吸著菸。我心中忖著這件事對我造成的衝擊，倒不是Q比我先破處震動了我，而是，一直深信Q與我同樣對世間任何事都是毫不在意，不會刻意去做什麼，這如少女臉頰般潔淨平整的默契，如今滋生出老婦的皺紋。

我並不嫉妒Q找過妓女，這是毫不虛假的，我對與女人發生關係未曾抱著熱切的期待，當然，我是對男人一點不感興趣的，但也不能說我沒有性慾，事實上我手槍打得頗勤快，我老是沉浸於自慰。或許世人眼中這是件可悲的事，我卻有不同的想法，我認為這比較乾淨。我說的乾淨指的是不複雜，可以說是不必踩在糞水裡。我不能說自己是個癖好清潔之人，因為事實顯然不是如此，只需去瞧瞧我住的那個地方。然而我卻不喜歡自己的肌膚弄上黏人的塵垢。我總是每日把脫下來的衣服掛在通風處，讓空氣把上頭的各種味道帶走。只不過濕氣重的日子，衣服又會染上另一種更深層的陰鬱的味道。

聽到Q說他不想到死時仍是處男，這動搖了長久以來我自以為的和Q之間安靜的平衡感，這平衡來自於不言自明的共識。

之後發生一件事，與Q告訴我他不是處男之身有些異曲同工，Q收到一封情書。這封信還被班上多人傳閱。我和Q搬出宿舍後，和班上的同學便來往漸少，成了化外之民，這封情書又將Q納入群體之中，雖然是短暫的。

Q似乎很高興，但回到住處，就把信給撕了，一臉毫不在意。Q說他對情書——也就是有人向他示愛這件事並無太大的感覺，然發生這樣的事卻是教人欣慰的，使得他人不至將我倆這種離群之人視為可悲而怪誕。

再一次，我發覺Q和我表面相似，其實是不同的人。同時我覺悟到Q的內心實則存有浪漫，所以才會老是嚷著他會早死，這令我感到十分不耐煩。

「以後別再說那些早死的廢話！」我對Q這麼說時，難得地顯露了怒氣。

Q臉上浮現困惑的表情。或許他以為我說這句話是出於一種友誼，像一般世俗之人忌諱說死，以及人們不願意聽到視為重要的人咒自己死，我對Q不可能抱以這樣的情感，Q若是不知道，我是會失望而憤怒的。我怎麼可能會是那樣庸俗的人。

情書那件事後來沒有下文，難道不可能是個惡作劇？這種懷疑我自然沒有說出口。Q呢，也沒有掛心上，這在我看來是令人欣慰的，絕非出於我嫉妒Q，而是本就不該被這種無謂的事左右，弄得像個小丑似的。我並沒想到Q這麼表現是怕我吃味，妒忌他更受歡迎一些。

Q把他那包菸裡的最後一根抽完，雨驟滿地倒潑，我竟讓洩入口鼻的雨水給嗆著，從草地上猛坐起身來狂咳。Q指著前方說著什麼，我勉強睜開眼，瞧見一個穿紅褲子，戴棒球帽的男子在不遠處的草地上奔跑。

天午閃亮的同時一記響雷，我和Q看著那男人被擊中，轟然倒地。我倆站起奔過去，見那人躺著不動。「死了？」我望向Q。雨嘩嘩往頭頂傾灑，沿著臉、下巴、衣緣流下，咱倆像兩尊塑像站著，猶豫是否該去探一探此人的脈搏或鼻息。Q搔了搔他那在雨中分外淩亂的捲髮，蹲了下來，正要伸出手，「該不會摸了觸電？」我說。Q似乎也納悶了。

正當此時，那人睜開眼，同一時間便蹦站了起來。

「雖然都說雷雨時別外出，會殛死人，但真給打著還是少見的，說起來時有所聞，跟其他各式各樣的死法相比卻還是稀少的，甚至比飛機墜落還少。我還是碰上了，能說不是機運？肯定要去買一張彩券。」那人若無其事地說，往身上到處拍了拍，手上沾了汙泥，我看起來像燒焦衣服的炭灰。「您倆還是小心一點，雖然被殛死的機會微乎其微，被打中多少是有些暈的。」

我和Q來這片林地常見到此人，永遠穿著紅褲子，戴著棒球帽，在草坪上閒逛、唱歌、自言自語，是個傻子。有一次他抓了一隻甲蟲給我和Q看，我倆沒說話，心裡是覺得那甲蟲不賴的，背部的顏色像上等光滑的核桃木。他又把那隻甲蟲拿給一個經過的女孩看，他把甲蟲放在她的頭上，還想去吻她。也許，我倆一直以為這人是個傻子，現在一瞧不傻，或者，本來傻，給雷一打中腦袋，不傻了。

Q和我老是說要去游泳，但白天頂著熱烘烘的太陽，那是提都別提的，傍晚抖動著兩條光腿游水的男女太多，我倆也不想去湊熱鬧，一日Q說不如乘夜去好了，靜爽自在。我心想也是個主意。

游泳池在球場後頭的山腰上，入夜靜得嚇人。但說靜也是不真確的，蟲唱排山倒海，使出渾身解數，怪鳥長鳴，有些難以形容的噪聲，不知出自什麼東西手筆。只不過對人來說，不具意義的聲音有時是聽不進耳的，便只覺靜謐了。

月色是毫不含糊地明亮的，那光清冷而銳利，可惜不經用，連地上的草團土塊也無法分辨，遠處樹影更是整片遁入釘在天幕的黑暗壁紙，只留一點點浮水印般的淡淡紋路。黑暗多少讓人有些忐忑心驚，但這山路據說是情侶幽會的熱門所在，也許正在此時便有成雙成對的男女躲在樹叢中親親膩膩互蹭呢喃著。

黑夜乃背向太陽，面朝無止盡的宇宙深淵，令人惶然膽寒也是理所當然，那些自豪膽大，不具畏怯之心的人都是天真的，天真毋寧是好事。我不太清楚像我和Q這樣的人算不算天真。

游泳池畔的小屋旁有一盞路燈，只能照亮方圓三五公尺。我說下回帶手電筒再來吧，Q喘著氣說好容易都爬上來了。

我倆其實帶了泳褲，但真不需要，一個人也沒有，有也什麼都看不見。池子裡漆黑一片，只靠近路燈這一頭些許浮現幻霧一般的淡淡形影。

我和Q爬過鐵絲網圍牆，在池邊吸了兩支菸，眼睛逐漸適應了黑暗。這幾日是颱風襲來前夕，極悶熱，即便夜晚也無風，因為濕度大，體內的熱氣散不出去，整個人被充滿壓迫性的窒息感扼著難受，坐著不動，額頭都冒出汗。Q脫了衣服，緩緩進入池裡，模樣極為小心翼翼。

「怎麼樣？」我說。

「水涼著。」

我也脫了衣服下水。

池裡僅靠邊上一公尺多的地方是約略有能見度的，再過去真是一片徹底的黑了，連我倆身處的水面下都是不透明的黑。

Q和我在水中像兩傻瓜般來回漫步，好一會兒才開始游動，先是挨著池邊，慢慢的，Q往黑暗裡游，我則是跟在Q後頭。話雖如此，我倆前進的距離也不過十公尺便折回。

「我倆這樣在黑暗裡裸泳，別人瞧見了不以為是鬧戀愛才是奇怪。」Q說。

我依稀可以看見極微弱的光度下Q一盤散沙般的臉上的笑意，就在此時，那笑凝固了，Q的眼睛睜得大大的。

「什麼東西？」Q的聲音在顫抖。

現在回想，我記不清了，是否看見有物體浮沉在水中，是一團黑影，或可見為人的形狀，抑或那物體漂過來時也碰觸到我，我無法弄得清。我的腦中有時重現當時的景象，會描繪出漂盪在水中的髮絲，或半睜的人眼，但那很可能是幻覺，虛造的意象。其實我唯一能明確記得的是，黑暗。無論是空氣或水都是一整片混沌晦暗，整個人彷彿被浸在暈染的墨水中。我倆爬出游泳池，抓著衣褲來不及穿上便狼狽爬出鐵絲網圍牆，這些過程我都不記得。

沒人知道我和Q曾經去過那裡。隔日便得消息，一具女屍被發現漂浮在游泳池，是本校的學生，事實上，是我班上的同學，就是那個曾經斥責我和Q的小個子女生。她究竟怎麼死在池中，尚是一個謎，或者他們不願讓更細節的訊息透露給所有人知道，不過她死亡的時間比我們到那兒要早上好幾小時。

幾日前我們還見過她，在籃球場邊上。傳言她很積極地在倒追三年級的籃球隊長。不自量力倒追那位英挺又富有魅力的男子，讓她飽受譏諷。但說是籃球隊長，這也不過是每年校內籃球賽舉行前才組成的，跟高中校隊裡那種明星選手不可相提並論，且每個年級都組了一隊，實力倒在其次，有些半被逼迫的性質。即使如此，球賽仍是件大事，系內的比賽多數系上學生還是會去捧場觀看，我和Q也不例外。

小個子女生很專注地望著她的心上人，那景象毋寧是讓人有些感傷的。

Q說在水裡時小個子女生曾用手抓了一下他的手臂。

Q是個說話慢條斯理但總是把話說不清的人，急了就更說不清了。Q對某些不解的事會一再重複，用各種方式拐彎抹角地問，但問來問去都是同一個問題，就算是答了他也還是繼續問。

我猜我們逃走的時候，Q的心中有過黑暗的掙扎，因為他的手臂被抓了一下，很可能那是一個活人，需要救助，但Q沒說，這件事他埋在心裡。隔日得知小個子女生死亡的時間早在我倆抵達前，那麼抓他手臂的是個死人。因為恐懼和怯懦而見死不救的罪惡解除了，卻產生新的疑惑，死人抓他的手臂做什麼？

Q執拗地問為什麼，我說死人總是這樣的，尤其是死在水裡的人，他們總想抓點什麼東西。

我想到那夜黑水中的屍體朝著我倆緩緩盪游過來，這意象並不讓人愉快。也或許她不是朝我倆游來，只是游向照入混沌之中的幽忽隱微之光。但那不是引渡亡魂的光，只是一盞圍繞著成群蚊蟲的路燈。

「你怎麼說得出這麼若無其事的話？」Q憤慨地說。

Q不曾用這種態度與我爭論，令我頗驚訝。

「我明白了，因為她抓的是我不是你，你覺得事不干己，漠不關心。你向來是這麼一個人，自私，對於你自己以外的事一點感覺也沒有。」Q說。

Q這麼說對我是極不公平的評價，但我並沒辯解，因為從某種層面上來看，他說的也沒錯，我答不上話來。

「這是我自己的問題，我不該問你的。」Q冷冷地說。

我不知道此時Q的心態發生了微妙的變化，從混合著懼怖和迷惑，到憤慨、孤獨，轉變成了一種優越感。

那具死屍並不是游向燈光，也不是游向我和Q，而是游向Q。只有Q，不包括我，我只是恰好在旁邊。

「你覺得我瘋了麼？我受到鬼魂的詛咒，我的頭腦不正常了，我開始冒出一些奇怪的思想，我走向精神錯亂，我若非被邪魔附身，就是受到太大的驚嚇，你是這麼想的吧？」Q說。

「我沒這麼想，你知道我的，我從沒有這種世俗人無聊的想法。」

Q發出矯揉嘲諷的笑聲，「我差點忘了你這自命清高的特色。」

我訝異地望著Q，「我何時自命清高？」

但我自己說了「世俗人的無聊想法」這幾個字，又陷入跟之前同樣的窘境，我斷然不能同意Q說的，卻又無法辯駁。

「我不明白你的意思，你質問我是否認為你瘋了，我答說我不可能有這樣的想法，你又批判我這種態度，那麼我該如何？我說沒錯，我認為你瘋了，你才稱意嗎？」我耐著性子說。

「總之，今後我不會再找你談什麼問題了，你是個無知的人，你以拒絕去理解一些你沒有能力理解的事而自滿。」Q轉身離去。

Q倒並未從此與我形同陌路或者不再交談，雖然他的確開始改搭公車，取代坐我的機車，但他老早就說過有此打算了，自由些。然Q看待我和他的關係變得與以前不一樣，我不能看透Q的心，當然不知道他在想什麼，但我從他的言談和行為可以感受得到，他的情緒時而高低轉變，有時會回到從前，我倆自然而然順著彼此的共通性的狀態，有時他會陷入抱怨不滿，有時則處在一種奇異的趾高氣昂中。

但我並不認真以為我和Q的友誼有什麼巨大的損傷。

Q瞞著我（當然，Q本來就沒有理由做什麼都得讓我知道）去找了小個子女生死前愛慕的那位學長，抱著什麼具體目的我不知道，但我想終究是跟他認定在水中她抓了他的手臂有關（且看來這不是一個偶然，她是「選擇了他」，換言之，他是特別的。有時我懷疑Q認知自己的特別可能建立在相對之下我的「不特別」上）。不幸那似乎是一個極挫折而令人不快的遭遇。

我知道Q去找那學長，不是Q自己告訴我的，而我會知道這件事，可以見得沒有人不知道了，換言之，是從學長那兒傳出來的。

「雖然是有點可憐，但因而跑來指責我，你這個人的頭腦……實在很教人為難呢！」對方說。

這時候學長的臉上，恐怕極力掩飾著強烈的嘲弄與滑稽感，努力裝作認真的表情。

我的腦中不自覺浮現對方高大挺拔的身材、俊美的相貌和時髦的衣著，與Q肥胖、頭髮花白、一身邋遢的對比。

「你是她什麼人？」他這麼問Q。

「她拜託我來的。」Q答。

那日在陰暗的教室，對著我和Q尖叫著「不要瞧不起我！」的小個子女生，是相對於我和Q的另一邊，而這個時候相對於那露出難以遮掩的輕蔑笑容的健美的學長，Q和小個子女生成了同一邊——挫敗、醜鄙、卑屈的一邊。

Q回來好似變了一個人。

「像你們這樣的人，什麼都無法理解。」Q沒頭沒腦地指著我說。

「你們」是什麼意思？若我假設我是跟那學長被劃到了同一邊去，似乎美估了自己，Q只是把他以外的人都劃到一邊去了吧？

但Q比我更理解了什麼呢？

我承認對於這件事我能理解的事很少，應該說，我壓根不曉得我該去理解什麼。我心中有些疑惑，好比說，小個子女生是自殺嗎？我沒聽說過有人跳進游泳池裡自殺，她為何不跳湖呢？我想不出個所以然來，但我心中生出一個怪異的想法，她選擇游泳池，因為那裡頭的水比湖裡的乾淨。

若說那夜發生的事對我沒有任何情緒上的衝擊，肯定是完全不誠實的，但對我的期末考並未造成太大的影響，我的意思是，並沒有讓我考得比較好，而本來就不能再壞了。

繼而來臨的暑假，我和Q仍住在租屋處，分別找了打工的工作。Q變得比以前沉默，我倆談話的機會並不多，連打照面的次數都越發減少。一日，Q遞給我一張傳單，「要不要一起去？」他問，眼中並不包含什麼期待。

「這是什麼？」

Q解釋那是聲援一位宣稱遭指導教授不當騷擾的女研究生，似乎有一票人打算結合起來整治一下那位教授。

「別開玩笑了，」我把那張紙一扔，漠然地說：「那是生化所耶，離我們百八十里遠，你壓根不認識這個女生，也沒聽過這個教授，怎麼知道真相是什麼？只因為這上頭寫的極盡煽動能事，太不分青紅皂白。」

「不分青紅皂白？」Q瞪著我，但一瞬間就轉為冷淡的表情。

「你是個投機分子，」Q說：「你永遠可以在清高和俗不可耐間隨心所欲地來回。」

從那之後Q不再與我說話，連見面也不打招呼。我和Q最後一次對話非常奇怪，那天是個晴朗的日子，雖然已步入冬天，楓葉已枯黃，卻留殘紅，比深秋時更像燃燒一般，似一團團淒厲火焰。Q看來心情非常好，神清氣爽，帶著具有優越感的笑容，走過來拍了拍我，一副什麼都沒發生，我倆感情依舊如從前般好的模樣。「一個人沒有勇氣去做正確的事，是因為缺乏自信。」他以無限同情的眼光對我說。當日傍晚他卻騎著自行車掉落橋下摔死。

Q果真是如他所預言的早死了，還不到他的二十一歲生日。

因為我既不是Q的親人，也不是他的什麼急難聯絡人，Q出事，並沒有人通知我，Q接連數日未返回租屋處，我雖有些奇怪，但心想他自有他的理由。有時我感到心神不寧，吸上幾支菸也就平靜了。有時我會坐在客廳的麻將桌上看書，這客廳在青白的日光燈照下，有股酸陋悽慘之感，但打開窗總能聽到隔壁住戶的夫妻吵架聲，那丈夫的聲音跟總統先生的聲音頗神似，我覺得有一番趣味，越在國政混亂之時，他倆爭吵的話語越帶來具諷刺性的幽默感。

我得知Q身亡，已是他死後三週，我甚至錯過他的告別式。但這也無妨。Q的房間從他離開後我沒進去過，Q的家人也並未表示要索取遺物。這麼一想，我和Q對原屋主留下的所有事物沒生過好奇，什麼想法都不曾萌生過。

有時候我彷彿聽到鑰匙插入門鎖轉動，開門繼而關門的聲音，浴室裡水呼嚕呼嚕通過排水管的聲音，熱水器燃燒的轟隆聲，拖鞋踩在地板上的啪嗒聲，我甚至會瞄見Q晃過時投下的影子一瞥而逝。我不覺得Q不在，但也不覺得Q在。這就像「Q」這個字作為塗在牆上的油漆，是可以擦掉的，但這個字母本身卻不會用任何方法能使其消失。

一年租約到期的前一個月的某日，房東來了。那臉色蒼白，一雙腫眼皮總好似半睜的男人帶著一個朋友，在太陽下山時按了門鈴。彼時已是深冬，日落得早，不到七點天已全黑。剛好是寒流來襲，當日特別的冷。

房東對於一進屋滿是菸味，看來似乎不以為忤。因天冷門窗都關緊著，但仍擋不住寒氣，房東和他的友人脫下帽子和大衣，皆縮著脖子搓著雙手。

「這麼冷的天，來吃火鍋吧！」房東說。

我吃了一驚，說明我和Q從未在屋裡煮過東西。

房東聽了什麼表情也沒有，只吩咐和他同來的友人出去買材料，起身到廚房去踅了一趟。我心想他見著廚房還維持他上次來的模樣，肯定大為驚訝。但他走回來，依舊是一臉空白。

友人穿上外套、圍上圍巾出門去了，臨走前房東又叫住他，要他別忘了買酒，他說他當然知道。我和房東在麻將桌前坐下，房東抬了抬一邊屁股，從長褲後口袋取出香菸點燃，「最近哪，做什麼事都不順利，但這也不奇怪吧？要是什麼都順，反而讓人心慌，你說對不？」

我沒說話。

「一年的租約快到期了，我想問你，還繼續租下去麼？」

我不置可否。我一直逃避去想租屋的事，一個人繼續租這麼大的房子，我是負擔不起的，無論另找住處或另找同伴都很麻煩。

「這房子橫豎是難租出去了。」房東嘆口氣說。

我以為他也聽到關於Q的傳言，便澄清說Q身亡是在光天化日的馬路上，並非在這屋裡。

「啊！那個傢伙死啦？真是不幸。」房東臉上閃過一絲意外的愕然，但旋而消逝，不以為意。原來他並不知道Q的死訊。

房東以夾著菸的手指摸摸下巴，眉頭要皺不皺，露出一種既像是痛苦又好似只是單純無意義的神經質的扭曲表情。

「你沒有什麼作祟的感覺吧？」房東問。

我搖頭。

「年輕真好。」房東說，瞇著眼，似笑非笑著，吐出白色的氣體不知是香菸還是寒冬中嘴裡呼出的熱氣。「年歲這東西，吃人膽子，我像你這麼大，也是天不怕地不怕的。」

「我的膽子並不大，只是神經遲鈍。」我說。

「哈哈哈，男人的神經就是要遲鈍的，」房東把掉在他的深藍色毛衣上的菸灰撢了撢，但看來反而像是把那些灰燼抹在毛線裡頭了。「難不成該纖細嗎？那可就壞事了，日月要反過來。」

我望著他的臉，我總是弄不清這人的表情，究竟是嘲弄、厭煩或者愉快。

「你一個人住在這兒，不怕寂寞嗎？」

「一點也不。」

「你跟我叔叔很像。就是這屋子原來的主人。我一看你就這麼覺得。小時候我挺喜歡他的，他是個不在乎別人的眼光、別人的看法的人。」

我等他繼續說。

「但我要勸告你，別以這為自豪。做自己、我行我素、不害怕孤單，聽起來滿美的，但有一天你就會知道，俗不可耐地活著，充其量也只是庸俗而已，連成功和失敗都沒有差別。然而脫離了世俗，就只剩下自己的根本了，那就是賭上自己的本質，一旦失敗，就連自己的存在也輸掉了。」

他停頓了一下，一會兒才想起什麼似的，「啊？你們把家具都扔了嗎？」

「不，堆在那間房間裡。」

「你睡那個彈簧床墊嗎？」

「怎麼可能？那個床墊太小了，何況，睡別人睡過的床墊也太奇怪了。」

「旅館裡的床墊都是千百人睡過的。不過你說得對，那床墊太小，我叔叔是個侏儒。」

我楞了一下，不自覺失禮地微張著嘴。

「你放心，他不是死在床墊上，他死在衣櫃裡。」

我的嘴張得更大了。

房東的臉上卻是一派好整以暇。

「你沒說過他死在屋裡。」

「別緊張，衣櫃是處理掉的，那種東西怎麼可能留著。何況他死了很久才被發現，衣櫃打開臭不可當。」

「他是被謀殺的？」

「不是。」

「你竟然沒告訴我們這屋裡死過人。」

「那是當然，說了你們還租麼？」

「卑鄙。」

「傻子。」

我倆互相咒罵著，但臉上並無不快，甚至相反。

「我剛說了我小時候跟我叔叔感情挺好吧？親戚裡就我和他處得來，所以他把這房子留給我。我還是個孩子的時候，叔叔帶我去兒童樂園玩，我倆會交換衣服來穿，他成了孩子，我成了大人，他還讓我叼根香菸吸著，你應當瞧瞧旁人見到我倆的表情，迷惑，愕然不解，有意思極了。」房東說著，臉上一抹傲慢的微笑，但隨即又變得淡漠。

客廳裡的空氣越來越冷，不經意抬起眼，注意到鋁窗的廉價壓花玻璃上什麼時候有了一道裂縫。或許那裂縫從搬進來的時候就有了，我卻不曾發現。我心想著冷空氣不知道能不能從那個縫裡滲進來。或許我想多了，那薄薄的玻璃本來就隔不住外頭的低溫，這才驚覺都忘了給客人倒杯熱水。

「我叔叔是個很有想像力的人，很會說俏皮話，他的俏皮話專愛冒犯別人視為神聖、高貴、一本正經的人事物。」他停頓了一下，「但聰明人都不會生他的氣，只有笨人才會，因為笨人聽不懂那俏皮話多好玩。」

在菸灰缸上靈巧地彈了一下，露出淡淡的笑容。

「我小時候挑食得厲害，挨我爸爸揍，他總是袒護我，他說虎豹只吃肉，牛馬只吃草，為什麼人就什麼都得吃呢？就因為是猴子變的嗎？」他說著大笑。「我總是期待他開口說話，他這個人非常不一樣。」

沉默了幾秒鐘，接著卻搖了搖頭，吐出一口菸，好像是代替他的嘆氣：「終究成了一個憤世嫉俗之人。」

房東的友人回來了，連火鍋店老闆娘的孩子也帶了回來，兩人捧著鍋子，外帶乾淨的碗盤。

友人把鍋子先放上瓦斯爐再熱上。我和Q平常雖不開伙，但要用熱水洗澡，瓦斯是有的。一會兒鮮美湯頭與各種煮物的香味便飄溢在屋內，冰冷的空氣溫熱起來，還染了些許油膩的蒸氣。

「太好了，先來杯酒吧！」房東歡欣地說，擺出四個杯子，一一給斟了高粱酒。

「孩子還小呢！」友人回過頭，瞄了那靦腆的男孩，男孩的年紀約莫十歲，脫下毛線手套，捧起玻璃杯。

「嘗一嘗味道吧！一點點，不礙事。」房東露出溫和的笑容說。

房東把杯子推向我，我倆舉起杯子，「敬死者。」我說。

房東的友人走過來坐下，拿起酒杯。「空著肚子就喝酒？」

「顧不得了，先暖暖身子。」房東說。

「冬天是好的，冬天的寒冷讓人得承認自己忍受不了孤獨。」友人說。

「我是不需要人作伴的。」我辯駁道。

「這小子好強了。」房東嘻嘻笑著說。

我沒答話，只靜靜地喝酒。

房東忽然說：「你還繼續住在這兒吧？房租是不漲的。」

「想都別想！你這個騙子，當我是笨蛋嗎？」我大聲說。

我倆同時爆出笑聲。

惡魔的習藝

神被派遣到人世，向人學習惡，以成為惡魔。

●

昨晚夢見老師。

老師剛死的時候，我以為老師一定會來我的夢中，一定的，沒有道理不來。但老師沒出現，無論是夜裡，或早上睡回籠覺、下午睡午覺，夢中都不曾有過老師的形影，我感覺深深的失望，老師竟然做得出這種事，是想把我徹底抹煞嗎？太卑鄙了！

但是六年過去了，我早就不想老師出現在我夢中。其實就連六年前，想在夢中見到老師也不過是賭氣。現在老師出現了，我感到驚訝，也很疑惑。老師這是什麼意思呢？

夢中的老師頭髮亂糟糟的，露出天真但又猥瑣的笑容，我看了覺得討厭，便掉頭走開，雖然夢裡沒有聲音，但我知道老師在後頭追，我心想，不能回頭看！但我還是忍不住回頭了。回頭的剎那我在心裡大喊了聲：唉呀不妙！我不該看的！然而回過頭來，不見老師蹤影，我困惑了幾秒，垂下臉，老師變成一個侏儒小人，臉皺巴巴的，伸出他的小手，拉著我的衣服。

我醒來時聽見有人打嗝的聲音。我坐起來，轉過臉望著睡在旁邊的老公吉米，他睡得很熟，模樣很老，雖然認識他的時候頭髮就已經禿了，但天天看沒什麼感覺，實則頭髮比以前少了一大半。

剛才那真的是打嗝的聲音嗎？或許那不是現實裡的聲音，是夢裡的。正這麼想，又聽到打嗝聲，我看了一眼吉米，人在睡夢裡也會打嗝？應該是我的錯覺吧？

很奇怪人在聽到某種聲音的瞬間，那認知是無庸置疑的，可聲音一旦消失，只剩下腦中的記憶，你再怎麼召喚，它都是贗品，它變得很可疑，完全無法證實。那真的是打嗝的聲音？如果不是人的打嗝聲，那它是什麼？或者，那聲音真發生過？

我盯著老公的臉，靜靜等待下一次打嗝聲。

良久，沒有任何聲響，我重新躺下，無防備的，又來了！

我把棉被蒙住臉。

該不會是死去的老師在作怪？這奇異的念頭莫名其妙浮上來，頓時不由自主輕顫了一下。

一年到頭吵嚷著減肥，近日的認真非比尋常，幾天沒吃宵夜了，此刻還正在電視機前面賣力地踩動著腳踏健身車呢！

這種勤快與毅力和我的本性相去太遠，吉米難免起疑，「你是要跟送花給你的人見面吧？」

「才不是。送花的人是誰，我一點頭緒也沒有。」我嘟著嘴說。

生平第一次有人送花給我，一大束鮮紅的玫瑰花，沒有署名，沒有卡片。你瞧這種浪漫的事也會發生在我身上！雖然很不願意朝「必然是搞錯人了」的方向去想，但那看起來是唯一的可能。連老公也沒送花給我過。吉米以前準備給老師的花，都是他親自買的，他要送給老師的花都是昂貴又稀有的花，卻想都沒想過替我買花。

吉米追問之下，我只好招認是要跟以前的同學見面，當年念舞蹈系，大家的身材都很勻稱，現在變成這樣的胖子，當然無顏見人。

「舞蹈系的同學？誰？」

閃避也沒用，只好說是明明。

「明明？」吉米非常驚訝。「明明現在在做什麼？」

明明在健身房教有氧舞。無意間看到健身房的宣傳廣告我才知道的，打從那次最後的公演，跟明明幾乎沒有再聯絡。

我把那說成是「最後的公演」，我卻沒有上台。

我將要見到的，為了他而在這裡揮汗努力的，就是上台的那個人。就這麼巧，此時那人出現在電視螢幕上。

吉米的臉色頓時凝住。又來了！我知道他在想什麼，心情頓時感到鬱悶。

不能跟吉米說我要去見的人就是河峻。

河峻現在很有名，拍了電視廣告，常上流行雜誌，河峻主動說要跟我見面，我簡直高興地要飛上天去啦！這，就是虛榮吧！

想當初，我對河峻也懷有那麼一點情愫的，只不過心存再多幻想，要跟他有什麼，實在不可能。一晃眼也六年了。河峻為什麼會想要見我？該不會送花的人就是河峻？我都情不自禁用雙手摀著自以為羞紅發燙的臉頰了。唉呀，這豈不是少女漫畫裡頭的情節？所有女孩憧憬的白馬王子，愛上的是那個光芒最黯淡的，自認距離王子最遙遠的女主角。但是，光芒最黯淡的人為什麼會是女主角？這種設定也太不科學了，舞台上光照不到的人，誰也看不到的嘛！

回想那個時候，是我跟明明、河峻，還有TAE四個人一同競爭擔任獨舞的演出，現在要說出去當年我跟河峻一起角逐表演，別人要說我有妄想症呢！

至於老師為什麼會挑選我為四個競爭者的一個，我完全不解，和舞團裡任何人相比，我都太平庸了，不只是技巧拙劣而已，性格也十分消極懶散，愛找藉口，缺乏自信。但老師卻說：「你也可以的，任何人都能變成惡魔，再怎麼愚蠢和懦弱的人也行。」

這是什麼話嘛！

●

我幻想跟河峻喝咖啡，會被河峻的粉絲包圍，過程當中會不斷被要求合照和索取簽名的人打擾，然後人們議論紛紛，交頭接耳竊竊私語：「跟河峻坐在一起的人，就是他的女朋友嗎？也太沒眼光了！」雖然「也太沒眼光了」這句話挺傷人，但我卻很醉心「河峻的女朋友」這個頭銜。

但這情形並沒有發生。

河峻成為國際知名舞團的首席舞者，據說是亞洲第一人呢！也上了一些媒體，但現代舞怎麼說也是冷門的藝術吧！雖然一直覺得河峻相貌帥氣，不過或許這些年看慣了韓國的綜藝節目和連續劇，一見到河峻，心中浮現的想法竟然是河峻如果鼻子和下巴再去整型得更完美俊逸些，頭髮燙捲染上時髦的顏色，會更有魅力得多。

「對不起，我很努力減肥了喔，但是成效不彰，認不出我來了吧？跟當年的差別很大。」我憨笑著搶先發難，一面從皮包裡掏出書本讓河峻簽名。

河峻出了一本自傳書，裡頭字很少，有一些河峻的照片，這些照片都是黑白的，我覺得很沒有賣相。

河峻熟練地簽名，是中英文並列的。並沒有寫上我的名字，也沒有附加一些題字什麼的，多少有些讓人灰心。

明明突然朝氣蓬勃地出現。頭髮紮成黑人式的辮子，身上是螢光色的T恤，名牌的運動褲，臉上的妝很濃，露出袖口的手臂肌肉緊實，跟她相比，我真是大嬸的模樣。

「你一點都沒變嘛！」明明爽朗地說。

「你也是。」河峻回答。

明明轉臉望了我一眼，好吧，面對我她可說不出這麼瞎的話來了。

我這才明白原來是明明主動約河峻的，河峻提議也找我來，這讓我大受打擊，虧我亂猜了半天，現在的河峻是那麼成功、那麼有名，六年來都沒聯絡，好不容易頂著那麼大光環回國，是我搆也搆不著的天上的飛鳥，雲朵上的神啊！竟然會邀請我出來見面，是不是這些年來都在想我啊？是不是當年暗戀著我不敢說出來，如今終於鼓起勇氣……。雖然自己也知道這比隕石掉在我家屋頂，從裡頭走出外星人來的可能性還要低，還是幻想了好幾天，作夢都夢見河峻撫摸著我的頭髮，手指掂著我的下巴，結果全不是那麼回事。

六年來三人第一次見面，我顯得極亢奮，河峻和明明則有些不自在。但出於我對河峻在紐約生活的好奇，河峻很享受這種被熱烈崇拜的氣氛，隨即侃侃而談，他把紐約的生活形容地很戲劇化，還談到他曾被羅曼謝爾．柯洛維茲看上。明明聽了尖叫起來。「結果呢？你讓他上了嗎？」明明問。

「怎麼可能！要是那樣，我的成就絕不只是今天這樣了。」河峻說。「其實我認真考慮了呢，晚上想這件事想得徹夜難眠。」

河峻半開玩笑著說。

「但結果還是做不到。」

後來河峻離開座位去上廁所，明明咂了咂嘴不屑地說，河峻一定有讓柯洛維茲搞了一陣子，但結果什麼都沒得到。

「不會的，不會的，」我搖搖手傻笑。「河峻很怕痛。」

河峻的成就很有得聊，相對我跟明明的事則不值一提，明明輕描淡寫說自己在當有氧舞教練，而我嫁給吉米的消息他倆則頗意外。吉米曾是老師的經紀人，那次最後的公演擔任舞台總監的也是他。吉米年輕時，是因遇見老師才進入舞台表演這個世界，與老師有深切的緣分和情誼。老師辭世後，吉米不再擔任藝術家經紀和舞台監督的工作，轉營舞台硬體器材進口和租借的生意，投資也賺了不少錢。

「之前還擔心太久沒見，會覺得生分，沒想到馬上就喚起以前一起練舞的記憶，那時候真是……」

「是啊！那是我一生裡最快樂的時光。」我這話脫口而出，明明相當吃驚地望著我。

我沒說謊，我很喜歡我們幾人當年跟著老師一同參與編舞的過程，我不是記憶力很好的人，生命裡許多曾經帶給我喜悅、愁悶、悲苦的回憶，後來都變得稀薄，甚至消失，要費很大的勁才回想得起來，並且自問：到底那個時候有多愉快，有多痛苦呢？總覺得抓不住回憶的真貌。但有極少的幾段時光，我真切地確認，無論反覆幾次思索，都能立刻乾脆地點頭，是的，那是無比快樂的記憶。在舞團裡，四人一起被老師折磨，一同摸索的過程，我很快樂。

「最快樂的時光？」河峻困惑地說。

「只有你這麼想吧？」明明則一臉不以為然。

●

「有沒有人跟TAE聯絡過？今天假使TAE也在，就剛好是當年一同競爭獨舞的四人了。」我說。

「我曾打算聯絡他，但我沒有TAE的聯絡方式。」河峻說。

「TAE在公演就沒出現，從那以後我就沒再見過他。」明明說。

「說的也是，我們三人在等老師宣布究竟由誰演出的時候，就找不到TAE人了，那時很緊張呢！萬一老師決定由TAE演出呢？我一直覺得老師會選擇TAE。」

聽了我這話，河峻和明明都以一種驚訝的眼光瞪著我。

「難道不是嗎？我以為大家都這樣想。」

「誰這樣想啊？」明明提高了聲量說，「除了你，當時我們三人被選上的可能性是一樣高的吧？一直到演出前一刻，由三人裡任何一人上台，都有完全的說服力。……不對，TAE的勝算排在我和河峻之後，這是很明顯的，TAE直到公演前夕，也沒有改過來他伸不直腿的毛病。」

我很想反駁，事實不是那樣。論實力論技巧，最好的是河峻，舞團裡任何人都望塵莫及，但TAE是一個例外，TAE是老師找來的，非科班出身的舞者，TAE沒有受過任何正統舞蹈訓練，他是一個很強的街舞舞者。剛開始跳現代舞時，TAE完全不行，他運用身體的方式別說與現代舞的舞者很不相同，甚至可以說相反，他的爆發力與現代舞的延展性徹底相斥，呼吸的方法也不同，縱使逼著他改變，也做不到，簡直像是把魚弄到陸地上來賽跑。

但是TAE也有他獨特的地方，TAE的個子很小，身體非常柔軟，那不是鍛鍊出來的，而是天生猶如關節散開的偶人。TAE的Locking可以跳出正常人都無法做到的花招。像我們這種筋骨生得僵硬的人，為了把筋拉鬆，可吃盡苦頭，TAE卻不費功夫。然而，就因為我們練的是拿自己的身體來使的功夫，特別理解過與不及的道理，像TAE那樣天生筋骨太軟也有軟的壞處，為了要去控制動作的精準，必須對肢體的張力與緊張感有足夠的敏感度，才能把身體每一個最細微的部位控制在最佳位置，這與普通人要把肢體推到極限以外的位置，花費的力氣一樣多，而這些控制全都在彈指瞬間。TAE可以用身體任何一個看來最弱的關節撐起全身的重量，他可觀的肌力與表面看起來的柔若無骨截然相反。

「因為老師自己江郎才盡了，所以整個編舞過程都要我們四個人參與吧？說什麼每個人都有義務挖掘自己內在惡魔的潛質，其實是因為他一點想法都沒有。他從以前就是出了名的會利用學生的人。但直至編舞完成了，也不說究竟由誰演出，甚至到公演當天都沒有做決定，說什麼臨上台前才要公布。開演前一刻都不知道上台的是不是自己，那種感覺真恐怖。老師才是不折不扣的惡魔。」明明說。

河峻點頭，「每天都說別記著自己是人，要揣摩啊，要去揣摩惡魔的姿態，惡魔的心境。老師每次說這話，我都覺得可笑透頂，什麼叫做用心去揣摩惡魔啊？好像真的有惡魔這種東西似的。用心去揣摩比目魚都還有點道理。」

「你竟然會在背後這樣說老師，真是個忘恩負義的人。」

身後響起的這聲音讓河峻嚇了一大跳，事實上我和明明也沒發現吉米什麼時候出現了。

「吉米？」我張大了嘴。

吉米拉開椅子，在我旁邊坐下。我懊惱出門前把赴約的地點給說溜嘴。

「我不覺得從老師那裡得到了什麼。他給了我什麼恩惠？我甚至不認為他值得被稱為老師，他並沒有教我什麼。事實上，我寧願忘記那段排舞的經驗。」河峻冷淡地說。

「但河峻你的演出得到很高的評價啊，因為那支舞使你獲得不少國外知名舞團的甄選機會吧！我記得當時曾有評語說那支獨舞讓人由衷感受惡魔的存在，具有強大的震撼與感染力。」我搶在吉米前頭說，要是讓吉米開口，他會過分激動。

「你該不會以為當初沒有跳那支舞，我後來就不會成功吧？我不想說謊，那支舞我一點都不喜歡，壓根不認為算得上什麼傑作。」

吉米憤怒地脹紅了臉，但開口說出來的話卻非常愚蠢。

「是老師指定了你，老師選擇了你而不是別人，你竟然，你竟然……」

我打斷了吉米的話。

「有件事我一直感到懷疑，有沒有可能，發簡訊的不是老師？」

三人頓露出相當驚異的表情，一齊轉臉瞪視著我。

老師是透過手機簡訊公布指定演出的人是誰的。在開演前三十分鐘，我們每個人都收到了老師的簡訊。

河峻的表情明顯不自在。這也是當然，因為，簡訊寫的是河峻的名字。

「你想說什麼？簡訊是我發的嗎？」河峻不高興地說。

「我沒說簡訊是你發的，我只是說，有人……有人發了簡訊，那個人指定了河峻，那個人……」我結結巴巴地說。

明明不發一語，只是陰沉地輪流看著河峻和我。

「發簡訊的人就是老師，不可能是別人。」河峻嚴厲地說，「非得等到開演前一刻才公布答案的，是老師自己，他喜歡玩弄這些手段，我不與置評。」河峻說著站起身，望著吉米說：「當初得到機會演出那支舞，或許給我帶來了一些聲名，但我並不認為老師選擇我是一件我必須感激涕零的事。充其量也不過是證明我比其他的人優秀。」

我去健身房報名加入了會員。已經見過河峻，不必減肥了，我也不是生性不服輸的人，為什麼來健身房，我自己也不知道。再怎麼運動，也不會變成像明明那樣，我是易發胖體質，就算不吃東西，喝水呼吸也會膨脹，才二十八歲，看起來像四十歲的歐巴桑。但我就是想來，來上明明的課，看明明在台上帶領大家跳有氧舞。

起先我幻想這是一種自虐，一面看著眼前身形健美的明明，一面看著鏡子裡遲鈍臃腫的自己，驚訝自己竟然也是舞蹈系的畢業生，舞團的一員？

然而，我馬上就明白我內心深處真正的企圖，我來上明明的課，不是自虐，相反的，我感到開心、痛快。花錢的是我，領薪水的是明明，明明做這分工作，是得討好我，看我的臉色的。我的意思並非我能怎麼左右明明的飯碗，我也不過是眾多吃力地扭腰甩屁股的胖女人裡的一個罷了，然而，看到明明每天中氣十足地在台上大喊，火力全開地舞動，在我上氣不接下氣的時候，隱藏起自己所有的身體不適、疲憊、厭惡，只能露出笑容，只能以最亢奮的姿態，不洩漏任何自身弱點，不能被發現有偷懶的意圖，只能不停歇地，像電池廣告的兔子般動個不停……是的，我感覺痛快。

淋浴之後，我身上包裹著浴巾走出淋浴間，明明赤裸著身體，站在鏡子前面吹頭髮。明明從鏡子裡看見我，轉過身來，絲毫不介意自己一絲不掛地跟我打了招呼。

我不敢直視明明的身體。

無論是男性或者女性的身體，無論是我自己的或者丈夫的，我都沒有膽量盯著直視。

以前練舞的時候，縱使弄得全身汗淋淋，我也不會留下來沖澡，在別人的房子裡赤身裸體，就算沒人看到，我也不敢。練舞室在老師住處的地下室，每天練習完，其實只有明明一個人會在老師的浴室淋浴。舞團裡許多耳語說明明與老師有一腿，我總是幻想著，明明置身花灑下，濕漉漉的全身赤裸，門半掩著，老師靜悄悄地推開門走進來，撫摸明明全身的肌膚，用洗澡海綿搓著明明的身體。發出衰老臭氣的老師，舔著濕潤幾乎要滴出唾液的嘴唇，白軟鬆垮的手顫抖著在明明身上游移，然後脫去褲子，豎立著生殖器坐在板凳上，攬著明明的腰，明明彎曲膝蓋，突出屁股，緩緩坐在老師身上……

每當我自慰的時候就會幻想這幅情景，令我興奮莫名。

明明關掉吹風機，剎那間取而代之的是健身房的擴音喇叭傳來的節奏分明強烈的舞曲音樂。明明背對化妝台，似笑非笑地對我說：「老師有沒有上過你？」

我吃了一驚，嘴張得大大的。

因為這個問題太突兀，我連否認的話都說不出來，一臉癡呆蠢相。

「若不是跟老師上床，怎麼會選上你？全舞團裡最末的就是你吧？」明明說。

我依舊無法反駁。

我想都沒想過這件事，老師因為覬覦我的身體才選上我？那是完全不可能的，若說在舞蹈程度上我是全團最末的，那麼男人想與之上床的排行，我也是最末的吧？那麼，老師又為什麼會選我呢？最奇怪的是，我似乎也沒有對此感到疑惑不解過。

不，我一定納悶過，但我不記得了，也許，自我懷疑和缺乏自信對我來說是太普通的感覺，太尋常，以致於無法從記憶裡特別浮出。

明明轉身面對鏡子，鏡中的眼神瞟了我一眼，露出「逗你的」那樣的表情。「老師不會為了跟任何女舞者上床而選上她。」明明說。

我知道明明的意思，她也知道團裡的傳言，她嘲弄我，也藉由這種嘲弄替自己辯護。

「因為他根本不行呀！」明明接著又說。

我以為她說的是老師年紀大了，已經性無能了，其實，那時蒼白的臉皮拖垂著像沙皮狗的臉，眼眶像兩個紅紫色的洞，禿髮頭皮上到處是褐斑的老師，看起來有七十歲那麼老，實際上才不過六十出頭。不過，四、五十歲的男人也有無能的，就連正值壯年的我老公也有時候不太行啊！豈料，明明說的並不是這個。

「老師在國外活躍的時候是個淫棍，和女學生玩多P，同時上母親和未成年的女兒，公然玩人家的老婆還到處炫耀吹牛，結果對方男人是黑幫的，讓人把老師的那話兒給割掉了。」明明說。

啊？我大叫了一聲。

「我不是開玩笑的，這種事不能說出去，老師當年畢竟德高望重。」明明聳聳肩。「但現在告訴你也無妨，你我都不再是這個圈子的人，何況，世道現實，如今誰還記得他呢？死都死了六年了，炒醜聞都炒不起來。」

●

老師三十多歲時便在國際嶄露頭角，幾個小品舞作以黑馬之姿廣受好評後，推出新作的速度很快，美國和歐洲某些國家的全國性舞蹈大賽節目都喜好選用他編舞的作品，知名度很快竄升。說穿了老師是個投機分子，雖然不曾有人這麼批評過他，我也不曉得有沒有別人這麼看，但我很喜歡老師的作品，感覺那些作品都非常有迷惑人心的魅力，正因如此，我明白他投大眾所好的心計。老師的舞蹈技巧平凡，然而，縱使動作看似低階，卻能創造出令人瞠目的變化，和選用的音樂結合，達成強烈的蠱惑效果。觀賞老師的作品，永遠只能以過癮兩字形容，深深地感動，或深深被激勵。老師挑選合作的舞蹈家，肯定也是經過許多思慮，能把老師說穿了其實十分平庸的舞蹈，帶往一個卓爾華美的境界，即使是對現代舞一竅不通的外行人，看了也會亢奮、落淚、低迴。

但是，人不可能永遠站在高峰上，老師所創造出來的舞蹈，別人也能很快抓到其中的訣竅，現在回想，老師得到名聲，也不盡然靠實力，檯面下使了什麼功夫，外人也不會曉得。老師如日中天的聲勢持續了幾年，逐漸衰退，終至隱沒。

但老師是隻不死鳥，他幾度東山再起，致力挖掘新人，每次重出江湖，帶給世人的都是全然不同的作品面貌。只不過每次光芒再起的持續時間與消退的速度，一次要比前一次快。六年前老師獲邀在國內辦舞展，是舞蹈界的一件大事，然而，老師已經喪失創作能力了，他只願意提供一支獨舞新作，這支新作的名稱，就叫做「惡魔」。

據老師自己說，「惡魔」這支舞，表現的沒有別的，就是「惡魔」，「惡魔」本身。

我、明明、河峻和TAE四人，便是老師拔擢出來的，詮釋「惡魔」的人選。我們四人被選出來時，距離發表的時間剩下三個月，而「惡魔」這支舞的編作完全沒有開始。

我和明明是同班同學，進入舞團正是我們畢業的那一年，河峻是舞團裡最好的舞者，聽說老師要與舞團合作，舉辦舞展並且發表獨舞作品時，由河峻擔任獨舞的舞者幾乎是理所當然的事，沒有想到舞團裡的新人我和明明，竟然也參加角逐，還有一個半途殺出的TAE。

●

我們四人，為了爭取老師的青睞，在老師心中留下「我才是詮釋惡魔這支舞的最佳人選」的印象，使出渾身解數。

那時我們是多麼致力於討好老師啊！老師叫我們去做的事，縱使心中充滿疑惑與不情願，也會去做。

然而，老師叫我們做的，都是些相當怪異的事，像蛆一般在彼此身上扭動也就罷了，還要我們互相搧耳光，甚至變本加厲地，要我們把手指伸進對方張開的嘴裡，去挖對方的喉嚨，讓對方嘔吐在自己身上。老師說，必須把加諸在自己身上人類的框架卸除，必須忘卻羞恥，必須忘卻行為的邏輯，必須找出自己的界線。我們永遠比自己所想像的更多。

因為我喜歡河峻，巴不得可以在河峻懷裡像蛆蟲一樣扭動，但是嘔吐就敬謝不敏了，可惜，明明把手指伸進我的嘴裡時，我吐不出來，TAE的手指則差點被我咬斷，而河峻，我不僅是狂吐在他身上，而且還發出明明說像是犀牛嚎叫的聲音。

儘管明明與河峻也被迫照著老師的指示去做，但轉過身來時不屑之情溢於言表。我呢，最感到難為情的就是我了，同時我也訝異其他人可以做這些怪誕的事卻不覺得羞赧，縱使蠕動四肢進行著醜陋的動作，口裡吐出穢物，面孔扭曲，發出臭味，也無損他們的傲慢和堂皇漂亮。我感到自己又渺小又猥瑣，只有我一個人覺得屈辱嗎？

TAE與明明和河峻不同，從TAE身上，我既感受不到驕傲，也感受不到自卑，既沒有美也沒有醜，再奇怪的動作他做起來也好似天經地義，就像蛆本來就是蛆一樣，蛆可不會因為被指著鼻子說：「你根本是一隻蛆蟲！」而生氣，因為它本來就是蛆啊！可是，那卻不是一個人看蛆蟲而感覺鄙夷的眼光，是蛆蟲看待蛆蟲的眼光，我的意思是，看TAE做出再怎麼醜惡猥褻的動作，也覺得理所當然，是因為那一瞬間自己也理所當然是蛆蟲了。不只是這樣，那種理所當然還帶著更奇怪的部分，缺乏生物性，我說不上來，就好像TAE的嘔吐物不是嘔吐物，而是一些模擬嘔吐物的，某種無機物質。

只是關在排練室裡做些奇怪的事情，算不上什麼，之後老師開始帶我們四個到外頭去，表面上說是討論編舞的事，卻往往出其不意地發出令人錯愕的指令。

好比說，在咖啡廳的時候，鄰座的男人離開座位去廁所，老師便要我們偷走他的筆電。

四個人猶豫了好一陣子，站起來的人是河峻。但是，就在他拿走那人的筆電時，那人正好走到河峻身後，其實，我和老師都看見那人從廁所出來，TAE或許也看見了，我們卻沒吭氣。

那人抓住河峻的肩膀，使勁把河峻轉過身，大喊著：「幹什麼！」第一個動作不是立刻從河峻手中搶回筆電，卻是打了河峻一耳光。河峻舉起筆電，朝那人腦袋用力砸了下去。河峻的力氣很大，那人倒在地上，發出呻吟。明明尖叫起來，老師突然站起，飛快地往咖啡廳外跑，我什麼都沒想，反射性地跟著老師跑，我從小就是沒什麼自己的主意，帶頭的人怎麼做就跟著做的人。結果，我們全部的人一窩風倉皇跑出店外，我不知道有沒有人追我們，但我們都沒回頭看，只是一個勁兒跑。

跑到公園裡我們才停下來喘氣，老師早就不見蹤影，沒有人認為老師因為體力衰弱而落後，擔心老師被抓到，大家心中一致認為他開溜了。

明明焦躁地說：「被看到了！我的長相被看到了！就算逃走也沒有用，我會被認出來。」

河峻生氣地罵她：「你被認出來又怎樣？你什麼都沒做，偷東西和打人的是我。」

多虧命運之神眷顧，咖啡廳的事，後來沒有被找上什麼麻煩，但是，老師的刁難卻沒有終止，後來仍繼續要我們做些偷竊、襲擊或辱罵、猥褻陌生人的事。

做這些究竟是幹什麼？老師不回答我們的質疑，但是，我們既沒有拒絕，也沒有退出，更沒有向任何人舉發老師的行為。

每天我們依舊進行排舞，老師隨意讓我們做出簡單的動作，然後要我們自由發揮。不可思議的，身體裡的恐懼、迷惑、不安、憤怒、憎厭、作嘔，在我們尚無能力去捉摸和理解的瞬間便變成源源不絕的動作湧出。像喝醉酒的人，像催眠，像吃了興奮劑。過去經年累月學習的那些舞蹈動作，我只是如猴子般模仿再現，卻從不感覺那些動作來自於我自己，我無法駕馭，它不是我的，我好似沒有權力去掌控它，而此刻我卻有不同的迷醉的感覺，我明白了！我明白了這些動作意味為何，我擁有它們，它們能任憑我指使，聽命於我。

但是，老師卻潑我冷水。「你還不行。」老師露出輕蔑的眼光。「你只是釋放了身體，心卻沒有變成惡魔，那是沒有用的。」

我用力踢地上的空罐頭，惡狠狠地罵道：「只是偷竊筆電、超市的紅酒、美妝店的香水這些，就算是偷皮夾，鈔票，鑽石好了，算得上惡魔嗎？」

這是有一天我跟TAE吃完晚飯，穿過公園要回排練室的時候。

「那麼你覺得偷走什麼才算得上惡魔呢？」TAE問。

「那個呀！」

一個年輕婦人推著嬰兒車，從我們前方五十公尺的花圃旁邊走過，我指著嬰兒車說，嬰兒的胸前圍著一塊泛黃的小毛巾，搖晃著肥嘟嘟的小手。

TAE望著嬰兒好一會兒，轉過臉說：「我覺得更好的做法是，拍下嬰兒的照片，每天傳簡訊到那女人的手機，跟她說我隨時可以把你的寶貝偷走喔！那樣的話，每天嬰兒的父母都會活在恐懼之中吧？」

我張大了眼睛看著TAE，TAE的臉上沒有開玩笑或者得意的表情，既算不上認真，也不像隨口胡說。

「不行的啦！就算知道那個女人的手機號碼，每天都發照片過去加以恐嚇，很容易就被警察發現，給抓起來的。」

「所以害怕被逮捕才不敢做吧？如果不會被逮捕，不用負責任，就會去做吧？就算不做這個，也會做那個，如果不是因為恐懼受懲罰，做或不做決定在什麼呢？」TAE說。

「才不是這樣！」我脹紅了臉說。雖然一開始說偷嬰兒的人是我，但我才不會做這種事，什麼害怕逮捕才不做，我怎麼會去偷嬰兒呢？把嬰兒偷來以後要幹麼啦！還得花錢買奶粉給他吃，還要替他換尿布呢！半夜還哇哇地哭，誰受得了啊！

「把嬰兒偷走以後，丟到河裡去就行了呀！」TAE好像看穿了我的想法似的說。

「你錯了。」

這三個字說出來以後，我沉默了許久，TAE也沒有說話，我沉默的原因是，我不是腦子很靈光的人，需要時間整理紛亂的思緒，我好像感覺到自己想到了些什麼，卻無法用言語整理出來。

我跟TAE好像散步了兩條街，我才開口。

「不是因為怕被抓才不敢去做。」我嚥了嚥口水。「雖然也是因為恐懼，但是跟恐懼被懲罰有一點點不一樣。」

不一樣在哪兒呢？我又想了半天。

「我是個膽小的人，我的反應很笨拙，別人老喜歡拿我開玩笑，叫我去做什麼永遠是最輕鬆的，因為我都不會拒絕，連老師也這麼想，去做這個，去做那個，即使是老師，常常也不想對那些看起來高傲、難搞、脾氣壞的學生開口，但眼光一轉到我身上，就可以毫不猶豫地叫我去做。善良的男孩子會怕拒絕女孩子的情意傷了她的心，說些『我不夠好』『我配不上妳』的藉口，可是對我就可以想都不想地輕鬆說出『免談，我跟妳沒可能』這樣的話。連倒楣之神也覺得挑中我最沒壓力。因為這樣，我很害怕災禍，我總是恐懼可怕的事發生在我身上。如果我當了媽媽，我一定會天天害怕失去我的小孩，因為怕自己的小孩被別人偷走，所以也不敢偷別人的小孩。」我一口氣說了這些。

TAE沒說話，我覺得他不明白我在說什麼。

「我不能理解。」TAE說。

果然。

「但是剛才說偷嬰兒的人是你啊！」

「我隨便說的啊！因為我沒有小孩，才沒想那麼多呀！是你說讓小孩的父母活在恐懼之中，我才想到的。……不過，如果老師叫我偷嬰兒的話，搞不好我會去偷呢！」

「為什麼？」

「不為什麼。」我聳聳肩。

其實我知道為什麼。因為老師叫我們做的事，並不只是那件事而已，重點是做了那件事以後，可以編出不一樣的舞。我很喜歡那樣，做了壞事以後，跳舞時身體裡好像湧出各種激盪的靈感的泉水，好像花朵不斷從全身肌膚的毛孔長出來。如果沒有那些，我就像個平凡的木偶人，只會遵照指示去拷貝和重複機械性的動作。老師給了我自由，不必害怕動作做不好，我只需要任由杯子裡滿溢的水流出來，我感覺那些水閃耀著光。我總是夢見自己像小鳥在天空飛，但是我用力拍翅卻發現自己只有兩隻光禿禿的人類手臂，再怎麼撲動，也只是往下沉。然而加入編舞以後，我第一次夢見我飛到雲朵的上面。

老師說我還不行，但我沒有洩氣，我在往老師說的「行」的方向邁進，這是前所未有的感覺。

●

又收到沒有署名的花束，已經是第三次了。大廈的管理員把花遞給我的時候，總覺得他帶著奇怪的笑意。是善意的「真漂亮的花，有人送花給你，真是幸福的事。」還是不以為然的「你是已婚的人吧？會送花給女性，一定是某個不知名的男性。沒有署名，是地下情吧？」或者譏諷的「真不得了，腦子裡在想著什麼的男人會對你這樣的女人獻殷勤啊！」

已經收過兩次花，也不能跟吉米說這是我自己買回來的，更別說我從來沒有買花回家過，現在才變成這麼風雅的人也沒有說服力，但是再讓吉米看到有人送花給我，他肯定會猜疑。只有忍痛丟掉。

不能就放在家裡的垃圾桶裡，只好用報紙包好，拿出去丟到街上的公共垃圾箱裡。拿著用報紙包起來的花走到樓下大廳，管理員抬頭望了我一眼，他一定猜出報紙裡頭包著的是花吧！

這位愛慕者究竟是誰呢？

●

明明告訴我，她和河峻成立了一個舞團，近日就會開記者會發布消息。

我震驚得整個人呆滯了好一會兒。

河峻雖是享有盛名的國際舞團首席舞者，但他也必須有自己的作品，為自己長遠的舞蹈生命著想，藉由自己的舞團發表創作，這是必須的，雙人組合也恰到好處，但為什麼選擇明明？明明早就不跳現代舞了，她只是一個健身有氧舞教練，太沒道理。

我努力從腦海裡搜尋往日記憶片段，明明與河峻有那麼相知相惜？

河峻和明明都是優越感很重的人。

河峻從小就相信自己日後一定會成名，而且，可不是在這個小小的島上成名，是全世界都拜倒在他腳下。顛峰時期的老師一定是河峻小時的偶像，河峻想得到老師那樣的成就，並且，老師本人舞跳得並不怎麼好，相貌也不佳，河峻就不同了，河峻的體態完美相貌秀逸，如果說得到和老師一樣的成就，光芒必定比老師更燦爛奪目。

河峻老早就把自己看成是「未來的名人」，對待其他人的態度永遠是「你們和我不同等級」。不過河峻這個人並不討厭，縱使他再想成名，他的人格特質裡沒有那種勢利或者會利用、剝削、欺壓人的因子。

明明則是很好強。明明的頭腦裡面，容不下有人認為自己勝過她吧！以前在班上，明明不是大家公認跳得最好的，老師也從沒有過那樣的表示，但是，老師所指定的帶領大家做每日基礎動作練習的同學，明明永遠會毫不節制地大肆加以批評。若是帶領的同學敢指出明明的動作有需要修正的地方，明明可會大發雷霆。

河峻的家境不錯，父母年輕時炒股賺了不少錢，河峻是獨子，對他當然很寵愛，至於河峻選擇跳舞，他父母有什麼想法，沒聽河峻提過。

明明的父親在明明幼小時跟女人跑掉了，兩人卻在外地發生車禍過世，明明的母親再嫁，生了一個妹妹，明明從小是外婆帶大的，外婆很寵愛明明，偏心明明而不喜歡妹妹。我可以想像那種情形，明明總是讓她身邊的人變得醜笨不堪。

關於惡魔的舞，不是說一個惡魔的故事，不是表演惡魔做了什麼的給觀眾看喔！這支舞沒有別的，唯一想給觀眾看的就是——站在你眼前的就是惡魔！

老師一再重複這些，每天大家一起琢磨折騰，不是為了揣摩惡魔，不是為了模仿惡魔，而是把自己變成惡魔。不可以想惡魔應該怎麼樣呢？惡魔的手應該這樣、腳應該那樣，走路的時候重心應該低一點還是高一點，呼吸應該快一點慢一點……不不不，根本就不應該這麼想，如果是惡魔本身，不會思考這樣的事。

老師每次這樣說，河峻的表情會很認真，而他這種嚴肅的表情只是在討好老師罷了，明明則會從嘴角洩漏出不屑。至於我和TAE，永遠是一副興味盎然的樣子。但TAE的神情裡沒有任何評價，沒有認同、佩服，也沒有輕蔑、懷疑，因為什麼都沒有，所以才感覺趣味；我則是迷惑不解，我完全弄不清老師的意思，聽也聽不懂，或許我是因為太傻了才感到興味麼？

我曾聽過河峻和明明爭論，他倆爭論不止一次，

「不能接受的話，退出就好了嘛！」河峻這麼跟明明說。

「開什麼玩笑，你會這麼講，是想趕走我這個勁敵吧？你最大的競爭對手就是我，最可能獲選獨舞的人就是我，所以你巴不得我自動放棄。」明明說。

「你？」河峻瞪大了眼。「你下輩子吧！」

我心想，明明在舞蹈技巧上遠不如河峻，要說到身體素質，連跟TAE比都差得遠，但她明白

老師要的不是這些吧！在她心裡，只有她一個是天才，其他人都是笨蛋。

如果我是老師的話，我會選擇誰呢？

我想起曾經有一次，為了尋找自己內心惡魔的種子，老師要我們四人各自說出自己曾經做過的，最接近惡魔所為的事。

我們四人面面相覷。這種問題哪可能一下子想得出來啊！我連惡作劇都不擅長呢！叫我去回想過去發生的事，浮上腦海的淨是些可悲的事，打從幼稚園起，我就很容易被騙，爸爸媽媽買給我的可愛的小玩意兒，帶去學校裡一定會被同學拿走，可恨的是，並非被毆打或搶走，而是我自己雙手奉上的，聽信同學的花言巧語，就這麼老老實實平白地送給人了。中學的時候也經常被同學們聯合起來愚弄，玩遊戲的時候一定是我當鬼，猜拳也總是輸，游泳的時候被偷走內衣和鞋子。

當我在絞盡腦汁之時，也偷看了另外三個人的表情，明明用牙齒咬著手指，河峻雙手抱胸，因為太過於用力思考，頭都歪向一邊，TAE的表情則讓我不太理解，顯然他並未陷入苦思追憶，我感覺他對於其他人究竟要講什麼抱著期待，至於他自己要說什麼彷彿不是問題。

河峻開口了。

「其實，我也不太曉得這算不算惡魔的行徑……」河峻停頓了一下。「嚴格說來，那也不是我造成的。」河峻聳聳肩。

河峻中學的時候，有一次在考試中作了弊。

河峻舞跳得好，學科是另一回事，他既沒念書的頭腦，也沒念書的興趣，但他是個自負的人，也不能讓成績太難看。很不幸，作弊的時候被鄰座的女孩給發現了。

「別擔心，我不會說出去的，何況，我也常常作弊喔！要論作弊的手法，我可是高明得多喔！但是，兩個人一起作弊比一個人要容易，以後，就一起幹吧！」女孩咧開嘴笑說。

誰要跟你一起作弊啊？我也只不過作弊了一次而已，以前沒有，以後也不打算這麼幹，別把我當作和你一樣的人。河峻心裡想。

那個女孩長得黑瘦，尖嘴猴腮，鼻孔口有一顆大黑痣，活像黏在那兒的一顆鼻屎。竟然被那樣的女孩當作同路人，河峻受到相當大的打擊，他以為在任何女孩心中，他都是那種自知高攀不上的白馬王子。

然而，念書實在太辛苦了，河峻把時間都花在練舞上，根本無心準備學科的考試，何況就算花時間去準備也一樣考不好，結果心裡雖不情願，每次考試到頭來還是跟女孩搭檔作弊。說是搭檔，準備的都是女孩，想作弊點子的是女孩，寫小抄，打暗號，甚至從老師那裡偷取考卷回來塗改的，都是女孩。河峻天真地把兩人的關係看成利益共生，並未想過與其說兩人一起作弊，不如說只是河峻在依賴女孩而已。

因此，當女孩提議兩人一起去吃飯、看電影、唱ＫＴＶ的時候，河峻想拒絕也拒絕不了。萬一女孩把作弊的事說出去，那就不妙了。

「這算是約會嗎？」女孩咯咯笑著說，「讓人知道我在和河峻約會，所有人都要嫉妒死啦！真巴不得每個人都看到。」

當然，河峻巴不得所有人此時都瞎了，看不見這個醜妹挽著他的手。

女孩雖然瘦小，胸部扁平，卻穿著低胸上衣，裡頭加了厚襯墊的內衣把胸部鼓出很不自然的形狀，勉強擠出隱微的乳溝，超短迷你裙跟熱褲差不多短，沒有曲線的腿上穿著黑皮靴。

兩人進入ＫＴＶ包廂，服務生把女孩點的飲料餐點送進來以後，女孩把沙發往門口推，擋住了門。對河峻說：「來炒飯吧！我想了很久呢！」

「別開玩笑了！」河峻驚訝地說。

「雖然像你這樣裝出一臉正經樣子的男孩子不多，不過，男人都沒有辦法抵擋女孩子主動的要求喔！怎麼說都還是想要的。」女孩又咯咯笑說。

「沒有這回事。」河峻壓制厭惡的表情。女孩好像對自己的性魅力非常有自信，不知怎的，他沒辦法說出太過於嚴厲的話。

「我跟很多男人上過床喔，經驗非常豐富，我很懂得技巧呢！要說不跟我做一定會後悔，可能太誇大其詞，但要說跟我做過絕對不會後悔，那我可是有百分百的信心。我會很多你意想不到的技巧喔，但是現在不先告訴你，等一下你才會驚喜，包你想像不到呢！」
河峻想不出能接什麼話，便不發一言點起歌，拾了麥克風，打算自顧自唱歌。
女孩爬到他背後，摟住他，頭從他的肩後探出，臉貼著他的臉，伸出手用手機拍了一張兩人的親密合照。
「我要把這張照片傳給大家看。」女孩又咯咯笑，這笑聲真令人抓狂。
雖然說了這樣讓河峻驚恐的話，但女孩也沒有把照片讓別人看，河峻完全不知道女孩在想什麼。河峻想拒絕女孩幫她作弊，但一到考試，又只能承認靠自己無法應付。女孩沒再提出別的要求，河峻偶爾也會覺得，女孩沒別的心眼，只是喜歡他罷了。但即使如此，還是讓人打心底不舒服。
有一天晚上，河峻接到女孩的電話。
女孩在電話中向他求救。她被一群不良少年抓住，企圖向她施暴。「我男朋友馬上就要來了，你們看著辦吧！」河峻聽見女孩在電話那頭大喊。
原本真的緊張地擔心女孩，一聽見「我男朋友」四個字，頓時又讓河峻反感。那女孩樣子看來就不正經，說不定總在外頭跟不三不四的男孩子鬼混，用不著管她的事吧？也許是在耍他呢！誰曉得她打什麼主意。
然而，雖然這麼說服自己，還是感到不安，河峻仍舊來到女孩說的地點，那並不是什麼廢棄空屋什麼的，只是一間普通的兩層樓房，矮牆很容易翻進，客廳裡還有人在打麻將，女孩在房間裡，一個少年把她壓在床上侵犯，兩三個在旁觀看，幾個人房間內外進進出出的。女孩沒有反抗，也許怕被他們毆打。河峻躲在窗外看了好一會兒，他沒走進去阻止他們，他總覺得缺少那種動力，一方面他猜想他們必然有武器，口袋裡有扁鑽，房子裡有球棒、鐵棍、釘了釘子的木棍什麼的，就算沒有武器，徒手他也打不過他們那麼多人，就算打得過，他一定會受傷，他可不是什麼打架高手，他從沒打過架。雖然他體能很好，力氣很大，耐力也很好，練舞練出來的，但他不能受傷，他還得參加舞蹈科系的考試，萬一被打斷手腳……不，就是連扭傷也不行啊！

然而，真正的問題是，他沒有分泌腎上腺素。體內沒有那股神祕的熱流讓他整個人爆發出衝進屋內的激憤，他什麼感覺也沒有，甚至有一點點……幸災樂禍。

他沒衝進去救女孩，他很小心地不出聲，避免讓他們發現他，他甚至，拿出手機來，拍下女孩被輪暴的畫面。拍下影片時他心中並沒有特別的目的，只能說內心深處有個聲音告訴他，他不想一直讓女孩占上風罷了。

河峻沒有把手機裡的影片給任何人看，也沒有告訴任何人，但影片後來卻被傳出去了，河峻不承認他發了影片，有人偷看了他的手機，幹了這種事，他不知道是誰。

女孩後來，割腕自殺了。

我聽到這裡，驚呼了一聲。

「沒有死啦！沒有死啦！」河峻擺擺手不耐煩地說。「她休學了，父母把她送到國外去，就是這樣。沒什麼大不了的。」

「你別嚇人好不好。」我說，驚魂未定地拍了拍胸口。

明明發出輕蔑的哼聲，TAE則噗哧笑出來。

「這有什麼好笑啊！」我不滿地說。

接著是明明的故事。

這是明明升高二時發生的事。

明明的外婆很疼明明，把明明當珠寶般呵氣捧在手心，但是明明不是那種要被寶貝著的柔弱的女孩啊！可想而知嘛，明明是假如她想要的話，就算是加入海豹特種部隊也辦得到的人，所以明明對外婆的關懷備至感到非常厭煩。

外婆每天做好飯菜眼巴巴地等著明明回家，夜裡跑到明明房間看她的棉被有沒有蓋好，明明回家晚了外婆就會哭，外婆已經七十歲了，明明也莫可奈何。

暑假快結束的時候，明明的父母帶著妹妹到加拿大去，妹妹秋天將在加拿大入學。明明也想到國外念書，但得到這個權利的是妹妹，明明也無話可說，妹妹才是繼父的親生小孩，出錢的是繼父，事實上全家都靠繼父在養，繼父要送自己的親女兒去國外也是應當的。但後來明明才得知，繼父也曾考慮讓明明出國，卻被外婆阻止了，外婆堅拒明明離開她的身邊，甚至揚言要讓明明走，她就絕食自殺。

家裡只剩下明明和外婆時，明明說她要跟同學外出旅行，外婆不敢說不，表面上答應，神情卻百般不願，隔日起便頭痛肚子痛發燒心臟難受，淚流不止。

說穿了就是不讓我出去旅行吧！直說就好了，卻要裝模作樣地演出百般可憐，真讓人生氣生厭。既然你不直說，我也裝聾作啞。明明準備好行李背包，早晨換好運動服，戴上帽子，連再見也沒說打算要出門。

外婆衝出來，抓住明明的手。「不可以！不可以去！你是跟男孩子去旅行吧？絕對不可以。跟男孩子在外頭過夜，會有很不好的事，你不懂，你還是個小女孩，很危險。聽婆婆的話，留在家裡。」

和外婆拉拉扯扯的，明明推了外婆一把，外婆滾到樓梯下。

躺在地上的外婆一動也不動，閉著眼，也沒有發出聲音。明明蹲在外婆旁邊，用手去探她的鼻息。

這老太婆，還憋氣呢！明明站起來，皺著眉，歪著頭看著外婆，外婆的姿勢有點怪，恐怕摔斷了腿，她還能哼都不哼，也真夠倔強的。明明又蹲下來，捏住外婆的鼻子。一手捏住外婆的鼻子，一手摀住她的嘴，這樣子她非得掙扎著要呼吸不可吧！

但是，外婆沒反應。

死也要阻擋我嗎？

雖然這麼想，但不覺得外婆看起來是死相。「因為眼睛閉著呀，看她的眼睛閉著，我就知道是裝死，如果真死的話應該死不瞑目嘛！像這樣被我踢下樓，肯定要睜大了眼，一臉心不甘情不願的樣子。」

明明把背包背上，頭也不回地出了門。

●

明明說到這，停頓下來，一副「故事說完了」的表情。

眾人一片靜默，大家都不好奇嗎？於是又是我開口：「結果外婆究竟是死了還是沒死？」

明明伸了一個懶腰。

「我出去了兩個星期，我繼父都比我早回來，據說他回來的時候外婆還躺在地上呢！算起來她在那兒躺了好幾天。繼父不知道是我把她推下樓去的，她也沒說，我繼父大概以為外婆摔下樓去也不過幾小時。」

「明明的外婆跟明明一樣強韌啊！」我嘆服地說。「明明是遺傳外婆的吧！」

明明又發出她那慣常的哼聲，說外婆被送進醫院動了手術，住院了幾星期，出院以後身體狀況變得很差，加上明明的母親留在加拿大陪妹妹，外婆鬱鬱寡歡，兩年後過世了。

「啊！我想到了！」我大喊。

我終於也想到了我曾有過的惡魔的行徑。

升高一的時候，我和我的好友，都很想嘗嘗被男孩子追求的滋味。好友跟我在國中時就同班，我倆都是那種一看就明白跟男孩沒緣的女生。所以，兩人成天哀嘆「好想交男朋友喔！」「其實也不想交男友，只是想享受被追求的虛榮啊！」「真被追求也很為難吧？若是不喜歡對方，也不能隨便答應啊，那樣可麻煩了。」「沒有人追求固然沮喪，但被兩個以上的男孩子同時追求，也很頭痛呢！」淨說些不著邊際的話。

然而有一天，高我們一年級，一個長得帥又斯文的學長，竟然拿了一封信來請我轉交給好友，我當然毫不猶豫地偷看了，裡頭寫著他喜歡她，但不敢當面表白，所以藉由寫信傳達情意，希望可以約在放學後見面。什麼時代了還寫情書表白啊！但是我才沒閒情逸致欣賞他的古意呢！我沒有把信交給好友，放學的時候我自己一個人跑去見他，跟他說好友已經有男朋友了。

「是從國中就交往的，感情非常好的男友，根本不可能分開。雖然你也挺不錯，但那個男孩更帥，身高比你高，功課好，家裡也很有錢。她要我告訴你，很抱歉，不能接受你的情意。」我這樣跟他說。

他非常頹喪，樣子很可憐，我心裡有一點罪惡感，差點就說：「你可以跟我交往啊！」

他落寞地轉身離去，至今我都還深刻記得他的背影。

我把下巴抬得高高的，得意地望著其他人。現場又陷入沉默。

「就這樣？」河峻問。

「就這樣。」我說。

「講完了？」明明問。

「講完了。」

「這算什麼惡魔的行徑？」明明說。

「怎麼不算？我把他倆拆散了啊！明明你的故事裡，外婆沒有死啊！……雖然她最後還是死了，但是老人都是會死的嘛！河峻的故事裡，那個女孩也沒有死啊！你們兩個都功敗垂成嘛！我卻成功了啊！」

「什麼叫功敗垂成啊！你到底懂不懂事情的重點啊！」河峻生氣地說。

其實，我說了謊。

只不過，難得河峻和明明的故事也不怎麼樣，就像我說的，功敗垂成呀！好不容易才有他倆失敗的時候，我當然想贏一次。

事實是，那個男孩後來告訴好友說，就算她有男友，就算她喜歡的是別人，就算他比不上那人，他也不死心，他還是要追求她，失敗也沒關係，他只希望她能給他努力的機會。

「誰跟你說我有男友的？」好友問那個男生。

結果我說謊的事就被拆穿了，好友跟我絕交，而且到處跟人說我是多壞心眼又卑鄙的小人。好吧！就算沒有成功拆散他們，我還是被貼上壞人的標籤啊！跟好人相比，壞人比較接近惡魔的境界吧？既然如此，後面這些也不必說出來了。

●

最後輪到TAE。

TAE的故事，是最恐怖的一個。

但是TAE說這個故事的時候，臉上仍然是慣常的沒有特別的情緒，可又有種莫名的純真。TAE不擅長說故事，講一兩句往往要停頓好一會兒，說了隱約讓人感覺裡頭有什麼精彩東西的片段，卻戛然而止，再度開口，又往不相干的地方說去。

六歲的時候，TAE的家因為遭暴雨導致的山坡坍方，房子被土石流掩埋，父母和哥哥、姊姊都被活埋身亡，只有TAE活下來。TAE也跟家人一樣遭到活埋，TAE家的房子蓋得很偏遠，四周沒有別的住宅，被發現得很晚，加上現場毫無仍有生命存在的跡象，搜救的行動並不積極，TAE被挖出來的時候，他已經在地底下十四天了。

被活埋十四天而仍然活著，這實在是令人不可置信的奇蹟。TAE本人喪失掉之前所有的記憶，他也說不出在地底下待了十四天到底是什麼感覺。

TAE換了很多寄養家庭，在其中幾個遭受過虐待，不過他卻不怎麼以為意。「想要不感覺疼痛的話，就感覺不到。」TAE說。

哪裡可能有這種事啊？但是，TAE卻當著我們的面示範過，就算拿香菸去燙手臂，他也面無表情。

「就像催眠一樣嘛！被催眠說遭到燙傷，就真的感覺痛，那麼相反過來也是一樣。」TAE說。

「就算可以催眠自己不感覺痛，還是會受傷啊！」明明說。

「傷口也可以催眠自己，快速地癒合啊！」TAE說。

「真的假的？」河峻認真地問。

「他騙你的。」明明說。

我知道TAE沒騙人，但事實上他做不到。TAE沒有辦法使傷口快速癒合，因為他不想。TAE的毛病是，他沒有辦法決定自己的欲望。

這只有我知道。

有一次，TAE問我：「你真的那麼希望獲選跳老師的新作獨舞嗎？」

「當然啊！」我說。

「為什麼呢？」

「為什麼？」我驚奇地說。「不需要為什麼啊！每個人都想要有錢、有名、美麗、受歡迎，這不是理所當然的嗎？能夠站上台，跳受到所有人矚目的獨舞，不也是理所當然的嗎？根本不需要理由嘛！」

我對自己這番鏗鏘有力的答案，感到十分滿意。

「那麼，結果沒有獲選，或者，沒有得到金錢、名聲、美麗和喜愛，你會很痛苦嗎？」

咦？

「不會耶！」我甚至用不著思索。

TAE說的這些，我就是一樣都沒有得到啊！這次的角逐，我也毫無勝算的感覺，可以說抱定了一定落選的預感，可是，不開心、失望、埋怨是難免的，但充其量就是小小的悶悶不樂吧！痛苦嗎？還不至於吧？

「所以說了，得不到也沒有關係的事，又何必爭取呢？」

「話不是這樣說，爭取的過程也很有趣嘛！……事實上，我不覺得自己在爭取什麼，每天都是渾渾噩噩過日子，常常早上醒來，因為『今天也不知道為了什麼而活』以致於不想起床呢！老師給我這個機會，使得我對每天將要發生的事都很期待……」

「期待啊？」TAE若有所思。

待在地下那麼長的時間卻沒有死，在那之前的生活與所發生的事，一點都記不得，這些，TAE都不在意，閉上眼睛，他想要喚起的是被埋在不見天日的泥土之下的感覺。

如果再度被埋在地底，還能活那麼久嗎？也說不定，那樣連以前的事都給想起來了呢！

TAE很想再嘗試看看，於是，在山上挖了一個大洞。TAE每天都去進行這個工程。

那個時候，TAE十三歲，雖然已經十三歲了，但是還沒有開始發育。其實，長大了的TAE個子也很小，不過那個時候更小吧，看起來仍是小孩子的樣子，隔壁家八歲的小男孩，喜歡找TAE一起玩，兩人站在一起看來好像年紀一般似的。

小男孩發現了TAE挖洞的舉動，也嚷著要一起挖，至於挖洞的理由，TAE也沒有隱瞞。畢竟，要把自己活埋，也得有一個人來填土吧！小男孩可以幫TAE這個忙，八歲的孩子固然手腳太軟弱，但除此之外，也找不到別的人了。

對於能夠埋在地底下不死，小男孩感到驚奇和佩服，TAE要再次把自己埋進地下，他表現地雀躍萬分，甚至到了浮躁的程度。

兩個人一起把洞挖好了，TAE要進去的時候，小男孩突然說：「這次讓我來試試看吧！」

因為，TAE已經被活埋過一次了啊！應該把機會讓給別人吧？小男孩很認真地這麼爭辯，我也想嘗嘗被埋在地下的滋味，那樣子就像吸血鬼吧？實在是很酷呢！TAE被埋了十四天吧？十四天不算長嘛！如果是我的話，很想挑戰二十一天呢！

小男孩這麼要求，TAE也沒有拒絕，這樣一來也不錯，當一個旁觀者或許別有心得。

於是，小男孩被這麼埋進地下了。TAE在填好的土上頭堆了七塊石頭作為標記。

TAE講話慢吞吞的，我都急死了。

「然後呢？」我問。「你該不會真的等到二十一天以後才去挖開吧？」

「我沒有挖開。」

我們所有人都發出了愕然的「嗄？」聲。

「為……為什麼？」我結結巴巴地說。

因為，沒等到二十一天，第十三天就發生了大地震，TAE跑到山上，發現當出作為標記的七塊石頭，已經找不到了，山上的地形都很相像，何況經過地震，許多地貌都不再是原本的樣子，他挖掘了一些自認有可能的地方，都沒有找到。

明明和河峻不約而同雙手抱胸，抿著嘴。

一會兒，明明開口：「你這並不算惡魔的行徑，因為，是小男孩自己要求被埋的。地標不見了，也是因為地震，怪不了任何人。」

「哪裡是這樣的啊？自己要活埋自己，那是你的事，但是小男孩要求被活埋，應該拒絕的呀！」河峻說。

「事實上……」TAE緩緩地說。

事實上，小男孩蹲在洞裡，TAE把土填進去的時候，男孩感到非常興奮，仰望著洞外的天空，嘻嘻哈哈地笑著。但是，隨著灑下的土越來越多，身子開始被土掩埋，他開始驚恐，大喊著不玩了，要出來！

TAE卻沒有停手，落雨般的泥土澆在男孩臉上，掉進男孩的眼睛，灌進男孩嘴裡，他被土噎住了，用力咳嗽，痙攣著身子抖動。

TAE停下動作，靜靜地觀察著小男孩。

「他沒有掙扎著爬出來呀！不曉得為什麼，他沒有想盡辦法爬出來。」TAE說。

「他那麼小，怎麼做得到？」我說。

「誰都可以的啊！只要想，誰都可以的吧！」

因為男孩沒有奮力想要爬出來，也沒有哀求、呼救、咒罵，只是發出無意義的乾嚎和可憐的嗚咽的聲音，TAE就把洞封了起來。

●

河峻與明明合組舞團的新聞發布會在飯店舉行，我猜想要採訪河峻的媒體會很多，河峻的粉絲也會很激情，特別提早了去。河峻在飯店房間裡，還沒換好衣服呢！明明已經到了，化了醒目的妝，讓她顯得光豔動人，穿著剪裁簡單大方的黑色絲絨洋裝，美極了。

我準備了花束要送給明明和河峻。

是的，這也是我所收到的匿名花束，因為想到可以用來給河峻與明明祝賀，我沒有丟掉，這次可以跟吉米說是我自己專程買來的了。這是一束向日葵，繫著蘋果綠色的絲帶，前一天在電梯裡，住同大樓的一個女孩子見我捧著花束，對我說這絲帶和我的衣服相配呢！我發現自己身上穿的正好是蘋果綠色的洋裝。

明明把河峻的房間當作自己房間似的，給我和吉米泡了咖啡。

「時間過得真快，老師過世都六年了。」吉米感傷地說。

又來了。

六年來吉米都對老師的死耿耿於懷。只是悲痛老師的離世也就罷了，不知道從什麼時候開始，他認為老師是遭到謀殺，而凶手就是河峻。這種無稽的想法一在吉米心中滋生，所有關於那段時日的回憶全都變成他蒐羅來佐證這個懷疑的工具，最後他相信一切都明朗了，都確切了，他提這事時鬼鬼祟祟的，壓低了聲音，好像這是什麼讓人心痛的大祕密，卻讓我感到厭惡，那種陰森的憂愁充滿了一種小家子氣，他癟著嘴神經兮兮的表情也讓我頭暈。

自從他相信河峻殺了老師，他會偶爾冷不防提起東一件西一件往事說明河峻殺死老師有多麼不容置疑，我每每必須極力耐著性子不大吼著打斷他。我順著他的話，說河峻野心勃勃，說河峻無所不用其極，這是為了免得他憤怒或爭辯，但我一點都不想聽他說這些，我真不愛看他談起老師冤死在河峻手下時，一派可悲的娘娘腔樣子。

「那時候，媒體都說老師是心臟病過世的。那是因為，不想讓老師的死因被多作猜測，如果把事實說出來，對老師的名聲有所損傷。倒也不是有什麼不名譽，只是，不想引起太多談論。說心臟病的話，大眾不會過度揣想，畢竟，老師新作發表的演出很成功，評價也很好，讓他在帶著讚美掌聲的嘆息中辭世，我認為是最好的。」吉米說。

我和河峻、明明都沒說話。

「但是，老師並非心臟病過世。」

河峻的臉上閃過一絲不安。

「老師是自殺身亡的。」吉米說。

河峻發出驚訝的呼聲。這反應很出人意表，簡直像遭到雷擊般的震驚。

半晌河峻才擠出話語：「什麼意思？」

「老師是在練舞室上吊自殺的。」

「上吊？」

吉米點頭。

「老師身上有外傷，頭部有血塊痕跡，這的確讓人懷疑，但那些傷不管怎麼發生的，顯而易見並不構成他死亡。」

河峻開始在房間裡來回踱步。

「動手打了老師的人是誰？」吉米說。

「會不會是小偷或者強盜？」我說。

「哪個小偷或強盜會想跑到那間破舊的地下室？」吉米瞟了我一眼說。

「我雖不相信老師是自殺身亡的，但是，老師確實曾經寫過一張紙條給我，那是在公演前一個禮拜，他說無論發生任何事，公演都一定要舉行。最後他說他會死。那時我以為那又是他任性的脾氣發作，他總是這樣。我早已習慣他的神經質和自憐，藝術家多少有這種毛病。」吉米說。

「如果老師事先就寫了這樣的遺言，那麼他的自殺還有什麼好懷疑的？」我問。

「光是遺書，也不能讓警察排除非自殺的可能，但被認定毫無疑問是自殺的理由是，練舞室當時是從裡面鎖上的。」

「密室？」我驚呼。

這件事吉米連對我都沒說過。

多年來老師往返國內外，他沒有別的親人，很多事是吉米打點，他住的房子也是吉米張羅的，地下室是練舞室，有獨立的入口，舞團的人都有鑰匙，平時可以自由使用這個空間。練舞室的門鎖有一個鐵栓的裝置能從內部拴上，如果從門內上拴，在外頭就算用鑰匙打開門鎖也無法開門。老師在練舞室裡獨處時是不容許有人干擾的，他說他思考時非常討厭有人在他面前出現，他會抓狂。

排練室自然也沒有其他出口，狹長的通氣窗高度只有十五公分還裝有鐵網，老鼠都進不去。

河峻坐在床沿，搗著臉，一會兒用手抓著頭髮。他忽然站起來，把我們都趕出房間。

「搞什麼鬼，你從來沒說過什麼密室，既然是密室，你為什麼還懷疑老師是被河峻殺害的？」回到家裡，我惱怒地問吉米。

吉米臉上露出痛苦的表情，「老師他……我不認為他會自殺。我跟他相識十年，雖然他那傢伙的古怪我從來無法了解，但我知道他不會是自殺的人。」

「是嗎？老師是不會自殺的人……」

「那傢伙，是個孤獨的人，他喜歡把自己搞得沒有人能理解，那樣才能使他成為一個獨特的人，可是他又渴望享受被人簇擁著，他想讓所有的人都覺得永遠搆不到他的心，卻拚命想死抓著他的腳。他就是這樣一個人。我知道他這樣很讓人討厭，但事實上他是個脆弱的人，他膽小又脆弱……」吉米眼光濕潤地說，「他脾氣壞，難纏，多年來我總是被他搞得暈頭轉向，跟在他後面替他收爛攤子。但他自以為狡猾，其實一點都不複雜，他是個很容易受傷害的人，有時他遭受的事我覺得對他並不公平，我總希望能夠保護他。如果我在他身邊他就不會死。」

「可是，老師曾寫字條給你，說他會死噢！」

吉米楞了一下。

「小順，公演那天，你有去過老師家嗎？」吉米問。

我一驚。「你為什麼會這麼問？」

公演的那天一整天進行彩排。原本正式彩排應當在公演前四天舉行的，但因為硬體設備出了問題，燈光和音樂都無法正常運作，結果在公演當天才進行。即使在彩排時，也不知道獨舞由誰演出，上午先進行獨舞的彩排，我們四人輪流上台，下午是舞團演出老師舊作的選輯，身為舞台總監的吉米一整天都沒有空閒離開表演廳。

河峻和明明都有參加舞展其他節目，但我若沒被選上獨舞的話壓根就沒有上台機會。下午我不需要彩排，離開表演廳前往老師家，不是沒道理的事。

「如果那天我多注意一下老師的情形就好了。白天的彩排老師完全沒出現，我覺得奇怪，也有過不安，但當時的事態，我無暇顧及別的，一直到開演前，燈光、音響、服裝還有舞台布景的問題層出不窮，想打電話給老師，那邊的手機訊號不好，叫人去找老師，也沒下文，現場一團混亂。要是我能多關心一下老師的狀況，或許就不會發生這種事。」吉米說。

原來如此，吉米問我有沒有去過老師家，是出於他自己當時無法分身的愧疚感。人關心的常不是一件事的完整真貌，而往往只是其中跟自己有關的一部分。

「小順，你也相信河峻是凶手，才會說簡訊不是老師發的吧？河峻殺死老師後偷走手機，你是這麼想的，才會那樣問河峻吧？」

雖然說聲「是」就好了，但我卻沒有耐心說謊。「不是的，我不是那樣想的。」

記者會取消，河峻和明明組舞團的事也作罷。

「為什麼你會突然要和明明組舞團，又突然宣布放棄呢？」我問河峻。

「沒什麼，只是覺得不適合。」河峻輕描淡寫地說。

「當然不適合，明明早就不跳舞了，她不肯說擔任健身教練前她在做什麼，但我花了點功夫查過了，她加入過幾個舞團，都跟人家鬧得不愉快，把那些舞團批得一文不值，她覺得沒有舞團配得上她，結果只得去教兒童才藝班，幫人賣韻律服裝，還當過臨時演員、保險業務員。就憑河峻你想組舞團，有多少人想參與？你可以舉辦甄選，挑出最優秀的人才，怎麼會輪得到明明？」

河峻沒回答，只是望著觀景窗外城市的鳥瞰風景。

「一直以來你都以為老師是你殺死的吧？那是什麼感覺？」

河峻轉過臉。「你怎麼知道的？」

「吉米說老師身上有傷痕，那是你幹的吧？我注意到你的表情，當吉米說老師是自殺的時候，你似乎受到相當大的打擊。」

河峻顯得相當訝異。「你知道明明威脅我，你知道明明用她曉得我殺死了老師來恐嚇我……」河峻說著冷靜下來，臉上充滿狐疑的表情。「你還知道什麼？」

「六年前明明就勒索過你了，對吧？她跟你要什麼？錢嗎？我知道明明很想出國留學。」

我發現河峻總以眺望窗外來避開我的眼光。這間餐廳位居大樓的二十樓，有大片觀景窗，居高臨下俯瞰城市的景致讓人心曠神怡。

「明明原本可以一圓出國美夢，不幸她繼父生意失敗，母親把那些錢全拿走了。真可憐。」

我輕輕一笑。「這幾年明明幾乎已經放棄她的美夢了吧！沒想到你回來了，而且是功成名就地回來，明明知道她的機會又來了。但我不明白，都過了六年，明明就算知道你殺死老師，也拿不出證據，事到如今光憑她一張嘴說，有什麼用？」

「你不懂，」河峻皺著眉，「我現在身價正高著，所有人都在注意我，多少人想看我跌跤，不需要有什麼證據，只需要站出來說得像一回事，大眾就會受影響，我的名聲禁不起損傷，找我拍廣告的廠商都會卻步，舞團會找個理由把我踢下首席舞者的位置，你該知道舞團裡的競爭有多激烈。殺人凶手的罪名可不輕。最後就算能澄清什麼，也來不及了。這世界很現實，你再努力，你做得再好，你再優秀、傑出，你也不是無可取代，排在後面能取代你的有幾百個，而你只要被踢下水溝去，就算你爬出來，也站不上高處了。」

我望著河峻，忽然感覺多年來我對河峻的評價，完全錯了。我以為河峻是個富有野心，為了追求夢想勇往直前，即使背上是用蠟黏著羽毛的翅膀，也要向著灼熱的太陽飛去的人，原來他也只不過是一個平凡無奇，膽小懦弱之徒。

「我感興趣的是，你跟老師發生爭執導致向老師動手的原因是什麼？我知道你對老師一直很不以為然，但是為了爭取演出，你耐著性子，壓抑自己，不敢顯露真正的情緒，對老師唯命是從。距離實現夢想越近，到了讓老師選擇你的關鍵時刻，你很懂得戰戰兢兢，小心地討好、奉承老師，順著他的心意，讓他屬意你，有什麼必要殺害老師，假傳簡訊？難道，老師已明確地告訴你，他選擇的不是你？」我盯著河峻，毫不放鬆地問。

「不是的。」

河峻的聲音很軟弱。

「你不明白……」

「我不明白什麼？」

「老師那個人，他不是人，他是惡魔。」

「是嗎？」這話從河峻嘴裡說出來，真讓我差點發笑，河峻自己不是說過，世界上根本不存在惡魔，一天到晚說著要大家變成惡魔的老師，實在是滑稽嗎？

「公演那天，早上彩排過獨舞後，是中午吃飯休息的時間，舞團的人都已經來到後台，等著下午的彩排。一上午不見老師，我心想都到了這個時候了，他不可能還沒決定晚上由誰演出獨舞，卻還賣關子，真打算到開演前一刻才公布嗎？也不考慮我們的心境，實在太差勁了。我越想越生氣，越發不可忍耐，我一定要逼他說出由誰來演出。

「我想老師應該人在住處，便趁午休之時去找他。老師在練舞室，一副預料到我會出現的模樣，他跟我討論舞作需要更動的地方，我簡直不可置信，這支舞在一週前總算編好，為了燈光和音樂的事，吉米都快崩潰了，馬上就要演出了，這個時候還說要更動，更動什麼？這個傢伙，實在太亂來，太任性了，他是把我們所有的人當作傻瓜般耍嗎？

「我忍不住質問老師，他卻說，假使他覺得不完美，就要改到好，就算不用燈光和音樂也行。簡直是神經病！我問他究竟要讓誰演出，他冷笑，說我就只關心這個嗎？我一點都不關心這支舞的成就嗎？我對藝術本身完全不在乎，就只在乎上台的是不是我這種庸俗的事嗎？我當然很氣憤地反駁，兩人起了激烈的爭執。」

「就因為這樣而動手殺害老師嗎？」

河峻搖頭。

「不，不是這個原因，即使當時我對他充滿不滿之情，也不可能因此想殺他。是他……是他又說了太過讓人惱怒的話。」

「老師說了什麼？」

「無非又是那一套，無法化身惡魔的人就不能跳這支舞，老實說，我已經聽厭煩這些了，在那個當兒，我甚至覺得，就算放棄演出也無所謂了，我不想再跟這個瘋瘋癲癲的老頭子耗下去。這支舞不會成功，它根本不是什麼大師的作品，它甚至算不上一個過氣藝術家的垂死掙扎，它只是一個毫無才華的老人發高燒的夢話。

「但是，都已經走到這一步，已經忍耐了那麼久，被迫做了那麼多無聊事，浪費了那麼多時間，這個時候卻只因為壓制不住自己的怒氣而放棄太不划算了。何況，倘使我放棄，平白讓TAE

或明明得到，我不甘願。

「我這麼想的時候，老師說，我可以演出這支舞，只要我做到他要求我做的事。」河峻停頓下來，嚥了嚥口水。但他的停頓並不是賣關子，不是等我問「什麼事」，而是，他不知如何啟口。

我耐心地等河峻說出我想聽到的答案。

「老師要我殺了他。」河峻說。

我面無表情。

河峻見我聽到這句話，卻不驚訝，臉上似乎有一絲困惑閃過。

「老師要我殺了他。」河峻重複了一次。「殺了他就能成為惡魔，就能跳那支舞。」

「所以你就照他的話做了？」

「開什麼玩笑！」河峻激動地大聲說。

四周的人都轉過臉來看他，我垂下眼，我想或許其中有人認出了河峻。

「我怎麼可能做這種事。」河峻以回復平靜的甚至更低一點的音量說。

「但是對說出這麼無恥的話來的老師，我感到憎厭至極，是因為這種不可抑制的憎厭，就像嘔吐一般本能性地，我動手把他打倒在地。」河峻靜默了幾秒。「我不太記得我只是推了他一下，還是有對他拳打腳踢，總之，我知道他受傷了。可是他並沒死，我不認為那樣就能打死他，我打他是因為我為他感到可悲，我深深地瞧不起他，他令我感到噁心。他躺在地上不動，我覺得他又在裝模作樣，既自憐又把自己弄得一副高深莫測的模樣。

「我轉身離開，我幾乎像是逃離那裡，但並非因為我打了老師所以逃走，我逃走是因為我受不了多看老師一眼，他實在太醜陋，太讓人作嘔了。我慌張離開，沒有注意到明明躲在門口，明明聽到我跟老師發出爭吵，我離開以後她進入練舞室，我沒注意她什麼時候回到表演廳的，彩排完她告訴我老師死了。」

河峻眼前的餐點完全沒動，我的則吃得一乾二淨。

「你什麼時候知道的？」河峻問我。

「當吉米說老師是自殺，你突然宣布舞團解散……不，不是解散，是根本就沒有成立。我就明白了。」我用餐巾紙抹著嘴說。

「簡訊不是我發的。」河峻說。

「我知道，是明明發的。」

河峻一驚。

「但我們四人是同時收到簡訊的。」

「簡訊不是收到的同時發出的，我原本也沒想到。那天我和吉米去你的房間，明明說她發簡訊要我去替她買假睫毛膠，可是，因為手機沒有訊號，我並沒收到她的簡訊，那時我猛然想到，收到簡訊的時間與發送簡訊的時間未必一致。」

「那麼你為何在電話裡說簡訊是我發的？」

「認為簡訊不是老師發的，而是明明發的，這只是猜想，我無法證明。如果說簡訊是你發的，就能吸引你的注意，再接著說殺害老師的人是你，你必然會願意跟我見面吧！」我微笑。

「明明拿走老師的手機，冒充老師發簡訊宣布跳獨舞的人是誰，她為何不寫她自己，卻寫河峻你的名字？人啊！做每件事都是選擇，做與不做，這樣做或那樣做，任何最微小的一個動作都是如此，不是嗎？每件事都是經過盤算的結果，像我這麼不精明的人可是很少呢！」我露出天真的傻笑。「明明就選擇把這個機會用來交換更實際一點的東西。」

●

「事實上，老師也跟我講了同樣的話。」我說，一面把奶精倒進咖啡杯，用小湯匙攪拌。

「什麼意思？」

「老師也跟我說過，殺死他就能得到演出的機會。」

河峻一臉驚訝。這麼短的幾天內看到河峻這麼多震驚的表情，實在讓河峻在我心目中的分數打盡折扣啊！

「我把這告訴了明明喔！你瞧瞧我，我真是我們幾個當中最老實單純的人囉！我就傻呼呼地跑去告訴明明，老師說了這麼不得了的話呢！你猜明明怎麼回答？」

我至今還清楚記得明明當時臉上的表情。當然啦！明明一向是那樣的表情，嗤之以鼻。

「算了吧！那是老傢伙胡扯的，他怕死怕得要命。」明明說。

「真的嗎？我覺得他的樣子很認真呢！」

「小順你是傻瓜，無論別人說什麼你都相信，只有你一個人把老師那套鬧劇當一回事。」

「你又怎麼知道老師不是真有此意？」

「都說了他這個膽小鬼超怕死的，他啊！」明明猶豫了一下，「他本來就快死了。老師他得了癌症，癌細胞已經到處擴散，沒得救啦！他嚇得屁滾尿流，趴在我身上像嬰兒一樣哭呢！老師有時叫我晚上留下來陪他，因為他很害怕，他說死到底是什麼呢？不知道究竟是什麼的事情實在可怕啊！他會一邊發抖一邊喊著媽媽流淚呢！如果可以的話，他願意不惜一切換取苟活，才沒有勇氣死。」

明明的回答讓我好意外。

公平地以舞蹈實力跟其他人競爭，怎麼都輪不到我的，無論如何我都不可能勝過其他人。可是，殺死老師就能贏的話，我就辦得到。

我也想得到獨舞的機會，但我沒有自信跳得好，我為的不是得到獨舞的演出，而是為了成為惡魔，成為惡魔就能跳惡魔的角色，不但能站上台，還能創造出屬於我最燦爛空前的表演，我幻想變成一個不一樣的自己。

我以為這是可能的。

我注意到大片玻璃窗外面，停著大型的飛蛾。飛蛾能飛到這麼高的地方？忽然想到往生者在頭七之日會化作飛蛾歸來的說法。

「那麼TAE呢？TAE從公演那天就失蹤了，有誰曾聽說他的消息？TAE還活著嗎？」我問河峻。

「我怎麼知道？」河峻不耐煩地說。「他本來就不是舞團的人，老師不知道從哪找來的，沒人私下有跟他來往。」

「也許是你，或者你和明明一起把TAE殺了？」

「你的頭腦有問題嗎？我殺死TAE幹嘛？而且小順你也太容易把殺人兩個字說出口了吧！」

「你還不是一直以為自己殺死了老師。」

「那是意外！意外好不好？我根本沒有想殺他！」

我淺淺一笑，把蛋糕送進嘴裡時，一小塊鮮奶油掉到衣服上。

我喊著「糟糕！」用餐巾紙去擦身上穿的水藍色的針織衫。

這天回到家，我又收到了花。

花束的絲帶是水藍色的，我馬上想到我身上穿的針織衫也是水藍色。自從那次在電梯裡，被提醒了花束的絲帶和我身上的衣服同色，我就開始注意到這件事，回想起來，每次繫花束的絲帶好像跟我身上穿的衣服都是同樣的顏色。

有這種巧合？

我望著站在台上揮汗熱舞的明明，穿著比其他教練都要裸露，鬥志比其他教練都更強悍激烈，這是出於明明的好強自負，還是在這一行的生嫩老實？大部分的教練都是年資六七年、七八年的老鳥了，這些教練總是拖著步子走進健身房，在推開有氧舞教室的門的瞬間才提起嘴角，裝作抖擻亢奮，迫不及待的模樣。女教練全都不化妝，何苦為了抵抗汗水還得把粉底打得厚厚一層那麼費事，台下的全是些老太婆，誰在乎呢？音樂一放，戴上欣喜若狂的面具，可一找到節拍的縫隙就放鬆下來。明明完全不一樣，她把自己打扮得完美無缺，上課的一個小時裡每分鐘都像緊繃的弦，用盡全力，簡直像從土裡鑽出的蟬迎接短暫的生命，何需省什麼力那樣豁出去地鳴叫。

「真遺憾，河峻取消組舞團的事了，我原本對你們搭檔能創造出的舞蹈抱著很高的期待呢！」我說。

我這麼說並無不誠實。河峻和明明一起跳舞，河峻和明明一起編舞，那會是什麼樣的舞呢？那樣的舞會超出預期地精彩，還是令人失望的乏味呢？我確實很好奇啊！

然而，我並不希望那樣的事發生。舞團組不成，我相當高興。

「河峻氣沖沖地質問我。」明明冷冷地說，「小順你早就知道了吧？你選在發布會之前帶吉米去，這是你算計好的。」

「你如果要那麼想，我也沒話說。世間哪裡有什麼真實呢？誰不是把自己的猜測，自己的臆想，自己的評斷就當作真實？任何人都可以一輩子活在自己創造出來的事實的世界裡。」我說。

「小順你什麼時候變成了哲學家？」明明打開環保杯的蓋子，從飲水機取了水來喝。

「你自己得不到的，就也不讓別人得到。你就是這樣的人。」明明說。

「你說這樣的話真是不了解我。」我傷心地說，「那不是我得不到的，而是我根本不想要的。我和河峻組舞團跳舞？別開玩笑了，我怎會有那樣的想法，我連作夢都不會夢到呢！」

明明露出不耐煩的神色。

我聳聳肩。「我猜到的。因為我想到了河峻曾講的那個故事，記得嗎？關於作弊的事，因為作弊被看見，後來便一直被那女孩握住把柄。河峻啊，就是那樣沒用的人。那麼，你又為什麼認為我早就知道你們的事，刻意帶著吉米在新聞發布會之前去見河峻呢？」

「跟你一樣，我想起你曾說過的那個拆散戀人的故事。你就是個看不下眼別人的好事的人。」

我吃吃笑了起來。「那個故事我沒跟你們說完，其實那時沒有成功喔！」

明明背對著我，把汗濕的韻律服脫下。

「河峻那傢伙是活該。我拿走老師的手機，本來是想發我自己的名字的。只不過，我嚇唬一下河峻，他卻相信了，那個笨蛋。不能怪我。」明明從衣櫃取出乾淨衣服，似乎打算不淋浴就直接離開。

「你是說，你讓河峻相信他殺死了老師？」

「中午我見河峻不見了，我想到那傢伙該不會跑去找老師？所以我也去了老師住處。我聽見他和老師爭執，也聽見打鬥的聲音。我並沒有進練舞室去看，因為怕趕不上彩排，我匆忙離開了。彩排完我參與的舞碼，我又回到練舞室，發現老師上吊自殺了。老天！老師的臉看起來好恐怖，練舞室裡臭氣沖天，充滿屎尿味，尿液還滴在地上。」明明翻了翻白眼。「我摀著鼻子忍住嘔吐慌忙離開，臨走時看見老師的手機扔在牆角的沙發上，就把它拿走了。……回到表演廳的休息室，我跟河峻說老師死了，你沒瞧見他的模樣，嚇得跟遇見鬼似的，我說我聽見他和老師爭吵了，結果他拚命解釋他無心殺死老師，他不曉得自己下手那樣重。」

我聽著明明的話，陷入沉思。一個歐巴桑赤裸著身體側身從我和明明旁邊的狹窄通道走過。

「原來他以為他打死了老師，我由他那樣去想，看他那樣驚慌失措，我覺得有意思極了。我拿走手機時，心裡想的是冒充老師發送由我上台的簡訊。我檢查過了，老師當天並沒有打電話給吉米，也沒有發送簡訊，吉米還不知道老師決定由誰演出。在後台吉米忙得跟瘋子一樣，所有人都在準備著晚上的演出。但是我突然想到，何不把這個機會讓給河峻？河峻以為他打死了老師，還以為被我看見了，但早晚老師自殺會被發現，我也沒什麼好處，於是我跟河峻說，老師的手機在我身上，我可以讓他上台，不過他得給我報酬。至於我，我不說出去，也沒人知道他打死了老師，他大可不必擔心。公演結束後吉米打了很多次電話給老師，我也不知道他為何沒有去找老師，總之，他隔天立刻飛國外，處理另一位藝術家的巡迴表演事宜，一直到一週後他回國，老師死亡的事才被發現。」

明明告訴我這些，是想表明她並沒有做錯任何事吧？她也只不過是拿走手機，發送河峻的名字，反正，總是得有人上台，而或許本來就是河峻。

「吉米公演結束後曾去過老師的住處，但排練室從裡頭鎖上了門栓。固然老師在發表新作當天沒出現，是件奇怪的事，但依照吉米的說法，過去他跟老師合作的經驗裡，重要的活動前夕逃跑，早就不是第一次……」

「你說什麼？排練室的門從裡面拴上了？沒有啊！我進去的時候，門完全沒鎖。」

明明穿上運動鞋，拉上背包的拉鍊，再見也沒說便逕自走開，但走了兩步又冷不防轉過身。

「你呢？彩排的下午，你又在哪裡？你不用彩排不是嗎？你沒被安排參與舞展的節目，你一直在表演廳嗎？還有TAE，你們兩個那天，人在哪裡？」

我愣著沒說話。

明明露出咄咄逼人的目光：「那天彩排結束，在化妝室裡，你告訴我老師跟你說殺了他就能演出惡魔，老師是什麼時候這麼跟你說的？」

我無法回答明明，只露出一臉傻氣，而這一直是我擅長的。

「你怎麼辦到的？」明明的臉逼近我，靠得好近啊！我發現明明的妝都掉光了，上眼線暈汙到下眼皮。

「我見到老師死亡時，練舞室並沒有從裡面上鎖，後來卻變成了只能由裡面拴上的狀態。簡單地說，有人把老師的死亡現場變成了密室，我不知道那是怎樣辦到的。但老師不是自殺的。對吧小順？」

我直視明明，眼光沒有退縮的意思。

「明明你說，我要的是什麼呢？」我問。

這回換明明啞口茫然。

「明明你不知道吧？人拚了命去做的，都是為了換得自己想要的，你想要的，河峻想要的，都那麼一目了然，可我要的是什麼呢？」

●

「假使神出現在你面前，能實現你一個願望，你想許什麼願呢？」我曾這麼問TAE。

「神實現的願望？為什麼是神呢？」

「因為神是萬能的嘛！所以本來不可能實現的事情都能成真。」

「你的意思是，假使要讓神來實現，就應該選擇靠自己的力量辦不到的事了？」

「唉呀你這人真會說到人的痛處，別人靠自己的力量可以實現的事，我都不行啊！得靠神賜的奇蹟才能達成。」我哭喪著臉說。

TAE淡淡一笑。TAE這個人的表情並不冷淡，他常笑也常皺眉，只是我總感覺不出那還意味著什麼多一些的東西。笑通常不只是笑，不是嗎？可能是被某事逗弄感覺好笑，可能是快樂，可能是讚許同意，可能是諷刺嘲弄……TAE的笑不虛假，但卻好像只是單純的面部肌肉拉扯的組合。可這沒關係，我也不太在乎，我說話的時候，如果TAE不笑，我會覺得很緊張，TAE笑了，我就覺得很安心。

「就是因為這樣，我要依賴神的願望實在太多了，我經常在想這件事呢！為了怕神出現地太突然，我措手不及，平常就要想好那唯一的願望是什麼呀！」

「是什麼？」

「呃，還沒有想到呢！所以才問你啊，腦力激盪嘛！」

「不是說經常在想了？」

「話是如此，可世界上沒有神啊！所以是根本不可能發生的事嘛，想了也是白想，就不怎麼積極了。」

TAE大笑。

TAE的笑依然讓我得到安慰，感覺自己是個有趣的人。

「我沒有願望。」TAE說。

「是嗎？真好。」我由衷說。

「有什麼好？」

「願望太多，實現不了，很痛苦啊！」

「我倒不覺得，有願望表示有想實現的事，願望越多，想實現的事就越多，人才有存在感啊！」

「我從沒想過這種事。」

「人要有願望，得先有愛，或者恨，或者羨慕，或者嫉妒，或者期待。要有痛苦想脫離，要有夢想和知道什麼是歡樂的事，要有憎惡的事想改變，要垂涎什麼而想接近，恐懼什麼而想掙脫，」TAE停頓了一下，「但是，你不覺得愛啊恨啊嫉妒啊憧憬啊這些聽起來，都太……太……」

「太什麼？」

「太教人不可置信了嗎？」

我迷惑地望著TAE。

「很愛一個人，或者很恨一個人，究竟是什麼感覺呢？」

「這個我也不知道啊！」我笑一笑。「或者，沒有人知道，那些自以為知道的人，其實也不知道。」

「那麼，又為什麼可以因為很愛一個人而不惜為他犧牲一切付出一切，因為很恨一個人而想親手殺死他？」

「你怎麼會有這種想法？根本就不需要很愛一個人或者很恨一個人，就能做出那些事啊！不是嗎？」我說。

我回過神，有件事我不解。

「你看見老師的手機時，為什麼不立刻發簡訊說由自己上台演出呢？發好簡訊把手機留在原地，看來就更完美了。」我問。

明明說：「我是有那樣的打算，但正當我要那樣做時，我感覺背後有人，轉過身，什麼也沒有，門是半掩著的，我進門時應該有把它關上。我把手機悄悄收進背包裡，立刻離開，走出門時沒見到任何人，我想或許是我的錯覺，但那種毛骨悚然的感覺讓我想飛快跑得越遠越好。現在回想起來，那時真的有人進屋裡來，也不是不可能。小順你想想，進屋裡來的那個人，會是誰？」

●

我拿著報紙包裹著的花走出大廈時，跟吉米遇個正著。

「那是什麼？」吉米問。

我實在編不出什麼謊言來，支支吾吾地說：「這個，這個是要拿去丟掉的。」

吉米把報紙包拿過去，撥開一看，表情很疑惑。我總覺得花束的鵝黃色絲帶特別刺眼。

「我不知道是誰。」我聳聳肩。「你看要不要報警？」

「現在還不到時候。」吉米平靜地說。

我錯愕。「什麼意思？」

「東西還沒有被偷走，怎麼報案說遭小偷呢！」

「東西？什麼東西？」

「你的心啊！」

我笑著用拳頭敲了一下吉米的肩膀。但吉米的模樣並不適合講這種造作又肉麻的話，給人相當噁心的感覺。

我身上鵝黃色的外出服還沒換下來，吉米沒注意到與花束的絲帶同色，就算注意到了，也不覺得有什麼意義吧！甚至連「剛巧」的想法也不會有。

我曾問過大廈管理員有關於送花來的是什麼樣的人，但問不出所以然來。那是一家網路花店，送貨的是宅急便公司，網路花店也無法提供訂花顧客的身分資料。

晚上，吉米整個人鬱鬱寡歡的，像有什麼心事，跟他說什麼，他心不在焉，讓我有些擔憂。

「小順，有件事我心裡過不去，不曉得該不該說。」

我陡然一驚，或許是我心虛，懷疑吉米想說的究竟是什麼？

「你知道老師死前……老師死前，已經是癌症末期？」

「你說的是那個啊？那個我早就知道了。」因為鬆了一口氣，使得我的語氣一下子變得太開朗了。

吉米相當意外。

「我還以為你早就知道了，你是他的經紀人啊！」我說。

「我不知道。」吉米搖頭。「今天和國外的一個朋友通電話，無意間聊到老師，對方提起這件事，我嚇了一大跳。老師那個時候癌細胞已擴散得厲害，醫生說他隨時可能撒手。他竟然沒告訴我。」

「怪不得老師變得那麼瘦那麼虛弱。」我附和著說。

「老師他，他一直到生命的最後，還是奉獻給舞蹈創作……」吉米雙手摀著臉，他是發自內心感到深切的悲痛。

「老師為何瞞著我？」吉米啜泣著說。

「我想是怕你擔心吧！如果讓你知道了，你會阻止他繼續編那支舞吧！」

我隨口說說的。老師堅持要幹什麼，吉米也不會阻撓，即使以健康為理由。

「不，我難過的不是這個，他把編出那支舞看得很重，我也很期待，問題是，他知道自己快要死了，心裡一定很恐懼，很不安，很悲憤，他不會甘心，他還能創作更多好作品，他需要有人能一起承擔這分痛苦，這分寂寞……」

「好了好了，」我不耐煩地打斷吉米，我很少這麼做，我總是溫柔地附和吉米，或者一派痴傻可愛，但我實在受不了了。「老師那個人總愛把自己的言行搞得那麼異於常人，掩飾他的膽小平凡，如果他不顯得悲傷、痛苦、寂寞，老師就不是老師了，那就是他要的，你根本不必多想。」

吉米的臉從他自己的手掌中探出來，鼻涕還掛在鼻孔，訝異地望著我。

我知道自己說錯了話。

「老師需要你，我猜，他很想告訴你，他一直覺得只有你是可信任的人。但他開不了口，他那個人也是很倔強、很傲慢的，如你說的他是個脆弱的人，但他也不想赤裸裸地攤出來。他一定想找個適當的機會跟你說，只是一直沒找著。」我安慰吉米。

吉米沉默了很久。

「老師寫的那個字條，並不是遺書。」吉米忽然說。

「老師說，無論發生什麼事，舞展都要照常舉行，最後說他會死。他指的不是自殺，他說的是他快死了。他隨時會死。」

「他為何要寫給你那樣的話？」

「他想引起我的關心。我太粗心了。」

「引起你的關心？我們不是一直都圍繞在老師身旁？每一個人都無所不用其極地討好老師，老師他還需要多少關心？周圍所有人都以他為中心繞著他轉，誰不關心他？」

「小順，你不能這樣子說話，老師他要的關心，不是你說的這些，那是……那是真正的關心，純粹的，是，是……」

「是愛。」我說。

吉米沒說話。

「就算老師寫的字條不意味他要自殺，也不代表他就不會自殺。」

「我會弄清楚的。你等著瞧。」

「事隔那麼久，那是不可能的事。」我輕聲說。

夜裡躺在床上，我睡不著覺。

吉米說公演那天下午他曾讓人去找老師，他能讓誰去？就只有TAE，除了我，那天有功夫離開現場的就只有TAE。

所以，那天TAE來過練舞室。

他，看見了？

「小順，我在想一件事情……」

「什麼事？」

「那天公演結束以後，我回老師的住處找他，他整晚沒出現，我很擔心。練舞室是從內部鎖上的，我以為老師在裡面休息，之所以會那樣想，是因為我聽見裡頭傳出音樂的聲音。」

「音樂？」

「拉威爾的《波麗露》。」吉米點頭。

「我拍門喊老師，此時音樂聲停止了。可是老師並沒有開門，我大喊老師，跟他說演出十分成功，那支獨舞新作得到滿場觀眾起立鼓掌。可惜老師不在，如果老師上台接受喝采，掌聲不知能持續多久呢！老師沒搭理，卻又把音樂打開了。我猜，老師不想被打擾。我不知道他耍什麼脾氣，但那天我實在累極了，只好先離開。」

有人在老師死後鎖上了門，還在裡面放音樂？我感到背脊一陣冷。

《波麗露》？

讓TAE轉而學習現代舞，摸索現代舞的靈魂，老師為此教TAE跳的，就是莫里斯・貝嘉編作的《波麗露》。這支舞動作看起來簡單，要跳出那無以名之的詭麗，優雅又妖媚，冷冽包裹火熱的傲慢，內蘊細緻卻又磅礴燃燒的力量，卻極其困難。

「我回國以後，仍聯絡不上老師，練舞室依舊鎖著，舞團裡一些人說我出國期間曾去過練舞室，用鑰匙都打不開門，門被從內部上了鎖栓。我納悶老師每天把自己關在練舞室裡，是怎麼一回事？忽然想到老師寫的那張字條，感到極度惶恐，從地下室的通風口往裡頭看，什麼也看不清楚，卻聞到惡臭，為了闖進練舞室，我把門整個破壞了，進去一看，老師懸掛著的屍體都已開始腐爛了。」

「別說了。」

「練舞室裡頭，沒有其他的出口，對吧？任何人只需瞧一眼就明白，除了通往樓上的門，與蟑螂也無法進出的通風口，沒有與外界相通之處。練舞室裡只有一張沙發、一張小几，牆角堆放著一些道具雜物，就算不去搜索，一眼也看得出來藏不了人，至於那張寬只有一公尺，高半公尺的矮櫃，誰都不可能躲在那裡面。……除了，除了……」

「噓——」我猛然伸出手，掩住吉米的嘴。

除了TAE。

TAE就像雜技團裡頭表演軟骨功的人能夠把全身的關節給拆了鑽進大花瓶，躲在那個矮櫃裡，根本不是難事。

吉米破門而入時，TAE在矮櫃裡，而吉米發現老師的屍體後轉身上樓去報警，TAE在這個時候離開。這是可能的嗎？

TAE把練舞室的門拴上，藏身在懸掛著腐臭的老師屍體的練舞室，持續了七天？

我吊死老師以後，關上門就離去了，明明很可能不久之後就回到練舞室，那時門並沒有拴上。

為什麼門後來拴上了呢？

TAE跟蹤我回到練舞室，見到我殺死了老師。他原本打算跟著我離開，但是他看見明明回來了。明明發現老師的屍體，他見到明明拿走老師的手機，就知道她想假冒老師發簡訊讓自己上台，既然如此，她就不會把老師已死的事說出去。TAE想到他可以把練舞室布置成密室，掩飾老師遭他殺的可能。

他這麼做的時候，曾想過他要在裡頭待多久，才會有人破門而入？公演當天吉米來到練舞室外敲門，他在裡頭放音樂，是想混淆老師的死亡時間嗎？待在地下室裡，過了一天、兩天、三天、四天……，他曾經想過放棄嗎？或者，就像埋在土裡一般，他沒有感覺，沒有意識，沒有情緒，惡臭、恐怖、黑暗、時間，都不存在？

TAE為了我不惜如此？為了我？

不可能。

無法理解。

殺死老師，我沒想那麼多。老師說殺了他就能得到惡魔的角色，我相信了。我沒有懷疑過老師，也不去想他那樣說有什麼用意。我只想到我能站上台跳惡魔之舞。惡魔不是人，是超越人的物種，我不要當一個普通人，我要當一個又華麗又耀眼，連河峻和明明都不如我的人。跟老師一起編舞的過程，我感覺只有在化身惡魔跳舞時，我才不是我，我才比我自己更多，我才超出了我自己的軀殼。我要變成惡魔，我要在聚光燈下演出惡魔，我要把我的惡魔之舞帶給世人。

老師讓我那樣相信，於是我殺了他。

我進練舞室時，老師躺在地上，因為被河峻毆打，頭破血流的老師，模樣非常狼狽。老師見到我，連坐都沒有坐起來，仰臉躺著便開始說什麼殺死他就能演出惡魔。現在想想，他又在營造自己虛幻的形象了，他以為我不可能殺他，才會說這種話。當時我卻沒明白。

「真的嗎？太好了。」我歡欣鼓舞地說。

晚上就要公演了，我已經放棄幻想我能上台，我不是沒有積極爭取過，三個月來我一直很努力啊！但是有誰認為我很努力呢？大家都把我當作笨蛋，懶惰又無能，每個人都知道要往東的時候我往西，我分不清認真還是玩笑，我瞎忙一陣的方向總是錯誤。可現在只要殺死老師就行了，這無異是神突然展顯的奇蹟，要實現我不可能的願望。

我要的不是得到站上舞台的機會，我要的是藉由這個機會變成不一樣的自己。

我用繩子把老師捆起來，老師張大了眼睛望著我，但他的樣子不像是驚恐，比較像是幼兒不了解什麼事正在發生在他身上，那也不是困惑，不包含任何懷疑或以為好玩的成分，我說不上來，那其實有點恐怖。老師起先扭動掙扎，我打了他幾個耳光叫他不要動，乖乖照我的話做。沒想到老師竟然馬上安靜下來，任憑我處置。老師顯得很軟弱，像一條老病衰弱只想撒嬌的狗。

我把繩子穿過天花板的鋼架拉緊，老師被繩子提著站了起來，我把繩子固定住，搬來椅子讓老師站上去。

「老師你知道我要做什麼嗎？」我像哄小孩那樣跟老師說。

老師痴呆地望著我，搖頭。真可愛，老師看起來很像一個大嬰孩。

我也站上椅子，用另一根繩子套住老師的脖子，綁在天花板的鋼架上。練舞室的天花板裝置的鋼架是用來懸掛燈光以及舞台布置，那裡曾經懸掛過鞦韆，有一支舞是由兩個舞者站在鞦韆上演出，那鋼架非常牢固。老師因絕症變得很輕，而長年練舞的我手臂很有力。

因為看見鋼架和練舞室堆放的許多用來捆綁道具的繩子，才想到吊死老師的，我是臨時想到這個主意。

解開捆住老師身體的繩子，踢開椅子後，老師連掙扎的力氣都沒有，只是無助地扭動。我沒有去看老師，只是自顧自跳起舞。

沒有，什麼都沒有。

殺了老師，什麼都沒變，我還是我，簡直像是好不容易搶得了仙女魔杖，大喊一聲：「變身！」卻什麼都沒發生。我不覺得自己成了惡魔，我心中什麼感覺也沒有，沒有更強大，沒有更優越，沒有滿足，沒有源源不斷的舞蹈靈感從體內流出。

我成了殺人凶手，卻依然不會跳舞。我被騙了。

●

送花的人是TAE！

花束的絲帶顏色和我當天穿的衣服一樣，因為TAE要告訴我，他每天都在看著我。

我竟然沒有早點想到。

陶醉在有某個神祕之人愛慕著我的幻想中，那一定是又帥又溫柔，老實害羞，很會寵我的男人，有錢的程度也不下於我老公，有外國籍，打算把我從我老公身邊搶走。我想不出那可能是誰，也不願意花心思去想，因為我想得出來的周遭認識的男人，都不符合我期待的條件。如果是他們，我只會失望。

幻夢是不需要細想的，要去把幻夢跟現實核對，幻夢就不叫幻夢了。

六年來我曾想到過TAE嗎？TAE從那時失蹤，有誰認真追索他失蹤的原因嗎？假使從那一天起便失蹤的人是我，河峻、明明、吉米會在乎我消失了嗎？會不會連我自己都不在乎？因為，想要被愛、被恨、被擁抱或者被殺死，那是一種需要被實現的願望吧？一旦有了那樣的願望，就必須被實現，否則就會痛苦，然而，無法去做出什麼讓這樣的願望被實現，就不成為願望了啊！

六年來TAE都沒有音訊，沒有人見過他，也沒有人知道他的消息。豈不也跟埋在地底一樣？隱身在這塵世，沒有面貌，沒有作為，不被知道，不被關心，不被愛也不被恨，不被想念也不被期待，不感覺快樂也不感覺痛苦，就跟沒有呼吸，沒有視覺、聽覺、嗅覺一樣，不必吃東西，也不必排泄，這塵世所有人事與自己無關，沒有交集，沒有漣漪。

如今他鑽出土來了，像蟬爬出地面。

他要什麼？

他決定自己的願望了嗎？

我翻身下床。

「你做什麼？」吉米問。

「噓——別說話，我沒做什麼，你繼續睡。」

我安靜地快步走到窗前，望著對面的建築。那邊的窗口是暗的。他躲在那裡偷看嗎？

我轉過身，打開客廳的門，探出頭，走廊上很安靜，我躡手躡腳走出去，四下張望。還是他就住在這棟大樓裡？在同一層？

我返身進屋，鎖上門。

TAE躲在哪裡？必然是一個可以每天觀察我的地方。靠得我很近。

突然間，我像冰塊一樣凍結了。

我打開客廳的櫃子，廚房的櫃子，我打開吉米書房的書櫃，我連廁所的櫃子都打開，我連抽屜也不放過。

我到處翻箱倒櫃，趴在地上，把手伸進沙發底下、酒櫃底下。

別人或許辦不到，但是TAE不同，TAE可不是普通人！天曉得他有辦法躲在哪裡。

你想做什麼？你到底想做什麼？你給出來！

我像沒頭蒼蠅般跑來跑去，洗衣機、烘衣機我都打開來看。

我一轉臉見到牆上的鏡子，失聲尖叫起來。我預期鏡子裡會映出TAE的影子，而鏡中的我背後確實站著一個男人。

但那是吉米。

從臥房走出來的吉米，迷惑地望著我。「小順你在找什麼？」

我衝進臥房，察看床底下、衣櫥裡，我把床墊推開，把衣櫥裡的衣服全拉出來扔在地上。

「小順，怎麼回事，發生什麼事了？」吉米問。

「別煩我，」我推開吉米大喊：「TAE在屋子裡啊！那傢伙就在這裡。」

一千零一夜

雨落在帳棚上發出悉悉索索的劈啪聲，黑夜裡聽著恍似柴火燃燒細碎爆裂的聲音。閉上眼，當作那是柴火，明明眼皮上一片黑，倒像漆暗中浮出了一團莫須有飄動的暈光，真以為是火焰的殘影，棲息在網膜上了。

燃火的聲響令我的心寧靜。黑夜的曠野裡，再沒有比知道火在燃燒更令人感到安心。好似嘲弄我耽溺於一己孤絕的幻想，帳棚外男人清亮大笑的聲音灑潑進來，澆滅我虛構的火焰。

那是我的領航的聲音，大概在和技師談笑。來到此地我才初次見到他，若說他給我的印象，這人究竟可不可靠，我竟一片茫然。

曾經，一個人能不能信任，我一眼就可以看得出來，你問我為什麼？這是我的天賦。何謂自信？自信就是百分之百以為真，就像低頭看自己的手有五根手指，那就是五根手指錯不了，沒什麼好懷疑也不可能被推翻的事實。

反過來，我不費什麼力便能博取他人信任，我不需賣弄，用不著多做保證，我不畏懼誠實，最多疑之人也毫不猶豫和我交心，城府幽深之人自動向我坦承其心機，傲慢之人和盤托出其憂慮與膽怯，強勢之人婉然自在卸下面具，溫和之人慨乎身家全託付於我；憑著這種天賦，我沒有嘗過挫敗，沒有吃過虧，輕鬆達到人生的顛峰。

我曾意氣風發過。我不戀慕財富權勢，不汲汲營營，但也不排拒，翻閱財務報表上獲利的大幅增加令我欣悅如孩童看著自己堆高的積木。我不追求豪奢，但令人煩擾的俗務與喧噪中我以滿心歡喜地凝視我的昂貴收藏品換取精神的撫慰。玩車是我的興趣，得意的時候我擁有一支卓越引以自豪的車隊，六輛傲視群倫的改裝越野賽車，聚集在我身邊的是一流的車手，破紀錄的輝煌戰績。我不曾想過有一天我思及這些種種，會驟然驚恐懷疑：也許它將永遠是以一種回顧的眼光？

過去這一年我心力交瘁，原本我是個一天可以只睡四、五鐘頭的人，卻變得時時刻刻都感覺疲憊打骨頭深處裡竄出來，在血液裡到處流動，像癌細胞一般在全身蔓延。我好像只消在眨眼時合上眼簾的片刻就能睡去，我連睡著都夢見睏倦。我夢見我開著車，叫自己千萬不能睡，卻怎麼也撐不開眼皮，一點頭便睡去，強逼自己醒來，卻又反覆睡著。這麼艱難地阻止自己入睡，結果還是睡了，睡得彷彿死去。醒來，驚覺自己竟真沉沉睡過去了，且睡了很久，久到——我橫越了整個沙漠。我心悽惶卻伴隨空寂的平靜，豁而真的醒來，發現睏了、睡了、睡醒復睡，睡而又醒，全是夢。

此時我卻一點睏憊也沒有，說不上精神奕奕，只是缺乏睡意，一根根神經如海葵的觸手讓潮水衝擊著蠕動難安，巴望著天快亮。等發車，都不耐煩了，事實上還有九個鐘頭。

我失去所有，背負一身債務，費盡心力，忍受種種屈辱，弄來的一筆錢，孤注一擲，企圖東山再起……不，說東山再起未免也太好高鶩遠，只是重新開始的一個起點，結果卻發了失心瘋，全投下去用著跑來參加比賽。以前的幾輛車早賣掉了，重新訂製新車，雇用人員，各種配備，比賽需要的各種花銷……我能換得什麼呢？我連想都不願意去想，只消一根蜘蛛絲或者一片蒲公英的毛絮般的理性，就能明白，什麼都沒有。

我不賽車已經好幾年了，打從和那個女人的關係變得複雜，就沒心力放在比賽上頭。雨聲大了起來，火光的幻影早已灰飛煙滅，帳棚外的清冷蛇一般祟爬進來。我聽見我的領航的腳步聲，踩在潮濕的沙地上。

原先與我搭檔的領航，臨時發生事故無法參賽，我託人給我找一個，我要最優秀的。賭上剩餘的全部所有，與其說是錢，不如說是自尊，說出來要讓人嘲笑我愚昧天真的心態，我自以為非拿冠軍不可。脫離這個圈子太久，我不知道能找誰，又率信所託之人，什麼都沒過問。見到我這個領航，才發現他既沒有資歷，連證件都沒有，讓我驚訝不可言喻。

我心中泛起莫名的苦笑。

我栽在一個女人手裡，落得幾近身敗名裂，我百分之百相信她，她卻從一開始就存了心騙我。被狠狠騙了一回以後，我喪失了判斷人的能力？或者說被狠狠騙了一回以後，我連自己都不能相信了？

稍早的賽員會，車手們聚集在司令台上或站或坐，闃暗風寒使得幾盞投射燈失去熾熱溫度，單薄照耀下人們好似將彼此的黑影錯落擱置在他人身上，黑幕裡雨絲忽隱忽現在散逸的白色光暈中旋舞。

我的領航背靠著紅色柱子，盤腿坐著，兩手抱胸，路書放在膝蓋上。別的領航都在埋首做筆記，有時交頭接耳，那解說路書的人進行的速度很快，領航們各自在自己的路書上以獨到的方式記號，偶爾發問，有些跟不上的，好似考試作弊的學生，偷瞄別人的考卷，連翻到哪一頁了都搞不清楚。

我的領航卻始終安靜坐著，別說去翻動路書，貌似看都不看一眼，只聚精會神地盯著解說路書的人，但要說他專注地聽那人在說什麼，也不像，一群車手和領航全像天真赤子，面對課堂上授課的老師，他倒像孩童充滿興味地觀察昆蟲產卵還是蛇蛻皮什麼的。

「你不做筆記？」我問。

他用食指輕輕點了兩下太陽穴，「都記這兒了。」

「真的？記憶力那麼好？我就不行。」我面無表情地說。

「因為你不是我。」

「別開玩笑了！給我認真一點！」我忍不住提高了聲音。我可是豁出一切，賭命來參賽的，你當作在嬉戲嗎？我心中這樣吶喊，卻沒臉說出來。賭命？賭上什麼命？我所有的大膽都只是我怯懦的障眼法。

周遭一一抬頭的眼光頓時投射過來，我尷尬地別開臉，好像剛才那激動大嚷的丟醜之人不是我。

「你不信？」他露出淡淡的笑容說，「到時候你就知道了。」

●

「你看那雲的形狀像是什麼？」在車底檢查減震器漏油的我的領航伸出頭來，仰望著天空，忽然說。

「什麼都不像。」我坐在小丘上，連頭都沒抬，凝視眼前一片浩瀚起伏的黃沙，想起第一次開車進沙漠時，駛過這樣的小丘陵簡直如崇山峻嶺，如今感到不可思議，幾乎不過和馬路上隆起的小土包一般。

「貓。」他嘻嘻笑著說。

我瞧了一眼天空，沒有任何像貓的雲，我不知道他說的像貓的雲是哪一朵。「沒尾巴的貓麼？沒尾巴你咋認出來的？」

「你瞧著，我說它像，一會兒它就是了。」

我的領航鑽出車底，走到我身邊，我還真仰臉和他一起瞅著那雲好一會兒。

「你娘的，害我當真。」我罵道。

我的領航咧嘴笑了笑，從口袋裡取出香菸點燃。

「聽好了，那是一隻烏龜。」我站起身說著調頭走開。

一會兒背後傳來他的聲音，「也對！不過應該是海龜。今天的天空這麼藍。」他踩了踩地上奶棕色的沙，抬起臉瞇著眼睛，「為什麼上頭是天，下頭是地呢？也許其實是顛倒過來，這地才是金色的天，而天空是海。」

●

古時候的人以為天圓地方，大地的四面邊緣是海。

豐饒生息之海怎會是世界的盡頭？

荒蕪的沙漠不該更像是世界的邊界？漫天襲捲而來的灼眼金光下，在那無止境的荒涼的後面，還能有什麼？

喧譁堂皇的富士猶如掌中之水，往外一點一點滲流，延伸出去，從囂嚷到安靜，從輝燦到暗瘠，一直走到最遠，難道不是枯朽？如果能往枯朽繼續走下去，走得夠遠，後頭還能比枯朽更殘寂的，會是怎樣的空無？

先前來練車，我一進沙漠沒有多久就陷沙了，這我可以怪自己出於輕莽，或者我已疏於對地形的敏感，但令我驚訝的是，好似連在沙漠裡駕駛的車感也喪失了，我以為那應當是像游泳、騎自行車一般，一旦你會了，就變成你自身的一部分。

我以為有些得到的東西不可能消失的。

那些滲進你的骨髓，鑲嵌進你的靈魂的東西，會永久棲息在那裡，會跟你原有的部分盤根錯節，接枝一般融合，會像一滴水滴進大海。我終於恍悟並非如此，不管它曾多和你原有的自己契合，仍舊有可能被逐出你之外，它會被某些後來侵占你的別的東西取代，而你渾然不覺。

睽違賽車幾年，我感到格格不入，環境是有些不太相同了，賽事規則有一些變化，參加的人許多是舊識，但也很多新面孔，車也變得很不一樣了。但這些都不是理由。我自己心裡產生了自絕於外的惶怯。

第一個賽段我陷沙的次數自己也感到困窘，令人驚奇的是沒有翻車，有一處地點翻了許多輛，包括幾個很優秀的賽手。而我倖免的原因是，我根本沒有經過那裡！

挖完沙我的領航把沙板收進車裡的時候，我瞧了一下路書，一抬頭望向我的領航，我想我臉上明顯露出疑惑的表情。

「我們偏離了路書。」我的領航乾脆地說。

我等他說下去。

「就是說，我們迷路了。」

地形跟路書對不上，在所難免，但這傢伙若無其事、漫不經心的神情未免太叫人不快，我什麼話也沒說，只是惡狠狠地把路書摔在地上。

我發現打從第一眼見到這個傢伙，我的內心充滿了狐疑，全然不信任，他的每個動作、每個表情、說的每一句話，甚至他說話的聲音，聲音裡那些細微的無法言喻的東西，他笑的那種方式，我全都疑神疑鬼。

稍後駛入乾河道，發現前頭出現賽車的蹤跡，我的心態頓時放鬆，我略轉臉看我的領航的表情，同一瞬間他也轉臉向我，臉上露出一種貌似促狹的笑容。

距離接近至三百米內，我要我的領航按超車報警，他卻認為超車報警在距離一百米內按下才有效，直至靠近快五十米他才按下超車報警。前車始終沒有讓道的反應。

當時我感覺如此持續了相當長的時間，沒理由不認為這輛車惡意阻擋，但那恐怕是出於我的焦煩急躁而造成的扭曲的時間感，漫漫時間的刻度膨脹了好幾倍，耐心這種東西的衝破防線就如洪水潰堤，是一瞬間歇斯底里不節制地爆發的，我朝前車猛烈撞上去。

我抄起扳手下了車，怒氣沖沖地大步走向那輛賽車，用扳手砸擋風玻璃，卻沒一舉把它砸破，我的領航抓住了我，我朝著車裡的人大喊，車手下車來，領航也倉皇下來了，我完全無法控制情緒，狂亂吼叫著，我猜我把先前壓抑下來的對我的領航全部的不滿也一併發作在這兒了。那車手瞪著我，兩隻手快速揮動，一會兒用拳頭敲手心，一會兒把手放在鼻子上，又是比在頭上，矯捷的動作帶著一種犀利節奏，變化令人眼花撩亂。

「她不知道，她沒注意到超車報警的燈亮了，我告訴她，但她太專注了。」那領航一臉慌張的表情大聲說。

是個聾啞的女車手？從她一下車我就注意到了，雖然戴著頭盔，穿著賽車服，身形還是明顯是女人。她的領航個子也很嬌小，但一個大頭，兩隻粗壯的短腿，對比之下就明顯是男人的身材。

「廢話！那要你這領航幹啥！」我啪地用力拍了一下那領航的頭，他彎了腰下去，差點失去重心跌到地上。

女車手和她的領航兩人激烈地比著手語，可那領航對我卻只是重複說他倆沒存心擋我的車，只是沒那麼快反應過來，方才的河道窄……。

「少跟我來這套！因為你是女人，我不跟你計較，自認倒楣。……所以我討厭女人！」我咆哮。

憤然轉身離開，我猜那女車手也同樣地在向我怒罵、控訴，用各種惡毒的言詞，但她發不出聲音，她只能把或許包括種種不適合女人開口的髒話以一連串無聲的手勢拋擲在我背後，毫無意義，傷不到我，我聽不見。我大聲冷笑，我的領航從頭到尾一語不發。

「混帳！混帳！你能拿殘障的人奈何？」我回到車上，用力敲打著方向盤大吼，撞了車、罵了人，沒有比較痛快，徒然浪費了時間。我汗流浹背，胸口發悶，太陽穴脹得像要爆炸。彷彿一點也沒感受到我激動的情緒，我的領航竟然以一種煞有興味的表情嘖嘖稱奇道：「你不覺得不靠說話也能報路書，很有意思？他倆怎麼辦到的？」

●

日將落，說天光減了亮度，倒更像微黯的桃紫霞光給染進了原本通天的白金，回大營路上，土磚房舍、綿延的道路，兩側無盡開展的荒地，灌木、羊馬，無一物有自己的顏色，上天下地全刷成霧茫茫一片紫金灰粉。

紗織夜色網下，營地裡車手們聚集言歡，我曾愛好享受這樣的時光，我車隊的營帳是車手們最喜穿梭的地方，風塵僕僕歸來，意氣昂揚，酣暢笑談，從聲量雄渾跋扈的囂鬧及至夜深逐漸精氣憊竭成了空靜大地中的竊竊低語。

如今我不想介入其中，只願獨處。世間人情，你光彩得志時眾人殷勤包圍，衰敗萎頓時門前冷落，這種現實我並不在意，為眾星簇拱之月的滋味不錯，孤身獨行也沒什麼不好，怕的是明明頹然狼狽之時眾人卻殷勤垂問，我無興趣狐疑分辨其真誠或鄉愿甚至別有用心，但我何來情致面對？世上有幾個人能當真瀟灑？

誰曉得此刻一個熟悉的說話聲引我心智，這些方才快意談笑的人群聚精會神正在聆聽的，正是我那領航興致勃勃的侃侃言語。

我那領航，你見了他沉靜時冷漠的面容，專注時炯厲的眼神，就知道他不健談，實為寡言之人，但他時刻又會把混合善意、天真和嘲弄的笑容掛在臉上，當他興致起了，想開口的時候，又唱作俱佳，活像一個舞台劇的演員。

漢朝派使節團前往西域大宛，途中遭遇匈奴襲擊，僅兩人餘生，逃入沙漠。

這是他正在說的故事。那艱險漫漫，吞噬人的西域啊！不就正是咱這些日正跨越的賽道麼！

迷失在沙漠中的兩人，金光烈焰下跋涉的第六天，已幾成兩具焦乾皮囊，這兩人初始還有爭執，較年輕的那個仍堅持前往目的地完成使命，另一人則認為除了打道回鄉別無選擇，然而無論持哪一見，兩人皆不知方向。不消多久爭論便完全消失，只有靜默，舌頭腫脹如一條鼓刺河豚，塞滿了口腔，連想要說話都辦不到。年輕人眼見另一人往與自己相反方向走，想叫住他，卻張口啞然，好似惡夢中發不出尖叫的聲音。他踏著蹣跚腳步跟上那人，但此處的沙如此鬆軟，每踩一步便深陷。

好容易他拉住那人衣袖，那人轉回，兩目茫然。他沙啞出聲，那人則抬眼望著天空，令人驚慄地直視熾烈太陽。

炎日已再無炙傷其眼之力，因為他瞎了，眼球上的薄膜被蒸乾了水分，變得像脆薄的水晶一般碎裂，張開蛛網形的紋路，猶如雪花。

年輕使節用繩子將同伴與自己綁在一起，免那盲人亂走或落後，眼前是雄偉橫陳的巨碩沙巒，他忖著非得登上那沙山頂不可，然而抬一腳往上踏，陷得比另一腳的位置還深。灼傷的皮膚縮蜷裂開翻起，之前汗水滴入傷口還覺劇痛，如今連汗水都流不出來了。他幾乎以為沙山不可能攀登，但執意嘗試良久終於領悟登沙山的訣竅，沙的每一處硬度不同，試著踩踏沙山表面找到足以支撐之處，便能一步步登高。行至半山，綁在一起的同伴倒下，被拖著滾下山。

他爬翻撐起身子，盯著仰躺在滾燙沙地上嘴眼張得大大的同伴，那面容看來實在教人在這沸騰酷熱下不寒而慄。

他呆坐好一會兒，解開繩子，站起身，一人登上沙山。站在沙山頂，眼前金燦光輝萬丈，綿延沙稜波瀾壯闊，深谷一層跌宕一層的景象，驚心動魄。視線模糊起來。我也跟他一樣，眼球表面開始碎裂，將要瞎了吧？他心想。彷彿聽見自己的角膜發出像結冰的湖面在春日綻裂的清脆聲音。

啊！好清涼的聲音。

他閉上眼，再睜開，見那像地獄又像一朵巨大無朋的乳蜜色玫瑰般層疊盤繞的谷裡，竟有一行走之人的身影，逐步靠近，是個穿著袍子的男人，待他的目力能隱約看清男人的形影，發現腳上只穿著一隻鞋，踏在沙地上無甚窒礙，從容行走。

●

年輕的使節先前見過這樣穿袍子的男人，知道是僧侶，那人筆直朝他走來，他見那人走上沙丘，也是蛇一般迂繞而行，但不似自己方才那般小心翼翼。

「啊！這兒視野好。」僧人一上沙丘頂，讚嘆地說。僧人兩隻黝黑的臂膀露出袍子外，汗毛在驕陽下閃著柔和的金光。

年輕的使節說明自己要前往大宛，或許僧人願意擔任他的嚮導。「我知道日出的方向便是中原，日落的方向是大宛，」使者說，「然而無論一路向東或者一路向西也好，世間沒有一路直行；明知要去的地方，縱使因為諸般困厄，此路不通，折了個彎，或因艱險外力被迫改變行路，委蛇轉無數次，仍百折不回依循太陽的方向前進，終將到達目的地嗎？即便有這樣的幸運，又要耗費多少年光陰？」

「叫那和尚給他寫個路書吧！」一個車手大聲說。

眾人哄笑。

年輕使節相信僧人熟知西域，除了引路，也懂得安全的走法，甚或明白荒野之中種種生存之道。授命前往大宛，並非出於任何崇高理想，朝廷屢屢徵召使節團赴西域，但願意冒險的人不多，因此以赦免罪人刑罰為條件，年輕人便是頂替其牢獄中的父親而來，務必要完成使命。而任務是從大宛帶回天子喜愛的馬。

若僧人不與自己同路，相伴走上一小程也行，年輕的使節心想，至少走出這沙漠。

僧人並未作出任何允諾，但年輕的使節自此便一路跟著僧人走，往後幾度年輕的使節有無數次將湧到舌尖的話嚥下：「我們究竟在往何處去？」

走下沙山，死去的同伴仍躺在沙地上，年輕的使節央求僧人協助將同伴的屍體埋葬。

「不必啦！沙漠風大，狂作暴起，走山落谷，埋與不埋無甚意義。」僧人說著哈哈大笑，「活人都能吞納，何況死者。」

頂著烈日僧人緩緩走在前頭，年輕的使節吃力跟著，終於忍不住開口：「您一隻腳沒穿鞋，難道不會被炙沙燙傷？」

僧人低頭看了一眼自己的腳，驚訝道：「呀，真只剩一隻鞋！啥時候掉在哪兒了？」搔搔頭。「您不說，我都沒注意到呢！」抬起臉，轉身笑著。「不知道的時候不覺得燙，這會兒發現了，可不行，要找一隻鞋穿。」

說罷回頭，行至使節死去的同伴身邊，取下屍體腳上的一隻鞋給自己穿上。

「瞧，合襯得！」咂嘴歡嘆，喜洋洋離去。

第一個賽段的成績公布讓我頗意外。

我以為我們因為走錯路耽誤了大量時間，導致嚴重落後，且一路上我犯了不少失誤，我把這全怪在我的領航頭上。作為越野賽車的領航，在某些部分我的領航的表現是無可挑剔的，使用拉力表和GPS，監視水溫水壓、機油壓力、剩餘燃油量，和技師的溝通以及回報，討論車輛調校，計算燃油，看起來好似很熟練，不像沒有比賽經驗的模樣。不對勁的地方，嚴格說來，就是心態吧！心態上讓人覺得全然不像是在比賽。

我爆了兩次胎，第二次爆胎要換胎的時候，找不著扳手了，因為這樣愚蠢的原因我們只能乾坐在沙漠裡無計可施。我把我的領航痛罵了個狗血淋頭，誰會幹出換胎的時候把扳手給落了這麼低能的事情？果然找一個沒經驗的領航是大錯特錯。我的領航完全沒辯駁，只是懶洋洋地抽著香菸，越發叫人生氣，雖然想把這個傢伙痛扁一頓，卻覺得全身虛脫無力。

攔了後一輛賽車借了扳手來換胎的。後來又因撞到岩石，弄斷了轉向拉杆，偏偏沒有帶配件，其實我的領航問過我，是我說不用帶的。結果是我的領航用扳手當支撐，以鐵絲綁住斷掉的拉杆，勉強撐到終點。

然而，即使發生這樣嚴重的耽誤，出乎意料之外的是，我的用時依然排在前三分之一。我不明白為什麼。

扳手當然不是我的領航在前一次換胎時遺落的，那是不可能的事情，因為，超車被阻擋時，我怒氣沖沖地下車來，手中拿著要去砸人家的車的東西不是別的，就是輪胎扳手。砸下去玻璃沒破，扳手卻飛了。

這番錯亂無知，過程裡所有的憤恨不平，說穿了，我不過是想找個人，把我滿腔的怨怒都推諉到他身上。明知道是自己無能，可怪自己我能得到什麼安慰？

明知道是因為自己愚蠢才踩進捕獸的陷阱裡去，跌碎腿骨，被銳刺戳穿，難道因此往自己的傷口灑鹽就能減輕痛苦嗎？

●

太陽灑下柔和的彩色耀光的早晨，大營浸在一股安靜的朦朧中，我聽見女人的笑聲，是那個聾啞女車手，在和廚子說話。當然是用手語，她的領航在旁幫她翻譯。

這廚子是當地找來的哈薩克人。

那三人似乎談得頗愉快。

戴著頭盔與頭套，穿著賽車服時，看不出她真正的模樣，現在瞧著，縱使有點距離，仍能感受到不脫少女嬌俏的稚氣，她肯定也知道自己有這種小女孩兒的氣質，脫下賽車服時將自己裝扮得猶如清新可人的鄰家女孩。

「她問那醋哪兒可買得，美味無比，她很喜歡。在這種燥熱之地，疲憊脫力，飢餓卻食不下嚥，可那醋使得最粗簡的食物也如豐華珍饈般誘人胃口大開。廚子說是自己釀的，她問怎麼個釀法，廚子說關鍵是釀醋的地點。」我的領航說。

「你怎麼知道他們在說什麼？」我驚訝地問。

「這樣的距離她要是真說話還聽不見呢！可打手語，我又不是瞎子。」我的領航笑著把手插在褲袋裡轉身漫步走開。

「你看得懂手語？」我在他身後問。

「昨晚跟她討教的。」

「真的假的？」我認真且狐疑地這麼問，我猜我臉上滿是愚鈍的表情。

我的領航回身向我比畫了一串手語，我雖看不懂，但猜得出那是什麼意思，八九不離十：「早跟你說過我的記憶力絕佳。」

●

什麼樣的記憶像手指畫在沙地上的痕跡，剎時便給風吹滅，而什麼樣的記憶卻像鵝卵石，時間的流水只越發將表面拋光打亮？

我猜所有的記憶悉數俱被保存在腦中，那些以為消失的實非被淡忘、稀釋，而是——被不在乎。

然而不在乎這三個字是狡猾的，尤其那些被刻意不在乎的。

我父親生前樂善好施，經常無條件資助貧窮之人，不求任何回報。然而當他年老，很老很老，老到他變得痴呆，忘了大部分的事，忘了他身處何地，忘了他自己是誰，忘了老婆孩子是什麼樣的人，卻記得所有他曾借錢過的人。這些人都忘了他，都認為當初他幫助他們是應該，都果真無意回報，都不記得當年若沒有他何來今天。我爹忘了大半生他認識的人，唯獨記得這些不記得他了的人。

他躺在床上輾轉反側，一一念他們的名字，咒罵他們忘恩負義、沒心沒肺，憤恨世間有此是非不分、天理不容之事。

人啊，在乎的事，往往都是說出來會被人鄙夷訕笑的，於是就認真不在乎。可心卻沒有平靜。

往往那些自認瀟灑漫不在乎之種種，正是心底最真實在乎的，有如毒蛇一般靜靜藏身在陰影裡虎視眈眈地等待，直至有一天，那些熱切的、光亮的，堂而皇之盤據記憶的舞台活躍表演了大半生的，全都黯淡，危顛顛踉蹌退位了，便張開毒牙，一躍而出。

不可否認我曾對那女人瘋狂痴迷，我仍記得自己當時是怎樣地日以繼夜全心神被她所盤據，我僅存的理性就是很清楚自己失去了理性。明知痴愚，我卻願意用任何代價來換她的快樂、她的眷戀、她的忠誠。無論人以什麼樣的方式活著，時間都毫無差別地尋常流逝，而我卻只在乎每一分每一秒，她的心是否在我身上。

這麼說起來，被這個女人玩弄於股掌之間，豈非理所當然的事了。然而於今回想，我卻完全茫然，之所以被她操弄，跌得粉身碎骨，是因為愛嗎？

那是愛嗎？

我竟無法果斷地對自己說：我曾經愛她。

是的，我記得我思念她，我記得我狂喜和她纏綿的時光，我記得我在乎她的一顰一笑，我記得我的悲怒絕望隨她，我記得對她的憐惜不捨，我記得當時的義無反顧，所有曾經發生的實質的點滴之事，我記得，我卻不記得愛的感覺，對那個時候的我而言，愛是什麼？我心中困惑而空白。

回想自己那時候對她的痴狂，如今只剩下一種感覺：恥辱。

我的領航每個晚上繼續說他的關於使節與僧人穿越西域的故事。這使我感覺沙漠營地的夜晚猶如《一千零一夜》的故事場景。

這兩人歷經路程種種艱辛，白日大漠的狂風掀起飛沙走石，放眼望去盡是寂寥的黃土枯木；夜晚的草原傳來令人悚然的此起彼落狼嚎；夕陽的湖面上面容呆滯的婦女划著小舟，點亮油燈放在船頭，火焰映照躺在船上的孩童。

一個狼嚎相伴的夜晚，年輕的使節告訴僧人——日復一日兩人相伴而行下來，已經沒什麼年輕的使節不曾坦誠相告的事了，只剩這一樁。

漢朝派公主與匈奴和親，這公主並非帝王之女，而是生於宗親之家。然而，雖非皇室出身，卻是個比皇室的公主更加擁有高貴的矜持與驕氣的女子。

年輕使節因父親原為樂府中官員之緣，少時便見過她數次。他在親王府中的盛宴上，見過公主擊鼓的姿態。說老實話，那並非美麗婉約的景致，不知為何，公主臉上的表情與莊嚴的雅樂和吟誦的氛圍格格不入。擊鼓的公主微低著臉，一眼望去彷彿是女子恰如其分的謙沖眼神，事實上望著空無，臉容嫻靜，卻帶著一種難以言喻的孤芳自賞、無視於周遭一切的傲氣。

公主比成年男子更注重進退的儀節、姿態，不過畢竟是少女，她的講究、不喜冒犯、事事要求嚴格，仍與男子不同，帶著屬於少女的嬌慢。雖充滿講究尊貴儀養的傲氣，公主的身子骨卻纖秀柔弱，如幽蘭一般細緻不禁風。那樣的公主卻被送去與邊陲大漠上的蠻族合婚，實在讓他掛心難安。嘴上說為了救父而出使西域，事實上在他心裡深切盼望的是見到公主一面，知道她安好。

我抬起眼，發覺什麼時候那個聾啞女車手也來了，坐在角落的陰影裡。白日在賽道中我又遇著了她，今日她的發車順位在我前頭很多，竟能碰上，不是我超了許多車，就是她狀況多以致慢了，或者兩者皆有。

我們遇見她時，她陷在一個坑的軟沙裡。

「拉她一下吧？」我的領航笑著說，「先前你撞了她的車，今天幫她一把，算是扯平。」

「休想！那是她先擋我的車的。」我說。

但我的領航彷彿沒聽見我的話，或說他根本沒有打算聽我回答什麼，逕自鬆開安全帶跳下車去。

我見他走近那二人，先是同那女車手的領航說話，隨後三人開始打手語。我見那女的動作激烈起來……算了，這女的無論什麼時候打手語好像都很激動，也許這就是她的手語風格，我暗自聳了聳肩膀。不過我瞧她那副不以為然、怒氣沖天的表情，難不成她想拒絕幫忙嗎？也挺像她的作風，只不過是不智。那樣最好啦！人家不要，你熱呼什麼呀？皇帝不急急死太監！我心中咒罵我的領航。但他始終掛著微笑，我說過了他這人的笑容好似懇切親善，但卻也帶著嘲弄和一點玩世不恭，實在讓人丈二金剛摸不著頭腦。

要拖就快點兒，不拖就閃人了，哪裡有那麼閒，是在比賽中啊！這幾個渾人！我遠遠望著那三人打手語，閒著心中自個兒替他們配音起來。

「我知道你們自己慢慢挖，也能出得來，但看這樣子估計要不少時間，有人幫忙快得多。」

「他說的對，不是意氣用事的時候。」

「你當我是笨蛋嗎？我不接受那個混帳的幫忙。怎麼，他可得意起來了？我就算自己挖，出來了以後照樣超他的車。」

「儘管來超，我們不會擋。」

「什麼意思？誰存心擋你們的車？我才不會做這麼下流的事。」

「別這麼激動，他們是善意的，賽道裡頭有人有難，大家彼此幫忙是應該的……」

「什麼有難？不過就是陷沙，有什麼了不起的？用不著這麼小題大作。」

就像玩遊戲起了勁，我對擅自憑高興任意翻譯他們的手語樂了起來。

我望著那三人的肢體動作與臉上投入的表情，想起我的領航曾煞有興味地說，不用言語怎麼報路書？除了用手勢……有些用言語報路書的領航也會習於打手勢，此外他們必然研究了一套彼此溝通的方法。

他們之間有一種他們自己發展出來的獨特語言，不使用口頭言語的語言。那個女車手開車的時候也不方便使用手語，必然有一種更簡單卻明確的適用於比賽當中的對應方式。她能準確地領悟他的指令，他也能無誤地接受她的訊息。

比賽中車手和領航之間的溝通很複雜，沙漠的環境嚴苛，對人的心智、耐力、瞬時的反應和判斷都是高度的考驗，當中混雜了很多心理因素，因為極容易處在臨界點邊緣，即使是默契良好、合作經驗豐富的組合，也常爆發衝突。

使用語言尚且很容易誤解，何況不能使用語言。

突然間腦中就像白色天際一道無聲的閃光乍亮，我明白了！一種微妙的直覺，剎時進入我的腦海，沒有比這更明顯的了。

這個領航，他愛著他那聾啞的女車手。

●

其實，我記得自己怎麼愛上她的。

我能記得那個過程，意味在當時，我明白發生了什麼事，我看著自己，一點一滴愛上她的。

我察覺到自己一日比一日重視她的存在，我的眼光會追隨她，同她在一起我會情不自禁地靠近，當有其他人在場時，我介意她重視別人勝過我，她不在我眼前時我感到思念，和她說話時我心中探究她說的每個字裡是否包含她如何看待我的暗示。我開始眷戀她肌膚的觸感，每次自瀆射精時沒有一次不是呼喊她的名字。

那個時候，我明白自己已經掉下陷阱。

那個時候，我知道我還來得及回頭。

這就像衝沙山一樣，你知道逼近那個極限了，你知道過了頭是什麼下場，你知道這個速度就是臨界點，你的直覺已經亮紅燈。明知鬆油門的時間到了。一切將只在一瞬之間。

但你視若無睹。

並非無法自拔，並非著了魔，而是，你以為你是神，你以為可以賭到極限的那一個點上。

而這類的事，結果如何，往往誰都可以預料得到。

●

秋日破曉，霧氣瀰漫的草原上，晨光如串串水鑽從雲際拋灑進氤氳中，遍野籠罩乍醒混合著昏沉與清明的飄渺，蒸發其中漫舞的水露隱隱閃爍輝燦，彷彿星子墜入薄紗中忽隱忽現，草地與晨空一色，望去不知是因入秋轉成了滿目棕黃還是給天光染了一層橘金。

年輕的使節與僧人步行在這沁涼滲暖的蒼茫原野，忽然地面隱微震動，抬眼望遠，霧中逐現形影如大風湧起的天空中灰色的雲層若緩實疾地移動，一股伴隨低沉嗡鳴的迫力逼近。

那朦朧的聲響逐漸拔高，群馬奔騰的蹄聲清晰起來，茫然矗立的兩人瞬時已置身這龐然數量的偉健造物當中。溫和的燦光中連挨個兒奔跑的馬匹也全給包覆上了焦糖般的色澤。

年輕的使節臉上還停留著驚怵的表情，馬匹馳行的速度卻忽地慢了下來，有些馬甚至開始停下腳步，悠閒地晃動尾巴，低下頭來。

僧人端詳馬匹，臉上露出讚嘆的笑容。

「馬呀，就像是女人。」僧人說。「物色女人好壞，就跟挑馬是一模一樣。」

一個車手發出嘖的聲音。「這人真是和尚的本色呀！」

「好女人跟好馬一樣，要有健壯的腿，剛猛有力，骨骼要勻稱，端拔，結實，大腿一定要雄渾健碩，小腿要優美。同等重要的是臀部，臀部不用說要渾圓，大些的好，要緊繃得像即將迸開的成熟果實，觸感要堅實但又帶柔韌，要光滑無瑕。從馬的臀部肌肉也可推測牠奔跑的能力、速度和穩定性。女人也是一樣。反過來看女人走路，就可知道她的臀部肌肉怎麼個使力，每個女人都有微妙的不同。放鬆臀部的女人走路軟綿綿的，一快步就容易跌倒，若肚腹也鬆著的話，連膝蓋都使不上力，臀部夾得緊的女人，腿伸得直，胸部也翹得高……」

「這個色胚！」一個車手咂著嘴喊了一聲，雖是罵僧人不老實，但很顯然不老實的明明就是我的領航。

「不過接下來他要說的是馬的眼睛，這就是很靈性的層次了。」我的領航一本正經地說。「不過我想你們大概沒興趣，就略過吧！」

至於馴馬，僧人從方才談相馬，一路興致勃勃，談到馴馬也有一番見解。一般人談馴馬，都以為是和馬的野性爭鬥，贏過馬的野性，馬便屈服。其實真正的馴馬並非壓制馬的原始性，得一好馬就是要保留牠卓爾不凡的能力，而這能力和牠的原始性是不分離，兩者原本就是合一的。

乍看之下馬就是馬，每匹馬沒有太大的不同，實則每一匹馬從最微小至最顯著的習性全都不一樣，觀察馬的運動，連馬的鼻孔呼氣方式、臉部肌肉線條、皮膚、鬃毛、血管等種種樣貌之呈現在運動中的改變，都有不同。

從枝微末節至大處觀察馬最細微的慣性和節奏，試圖駕馭馬的時候，要藉由了解這隻馬的不同之處來掌握牠。因此經驗很重要，閱歷越多的馬，越能明白差異與理悟這些差異意謂為何。馴馬是駕馭馬的人要去配合、利用馬的習性特色，在此同時馬的素質也會被調節、擴展。

「這麼說來馬跟車是一樣的嘛！」有人頷首說。

一匹離群的馬孤自站在遠處，霧氣從牠所在之處冉冉散開，猶如褪下乳蜜色的罩袍，現出裡頭似著粉櫻圖紋白衫的毛色。

年輕的使節走近了看，訝然發現那如淡墨渲染的櫻圖，並非馬的毛色，而是從白色鬃毛中滲出；這是大宛的汗血馬？

「是大宛馬，但這群馬是屬於匈奴人的。」僧人說罷，瞅著年輕使節的表情，嘻嘻笑著說：「原本漢天子要用以交換大宛馬的黃金白銀，都給匈奴人搶去了吧？你打算如何帶回馬呢？是想用偷竊的手段吧？如今也不必去大宛了。」

那時初識那個女人，為什麼會相信她？她的容貌，她的眉眼，她的笑，她口吐出的話語，擺明了是一個騙子。

我看不出來嗎？為什麼我仍舊讓她一步步接近？

做生意我明白一個道理，所有被欺騙的下場，全都來自一開始的貪念。而那時我貪圖她什麼？

她有美貌，但不是有著誘人秀色的美貌，她有一張瘦削的臉，尖下巴，一雙烏黑的眼睛，她的眼中有哀淒，遮掩在她的故作堅強之下，也許那是做戲。她不是一頭張牙舞爪的豹或母獅，她像荒原上靜坐在天際線的狼，她像沼澤的毒蛇，像沙漠裡的蠍子，她沉著得像能蟄潛在陰暗的深水裡長久不浮出呼吸，耐心地不吐出一個泡沫，她像色澤紋路隱沒與枯葉樹枝一體的昆蟲般滿腹心機，她像高空的鷹那樣平穩地飛翔而銳利的眼睛卻不放鬆地面最微小的野兔的動靜。

也許最初讓我難以拋下她不管的，是惻隱之心。

她是個可憐人，卻因此心狠手辣。可憐的人不值得同情，因為可憐的人只有兩種，一是無用，一是變得比誰都無情。

亮晃銀白天空之下，偌大平原上豎立滿了帳棚，周遭停放一排排巨型卡車與色彩繽紛的改裝賽車，氣勢雄偉卻在太陽開始微微傾斜，地上事物拉出影子的恍惚中顯得暖暖的飄渺。

遠望即醒目矗立的廠隊陣仗壯盛，貨櫃拖車橫列著散發偉悍長城般的魄力，一個挨著一個的帳棚，一字排開的一輛輛漆上同色系的賽車，技師們在周遭忙進忙出。而這一切是背光的，向晚的太陽卻仍餘燦亮，在貨櫃車的上方灑下生輝耀光，隨著人移動腳步的視線幻竄。

這天晚飯後，營地裡起了一陣騷亂。不時聽見奔走的腳步及耳語，大夥兒似都趕去某個帳棚一探究竟。

是一個車手出了奇怪的狀況。

說起那男人，是某個廠隊的車隊經理。雖是職業車隊，但完全不能跟那些豪華充滿氣魄的大廠隊比擬，相形之下顯得寒傖得多。經費不足，經營得十分吃力，賽車這件事很現實，車不夠好，能雇用的車手不夠好，配備不夠好，後勤不夠精良，各種條件都差一截，能有好成績麼？以致於滿腹牢騷，一開口總是抱怨連迭，憤世嫉俗，抗議犯規被罰時不公，需要救援時無人伸手，前幾站媒體的報導不實……。

凡是會投入賽車的男人，沒有不好面子的，沒有不看重成就榮譽的，沒有不把尊嚴放在第一位的，苦心孤詣，一擲千金，縱使再瀟灑佻達，若說當真能將一切當作浮雲浪花般虛幻不值一哂，我是不信的。穿越廣袤艱險大漠是挑戰自我，是征服感的追求，是冒險的毒癮，但只求這些，一人孤身烈日下橫渡黃沙，穹蒼下披星戴月，犯不著來參賽了。競爭就是成王敗寇，如草原上的肉食動物爭的是誰的體態最雄壯俊美，毛色最光華，誰的牙爪最威猛凌厲，獵食最驍勇卓越，誰的速度最迅捷，警覺最尖銳，反應最靈敏秀異。

挑戰競爭的人，會有誰爭的是輸贏不在乎、清心寡欲的境界？

這男人時運不濟，每下愈況，我自有心事，免不了對其落魄特別有所感，只差沒心有戚戚焉了。只不過我不似他那般將胸中忿怨日日嚷嚷出來。他的車隊四輛賽車，皆馬前失蹄，三天下來一日折損一輛，今日連他自己也因爆掉發動機含恨退賽。

凡事抱太大的期望，就像緊繃的弦一觸即發，吹脹的氣球隨時要爆炸，可一旦失手箭飛了出去，氣球爆破，反而心上石落地了。既然退賽，便也不再懸念，不知是否因如此，晚餐時他尚且表現平和，甚至不像前幾天那樣義憤填膺。

誰知餐後大夥兒若非三兩聚集，喝茶吸菸輕鬆談笑，就是各自回自己帳棚做翌日出賽的準備，此人卻發生了奇怪的事。

原本好端端地和同車隊的車手談話，說著說著大笑起來，雖然笑得讓周圍之人略有違和之感，畢竟他非爽朗豪邁性喜大笑之人，何況方才話題並沒有那麼引人捧腹之處，但或許為了掩飾失落狼狽，或許強顏歡快，不是那麼不能理解，倒也就不在意。誰知這笑並沒有停止，簡直像著魔般持續下去，甚且將呼吸喘息也給掠奪了般。那笑像是笑又不像笑，如一種仿造大笑的聲音、表情、動作，肌肉的擠皺和震顫，無止境地被製造出來，到了讓人悚然驚恐的地步。

這男人這樣狂笑，已經超過一刻鐘了！笑得眼淚鼻涕唾液竄流，臉部扭曲，連手指都起了痙攣，似乎像是要嘔吐或者咳嗽，卻被笑所阻擋。車手們聚集過來，臉上露出駭異困惑的表情，「這樣下去不妙，恐怕要出人命，趕緊送去醫院吧！」「叫直昇機過來麼？」「用車送去就行了吧？」幾個人合力將他架上車，直至揚長而去，彷彿還聽見他的笑聲迴盪在寂靜吞噬一切的黑夜裡。

●

那男人大笑的景象震撼了我，我的心難以平靜，可能那模樣實在過於驚人，雖然與我無關，我卻激動莫名。

那男人剛開始大笑時，那笑是否包含了嘲諷和對一切的憤恨鄙夷呢？是否包含了從絕望而生的傲慢，喪失一切而藐視一切的虛妄呢？是否笑的是自己呢？笑自己的可笑？失敗，一文不值，豈是幻夢？全是垃圾！

他因為想大笑才大笑的，睥睨或者自嘲，誇張了自己的狂放與哀嘆，可最後卻變成了詛咒，成了荒誕，成了被圍觀的馬戲團奇景。

我總算明白了，我並非栽在愛上她，那女人懂得我的心理，她算計我，因為她看穿了我，我的歡喜悲傷，我的恨我的怒我的慾望我的追求我的尊嚴我的懦弱，她瞭如指掌。

那個女人坦承她愛上了別人之時，我不寒而慄，如受痛擊，被巨大的挫敗、貶損所傷害，我被投擲進妒忌的烈火，像油田那樣日日夜夜燃燒，無邊的黑夜中我低聲嘶吼的熊熊嫉妒之火比白晝太陽的光更猛烈，痛苦蠶食我，腐蝕掉我的皮肉筋骨，那一段時間我不知如何熬過的，一分鐘有一年那樣長。如今想來，她老早就和那男人在一起，兩人聯手搞垮我的。

然而即便在她吸乾我的血、剝掉我的肉後輕易絕棄了我，我依舊天真而又幼稚地想證明，我是一個比她所選擇的那個人更好、更優秀、更強悍、更有男子氣的男人。

為什麼我現在會置身這荒涼大漠的帳棚裡？為什麼我將最後一點救命的柴薪也丟進這無謂的燃燒？講什麼尊嚴、榮譽、氣魄，說穿了只不過想掩飾我是個狼狽的挫敗者——被貶抑的那個，被認為劣一籌的那個，被逐出、被遺忘、被輕視……

被不愛的那個。

●

我的領航鑽進帳棚，搔了搔耳朵，皺著眉頭，一本正經的模樣，幾天下來我對他的了解沒有增多，倒是摸清了他的一些習性，每當他露出如此滑稽的認真表情，開口時說的必然都是些全然相反的話。

「我現在不能隨便笑了，怕笑了停不住。那是啥個一回事呢？吃了有毒的香菇，還是細菌感染？」我的領航慢條斯理地說，說完卻哈哈大笑。

我瞪了他一眼。

「你說，他為什麼笑呢？」我的領航說話時帶有一種很特殊的腔調，抑揚頓挫的，裡頭有著一股說不上來的濃烈戲劇性。

我聳聳肩。

他從口袋裡取出一支菸來點燃，深吸了一口吐出。

「我小時候村子裡，一戶人家貴重的法器失竊了，當天有個人被看見在那戶人家附近溜達，因此他的嫌疑最大。可這個人是個極其驕傲的人，要說公認的正派或許不至於，但像他那樣好面子、妄自尊大，做事總把標準定的很高的人，道理上不太可能做出這種事。因此，幾乎全村的人都公開表明，不認為他是竊賊。只一個人除外。那人是個瘋子，倒著走路，夜裡睡在糞坑，冬日在冰湖裡游泳的人。這人老是指著他的鼻子，大聲說他是小偷。一村人正常的人信他，竟抵不上一個腦袋有毛病的人不信他，他寢食忿忿難安，終至懷疑，也許全村的人都才是瘋子，只那瘋子才是個正常人。」我的領航意味深長地停頓了一下。「弔詭的是，他確實是清白的。」

我沉吟了好一會兒，這故事很有意思。「全村的人都相信他，只有一個不信，以壓倒性的比例來說，他應當感到欣慰……」我說著，忽然覺得，也許一直以來我想錯了方向。

被信任帶來的滿足原來是輕微的，而被否定的痛苦卻是巨大的，一個人傷害你施加給你的痛苦，勝過一百個人的肯定和尊敬給你帶來的歡愉。

可聽他說這個故事，我驀然驚覺，問題出在認為自己把應獲得的尊榮視為自然，因而必得如此，一旦有任何一絲違反了這自然，便無法承受，彷彿日月顛倒一般。所謂妄自尊大，便是這般愚蠢。

「幾百個人相信你就如一件合穿的衣服，不過是理所應當的事，只一個人懷疑，卻如一根芒刺在背。」我說著，頓住了。

「但有一點我感到奇怪，你怎知道那人是真的沒偷法器？」

我的領航瞇起眼睛笑了笑，「因為是我偷的。」

年輕的使節與僧人帶走了那匹有著淡金色鬃毛，身上有塊同樣淡金色菩提葉形狀花斑的白馬。僧人馴馬的功夫不是漫天胡扯，沒有花上多久，這匹優美健碩的汗血馬竟真能溫馴聽從僧人。

為避免遭匈奴人追擊，兩人繞行靠近戈壁的黃土路，此季節早晚溫差已變得十分驚人，加上飢渴，馬也逐漸變得衰弱。僧人倒是滿不在乎，坦露皮膚在白晝的燥日枯風、夜晚的尖銳寒氣，似乎不吃不喝也沒有影響似的。

因為盜了馬，心中惴惴不安，以致於聽到從身後傳來馬蹄聲音，年輕的使節便不由自主奔跑起來，回頭看追上來的，領頭是個獨眼的女子。

女子綁成辮子的頭髮粗乾，臉型看起來還十分年輕，黑髮卻已略帶灰黃，像是覆蓋了沙一般，臉色斑駁，混合著焦棕、磚紅，甚至像是血絲的綻裂紋路。最顯目的自是一隻眼戴著黑布眼罩。

坐在馬上的女子，低頭俯視年輕的使節，面無表情，一語不發。

年輕的使節沒有認出她來。她下了馬，走近他，把眼罩拿下，眼瞼微閉，但眼眶部分整個全是凹陷的，像是那皮膚底下有一個大深洞。

他想迴避直視她臉上的殘缺，目光卻無法移開。她的容貌模樣已經不可能讓他認出她是誰來，但他還是剎時明白了。「公主……」年輕的使節顫抖著，以一種近似囁嚅的低語說。

公主的眼睛，是被自己的丈夫用弓箭射傷的。將箭拔出的時候，整顆眼球也一起拉了出來。匈奴人拿自己的妻子和愛馬來練箭，如此才能練到不猶豫、不旁騖、不受任何事物動搖，一心只有果斷和準確之境。

「渴嗎？」公主問。取下水袋，用來盛水的是一只灰白石碗。

年輕人接過碗。「那是漢人的頭骨噢！」公主說。嘴角露出一絲輕蔑的笑容。

「公……公主，呃，公主……過得還好麼？」他想這樣問，但這句話，未免太荒唐。

她完全不是從前那個令人只敢偷偷抬眼眺望，雍容華美的公主了。昔日的端持嬌貴，典雅氣傲已全無痕跡，少女俏柔的稚氣更已找不著一絲蹤影，也不過才三年的時光而已。

她身上若還存有什麼是與過去相同的，與過去的她那孤高靜美的氣質能夠呼應的，大概就是她的冷漠吧！

「這隻馬……這隻馬病了。」公主沉吟著，指著年輕的使節盜來的白馬。「你的馬？」

年輕的使節沒有承認也沒有否認。公主這樣問，那麼這隻馬也不是公主的。

「也許是飢餓的緣故。」年輕的使節說。

公主搖頭。「牠不行了，已經毀壞，活不了多久。」

年輕的使節露出錯愕的表情。「之前一直都很好，找到牠的時候，還十分健壯，跑得飛快，先前在草原，牠一直很好。」年輕使節望了僧人一眼，「不可能沒理由地病重。」

「你看牠的眼睛、鼻子，翻開毛看那毛底下的皮膚，看牠的耳朵裡面……這隻馬先天就有病，不是一隻正常的馬。幼年的時候跟普通健康的馬沒有不同，但進入壯年就會開始惡化。牠不是一隻白馬，牠的毛色是因為在母胎裡有病才變成這樣，與真正的白馬的白不同，像雪。」

僧人兩手交叉抱胸，笑咪咪地問：「好端端的突然病死，不可能沒有理由，公主認為，是否凡事都有因，不可能有無端的改變？」

「我不知道，也不在乎。」公主淡淡地說。

「世間任何一事一物，沒有恆常不變，每一瞬狀態皆是因果呈現，」僧人摸了摸鼻子說，

「不過，也無須探究，境隨心轉，也不過一念之間。」

●

做一回事要像一回事。我是個要求嚴明的人，沒有似是而非，沒有半吊子，沒有敷衍了事，沒有客串玩票，當個什麼人就要認真像什麼人。

我始終有著這樣的信念。可以是個外行，可以是個新手，但不能把這些當藉口。

可我的領航當個領航時不知怎的就是有不太像領航的地方，當個賽手莫名其妙地不像賽手。

這天的賽段四百多公里，三百公里處我被方向盤打斷了手指。只是折斷手指，劇烈的疼痛卻讓人難以忍受。

我不喜歡被嘲弄。我其實不是個脾氣特別壞的人，可我拒絕承受恥辱，當我疑心有人愚弄或貶低我，我總是勃然大怒。然而，你可以拒絕任何人嘲弄你，你可以宰了所有嘲弄你的人，卻抵擋不了命運的嘲弄。

我知道我在比賽中犯了無數不該犯的錯，不是什麼致命性的失誤，但全都是一個有經驗的賽手不應當犯的錯，那些姑且我就一笑置之吧！可因為弄斷一根大拇指而毀了比賽？

我和我的領航交換位置，由他來駕駛。

這輛車換了我的領航來開，整個感覺全變了。就像……就像臨上戲了角兒突然生病，換了個人頂，穿同樣一件戲服，演同一套劇本，可全變得不一樣了。長相不一樣，動作不一樣，表情不一樣，聲音不一樣，周圍的空氣都不一樣了，周圍對戲的人都變得不一樣了，時間的流動不一樣了，顏色不一樣了，氣味不一樣了，溫度不一樣了，光亮不一樣了。

不像比賽，甚至不像沙漠越野，簡直像郊遊旅行。的確我們通過很多高難度、帶有危險性的地形，我也能感受他全神貫注的專注和靈敏，不只是對環境，也同時對車的狀態有很高的警覺。然而有種說不上來的奇妙氣氛，讓我感覺不到置身比賽的緊繃和迫力。

我翻閱路書，我的領航轉過臉笑了笑說不必報路書了，他都記起來了。這應當是不可能的事。

「我經常來。」他說。

「經常來這裡？」

「沙漠的地形會改變，不過這個賽道通過之處幾乎全是我前不久才來過的地方。」

「一個人？」

我的領航點頭。

「難以想像，太危險。」

「我從小在這兒長大的。」

整條手臂都有一種沉沉的疼。如果不是手的疼痛，我能夠更把注意力放在車上頭，但也許我對我的領航此刻變得太放心了，於是有點兒恍惚。我發覺真正不可承受的疼痛，不是那種劇烈的要人命的痛，人的精神無法承受的痛會讓人昏厥，而那種會持續地、不斷地一直啃咬你的痛，通常沒那麼巨大，可卻足夠攫取你相當的心智，像在你的腳上綁了鉛，讓你不得不把重心全放在那上頭。你看不見別的東西，感覺不到別的事物，就只注意到那個痛，就只盯著它看。

就彷彿，彷彿你深深眷戀著它一樣。

我的視線裡頭沒有廣袤的曠野，沒有起伏的山巒，沒有岩石，沒有天空。沒有大塊的東西，只有從眼前不斷長出去的一方沙地，好像它們是從輪子底下湧出來的沙地的噴泉。

我的領航臉上突然綻出一個愉快的笑容，咂嘴說：「啊！想起來啦！有一次我摔得可厲害了。……翻過刀鋒後滾了下去，摔得車整個兒都變形了。開的是普通車，還是輛特別破的車，沒什麼安全裝備，安全帶都繫不緊。我從車裡摔出去，勁兒太大，還不知道發生什麼事呢，已經躺著了，全身的骨頭都斷啦！裂開的骨頭還穿出肌肉外。……三天以後有人發現我。人家跟我說三天，我自己矇了，弄不清楚。這三天我完全沒有感覺到痛苦，事實上什麼肉體的知覺都沒有，不餓，不渴，不冷，不熱，不疼。美中不足的是不能動。否則我覺得這三天算是過得挺好。」

他又笑。

「我也弄不清楚我究竟是不是清醒的，我可能以為自己死了，獲救的瞬間，所有肉體的知覺全回來了。當下發覺自己沒死，第一個不是興奮慶幸，幾乎是相反，痛！痛得巴不得還是乾脆死了。」他大笑，讓人想跟著一起笑的那種笑聲。

「退賽？」我的領航瞅了我一眼說。

「不可能。想都別想。」我搖頭。

我的領航抿著嘴，眼睛望著前方，露出不置可否的笑容。

我開始感覺有一些暈眩，身上發起冷汗。我轉臉看著我的領航。我發現他並非如我所以為的那般全然鬆懈，他的身體有一種很微妙的平衡節奏，在緊繃和放鬆之間，就像音樂一樣流暢自然而不著痕跡。這和他操作油門、換檔、速度控制，包括他如何翻越沙梁，在沙稜上迂迴行走，都是一致的。他的身體做出大動作的時候，也不感覺特別使勁，收放順勢圓滑。

「騙你的。」我的領航突然說。

「什麼？」

「哪兒那麼神啊！只是跟著前面的車轍痕走而已。」他咧嘴笑著說。

●

曠野上草已枯黃，一望無際的金棕色原野，我騎在馬上，感覺得到馬的身體劇烈的律動，連身體裡的所有臟器都強烈地感覺那衝擊。我試著捕捉馬的節奏加以配合，減輕那衝擊感。馬奔跑的速度快得令人驚恐，坐在馬上的高度也讓我畏懼，狂風好像要把我摺下馬背。

這些肉體上的知覺如此真實，可我的頭腦是清醒的，我知道自己在開車，知道自己實際上坐在賽車裡，知道我在賽道中，知道我正在比賽。

可我的眼睛看到的是草原，身體和動作都明白地感受到我騎著馬奔馳。

我在作夢麼？因為止痛劑使我產生幻覺了？

受傷的隔天，我自認手上了石膏不影響繼續參賽，雖然動作多少變得不靈光，反應和速度會慢上許多，但無論如何我總得完賽。

然而壞運氣就像追逐你的烏雲，陰魂不散，當她在後頭拎著你的領子的時候，你跑不掉，一開始你的雄心壯志是拿冠軍，後來你會發現只要有一個賽段拿第一也好，然後你變得只圖名次在前三分之一，到頭來你只求能完賽。

而最終你不能。

有一支箭筆直地朝我射過來。

你有過這種感覺嗎？那東西電光火石地朝你飛過來，不是人的眼睛可以捕捉得到的速度，可你就是能看見，它會像慢動作一樣緩緩靠近，問題是，你還是無法避開。因為整個宇宙的時間刻度同時都變慢了。你無法動作，無法改變既定會發生的事。

眼睜睜地，我看見那支箭飛向我，插進我的眼睛。

我感覺到箭射中我的臉時那巨大的衝撞力，我整個人為之一震，被那力道給拉下馬。這迫力無與倫比地真實，完全不似幻夢。

我的賽車衝出有形路，撞斷了傳動軸，無可挽回地導致退賽。

●

那隻白馬死了。

牠在死前開始發狂，牠的耳口發出濃烈的腐臭，不斷搖晃著頭，發抖，沒頭蒼蠅般胡亂奔跑，翻滾，停不下來。年輕的使節知道牠會如此癲狂是因為疼痛，而不是真的瘋狂，因為牠的眼裡充滿疲憊與哀傷。於是他用石塊打死了牠，讓牠脫離痛苦。

任何生物都會死，何須哀憐，只不過，成美是好，敗醜是壞，好似成美就應當恆常，而敗醜不該發生，偏偏對於兩者，人都以為自己有權力選擇，事實上卻沒有。

千里迢迢歷經生死艱險，見著了心繫的公主，卻與朝夕思夢的情景全然不同。欲帶回天子索求的良馬以救父，苦苦痴尋，一生懸命，到頭也是一場空。

「有一婦人經過河邊，見到對岸有一塊石頭，以為是個嬰兒。於是每日打此走過，對那嬰兒興起無限憐愛之情。一年過去，終於有一天她涉水至對岸，發現原來是塊石頭而已。明白是石頭以後，即使從河這邊眺望，也再無法看作是嬰兒。」僧人說。

年輕的使節心中有些困惑，石頭或者嬰兒，全看你怎麼認為吧？你看它是石頭，就是石頭，你看它是嬰兒，它就是嬰兒。這樣說來，是石頭或嬰兒，無所謂真相。可真相卻是存在的，它確實是不折不扣的石頭，把石頭當作嬰兒，不過是一己的幻覺。

說起來，人的痛苦執念，全是出於盲目無知。

年輕的使節嘆了口氣。

僧人微笑說：「你以為一旦看清真貌，幻覺便如雲霧消散吧？」

但這故事還沒完。

「即使知道了那是石頭，不是嬰兒，然而多日下來習慣了對嬰兒的無限憐愛之情，婦人對此已經產生了強烈的依賴。雖是用自己的眼睛看清石頭不是嬰兒，心情卻如有人將嬰兒從她的懷裡硬生生搶走。失去嬰兒的痛苦與日劇增，當初把石頭看作是嬰兒，就是自己的愚昧，連想著都覺得羞愧。可那每日每夜對嬰兒的深摯情懷，確是無比真實。」

我瞄了我的領航一眼，他的視線也正好投向我，微微一笑。

「於是婦人把石頭搬了回來，綁在背上，每日像背著嬰兒一般背著石頭。祈禱上蒼能將石頭變成活生生的嬰兒。但將石頭背在背上實在是重，婦人的背都給壓彎了，石頭仍是石頭，一點變成嬰兒的跡象也沒有。婦人的心情日日擺盪矛盾，有時苦笑自己竟幻想石頭可能變成嬰兒，有時卻又相信上天真會把石頭變成嬰兒。她見到狗為失去母親的幼貓哺乳，鰥夫娶的新嫁娘竟是失散多年的女兒，溺水身亡的人從棺材裡醒來，這種種奇蹟，豈非神給予的暗示？一年過去，石頭沒有變成嬰兒，婦人終於無法忍受背上的重量，把石頭放了下來。」

僧人停頓了一會兒，年輕的使節沒說話，臉上的表情彷彿說著：就這麼簡單？

「婦人決定將自己想像成石頭，如果當初自己會將石頭認成嬰兒，今後也不無可能有別人將自己這塊石頭想像成嬰兒吧，只要能遇到將自己這塊石頭想成是嬰兒的人，就會給予憐愛吧？」

僧人的故事說到這兒。

星穹跟隨時光推移，不時抬眼，夜幕初落時爬上車隊旗竿的月亮，暗自緩緩上升，周遭如滴入水中渲染之墨般的煙霧纏綣糾纏飄忽散開，空出一方光潔瓷白。

我把菸蒂丟到沙地上踩熄了，轉身離開，心中暗暗啐道：「這個狡猾的僧人！」不，哪裡有什麼僧人？只有我這個狡猾的領航而已。

●

我終究不可能放下。

我知道我盲目，但我卻無法讓自己看清。那層籠罩住我的迷霧散不開。是石頭，不是嬰兒。但若永遠相信那是嬰兒，不曾走近去看，它也就永遠是嬰兒了。沒有事物的真相。

我要走近到哪裡去看？

此刻的我究竟要的是什麼？我一心一意想得到的，真的是什麼公道、名譽、成就、存在感、自我證明嗎？都不是，我要的是解決這種痛苦。我要的不是什麼冠冕，而是解脫。

可從什麼當中解脫呢？

猶如陷沙的車，怎麼踩油門，引擎轟轟嘷哮，轉動的輪子刨起飛沙，卻絲毫無法前進。

我到底是陷在什麼裡面？自尊？傷害？失敗的屈辱？受人恥笑？失去？

我失去了什麼？那些我曾有的東西，失去了又怎樣呢？僧人說的，沒有事物恆常不變，本來就沒有任何東西能恆常被擁有，包括自己的靈魂。

我從什麼當中解脫？我陷在什麼裡面？

空無。

●

一個人失敗的那個決定點，不是在被擊倒的一刻，而是相信了自己失敗的那一刻。如果我不認為自己失敗，不管我再怎麼落入不可能翻身的窘境，不管我狼狽到毫無反擊的能力，失掉所有的武器，無法直起我的膝蓋站起來，我就尚未失敗。沒有任何人任何事能定義我失敗，沒有任何人任何事有權力置我於失敗的境地，除了我自己。

我以為只要我不認定自己失敗，就算退賽了，我也沒有失敗。但事實上我早在還沒開始比賽之時，已經相信自己失敗了，從那個時刻，我已經敗了，之後的種種困獸之鬥，都像鬼魂不知自己已死，還當作自己活著行走呼吸。

有時我問自己，為什麼是賽車？

為什麼不是別的？

因為它能帶來一個男子漢的尊嚴、榮譽，因為它是自我挑戰，因為它能讓人證明自身的價值。

賽車那麼多種，為什麼偏好沙漠越野？因為喜歡沙漠的神祕、冷漠、熾熱卻無情、不確定性、孤寂、恐怖感……。

錯！剛好相反。

我憎惡，我憎惡它的善變難以捉摸理解、冷酷無情、遼闊卻充滿不確定、荒蕪孤寂、壓倒性的恐怖感。我憎惡到一想到這些，我的心臟會狂跳，胸口會窒悶，會激動得無法呼吸，會幾乎流淚，所以想要征服，想要把這一切可憎的壓迫感破壞掉。

●

「甘心了麼？」我的領航拎著半打啤酒，走到我身邊坐下。

「你幸災樂禍個啥！」我說。

「我沒幸災樂禍啊！」又來了，這種誇張的聲調，淡淡的帶著點促狹的笑容。

我望了他一眼。突然覺得，我是不甘心，卻不敢說出來，羞愧於臉上無光。但事到如今，怕什麼呢？沒什麼好在乎的了，還有什麼不能誠實的理由？

「不甘心。」我低聲地說，「如果時間能倒流就好了，如果重來一次，避免犯那些本不該犯的錯。」

所有的錯都是本來不該犯的。天底下沒有本來就會犯的錯，全都是不該，全都是若重新再來一遍，肯定不讓自己那樣做的事。我嘆了口氣。

「成績已經不在乎了，只求能完賽，沒想到連這也做不到。」我乾笑了幾聲。「第一天退賽，跟第二天、第三天、第五天退賽有什麼不一樣？誰管你完成了幾個賽段呢？沒完賽就是沒完賽。」

失敗就是失敗，誰在乎你什麼時候失敗的，怎麼失敗的，距離成功有多近或多遠？兔子沒完賽，勝的就是烏龜。

「你要是真那麼想繼續比賽，就繼續啊！」我的領航說。

「什麼意思？車都折了。」

「開我那輛嘛！雖然是輛沒改裝過的破車。」

我驚訝地轉過臉盯著我的領航，他沒看我，一貫懶洋洋地眼睛兀自望著前方，臉上掛著淡然的笑容。

「我研究過明天的路書了，ＧＰＳ的點也都灌進去了，就看你想不想了。」

我依舊一臉茫然望著他。「我不明白。」

「在賽道封閉以前進去，計算時間，當作正式比賽，一樣通過ＷＰＶ和ＰＣ點。想試試看麼？」

腦筋尚且轉不過來，便開口說了「當然」。

「我說啊！賽車其實很安全的，這年頭出不了多大的事，賽車有特殊的懸掛減震、傳動系統，有防滾架，自動滅火裝置，有四點式安全帶，你想要摔死都摔不了呢！大會藉GPS監視賽車的形跡，有追緝車巡邏，有救護車待命。我那輛車可是什麼都沒有，倘使我們偷進賽道，是沒人知道的。只有我們一輛車，前頭也沒車轍，走錯了路，出了什麼狀況，在裡頭動彈不得，是沒人來救援的，天一黑，就別想再出沙漠了。」我的領航說。

「被你這麼一說，不去不行了。」我說。

我的領航愜意地喝著啤酒，沒說話。

夜晚的空氣冰涼，好在無風，前些天的夜風可是刺骨磨人。然雖寒凍，卻讓人感覺沁心，像冰涼的水鑽一般清澈。

「我問你，第一天的賽段，從一開始你就沒按路書走，對吧？」

我的領航沒答話。

「當時我心中便有些奇怪，前一晚研究路書的時候，明明有印象前頭純沙的路段頗長，為什麼一下子就進了戈壁灘。還以為是那區域的地形變化複雜，我沒去注意公里數，一時也沒多想。你因為前頭沒車轍，認定我不會發現你偏離路書？」

那天我們是第一個發車的，前頭自然沒車轍。我承認排位賽我沒控制好，太久沒參賽，我失去拿捏時間的感覺，因此跑慢了也就算了，諷刺的是跑了第一。我的領航卻興沖沖的，早晨醒來神清氣爽，一點緊張感也沒有。那個時候他那副輕鬆的德性讓我十分惱怒，心想沒有參賽過的這傢伙果然無知，不曉得第一個進沙漠的挑戰性有多大。

「我一直很納悶，為什麼我們走錯了路，我以為耽誤了相當長的時間，結果用時竟然比別人少得多。」我說。

「其實，我們走的路跟他們走的賽道，貼得相當近的，地形卻完全不一樣，風向也不一樣。」我的領航說。

「但是，你怎麼知道沙山的側面是戈壁灘？」

●

「天都還黑著呢！」我的領航睜開眼坐起來，馬上又倒回床上去。

「行駛路段就有八十公里，從我們這兒過去更遠，到特殊賽段天就亮啦！」

「就咱倆而已沒別的車，一路幹過去愛怎麼著就怎麼著，你著什麼急啊？前幾天都睡帳棚，睡得屁股疼，晚上又冷，連撒尿都懶得去，好不容易有床可以躺，你讓我再多睡一會兒吧！」

「再過一個鐘頭賽道就封閉了。」

「他們沒這麼勤快的。」我的領航閉著眼，聲音一下就模糊起來。「就算封閉了，我知道有別的路可以進去。」

我走近窗台，還沒有到供暖的季節，屋子裡其實頗冷，窗台上躺著三五隻凍死的蒼蠅。遠方一排排矮屋睡在一片靜謐的深藍色黑暗裡。

打開窗，冷空氣灌進來，我把外套又拉緊了點兒。背後傳來我的領航囁嚅著抱怨的聲音，我轉過身見他瞇著眼深皺著眉，「唉呀好冷」說著翻個身又繼續睡了。

比第一天要比賽還亢奮，加上手的疼痛讓我的神經尖銳，我一會兒站起，一會兒坐在床緣，一會兒開窗，一會兒關窗，心裡焦煩著想，再這麼下去，天都要給我弄亮了。

我又打算要去把我的領航叫醒時，驀然驚覺，一整夜，我的腦子裡竟然沒有想到她。

●

我們出發時夜仍然黑，天空仍看得到星子，像灑在柏油路上隱隱晶瑩閃爍的細小玻璃碎屑。然而不知不覺間天微亮了，天空的顏色帶著一種陰陽交界、黑與白輪換的微妙氣息。

牧人給羊擠奶，擠完了的便推牠的屁股，把牠推開。我打開車窗，聽到微弱叮叮呤呤的鈴鐺聲，牧人提著木桶緩緩跟在羊群後頭走著，才這麼會兒功夫，便瞧見遠處淡淡晨光在霧氣中靜蟄著。

我的領航下車去跟牧人談話，一會兒，牧人打開柵門，讓我們穿越用鐵絲刺棘圍繞的草場。

進入沙漠我的領航給輪胎放了氣，記下時間，換我坐上駕駛座。我倆什麼話都沒說，裝作一本正經的樣子。

我的領航報路書比先前正式比賽時感覺更規矩，我也極力擺出更嚴肅的姿態，且嚴正警告我的領航：「你給我老實地遵照路書來，別又隨心所欲地瞎忽悠。」

但沒多久我的領航就忘了他正在一板一眼裝模作樣，又是伸懶腰，又是翹二郎腿，趁著速度減慢、震動較輕的時候還從口袋裡掏出香菸來點燃。

「今天天氣不錯，風不大。」我的領航打開車窗說。

「再過幾個鐘頭也許太陽會烈起來。」我說。

「今天應該是陰天。」我的領航說。

雖然斷了手指，可狀況比之前每一天都好，沒陷沙、沒失誤，速度是慢些，但節奏很好，即便手傷都覺得比手指完好時開得順暢，速度慢也不是我的緣故，是因為這輛破車。

「到那上頭去吧！」我指著遠處的沙山說。

「是誰不按路書走的呀！」我的領航嘻嘻笑著說。

「休息一下，把時間扣掉就是了。」

「太不嚴肅。你先前不是抱怨賽車一停下，節奏都亂了麼？」

我讓我的領航開上沙山去，我在下頭用腳走，望著我的領航開那輛破車爬沙山，他很靈巧，但這不容易，我笑了。

「第一輛車已經發了吧？在這兒等看誰頭一個過來。」我說。

我的領航望著我，「你還是想跟其他賽車一起跑麼？」說著也沒等我回答，逕自跑到車後抓了一堆東西出來。

「要等賽車過來，還有好一會兒呢，幸虧帶了吃的。」

我瞧他拿出來的行當，燃氣爐頭和咖啡豆、手搖碎豆機、方便麵、烤肉……，驚訝地說：「你是來野餐的？」

我的領航嘴裡含著香菸微笑著說：「你不知道啊？我這個人很講究的。」

●

「如果是在一條平坦的大馬路上，筆直沿著一直線以一百公里的時速開過去，是很容易的事吧？但是，假使在這一直線上，築一道垂直的橫牆，牆的中間開一條比車寬只寬出兩公尺的縫，同樣讓你用一百公里的速度穿過，恐怕接近的時候忍不住就會鬆油門了。明明就是同樣的一條路。」我的領航說。

「你是打算說，明明就是同樣的路，差別的那堵牆，其實根本構不成影響，不過就是人的心理。人的言行反應，說穿了都是受這些無關的外物影響麼？」

我的領航張大了眼，用一種誇張的驚訝表情看著我，然後又是嘻嘻笑著說：「當然不是呀！

我要說的是，為什麼同樣的一條路，因為一堵牆就有差別？……原因是恐懼。」

我的領航停頓下來，定睛看著我。

「人都不願意承認自己害怕，覺得是羞恥，有時連自己都欺騙。有什麼好否認的呢？像我，我膽子最小啦！女孩兒在我面前一哭，我什麼都答應啦！所以我一見是難纏的，溜得可快呢！」

「如果你指望我說我跟你一樣，你白費心機了。」我冷淡地說。

「你當然跟我不一樣，否則你怎會著女人的道？」

我的領航抿著嘴，眼角餘光瞄著我，露出一種洋洋得意的表情。「果不其然。」

太陽發出非金燦而是珍珠白的光，看似溫和，灑在野風獵獵中依然尖銳灼人，但投不下影子，沙丘變得呆板，彷彿一座座眼神茫然的傀儡。

就像那些失去了立體感的沙丘變得好像不是沙丘了一般，相當長一段時間來難以言喻的痛苦、挫折和毀滅感、羞辱、自我憎惡、躁亂、憤恨不平，逐漸變得不真實，猶如俯瞰一群模型房屋。

「為什麼你不當車手參加比賽？」我問我的領航。

「為什麼要參加比賽？」

「我知道了，你怕輸是吧？」

我的領航「唉喲」了一聲，露出一種苦惱的表情嘻嘻笑著說：「我怕贏呀！」

●

「我們出發的時間是幾點？」

「忘了。」

「什麼時候經過ＰＣ點的？」

「沒注意。」

「你不是記憶力特好？」

「你這人咋那麼好騙，說啥你都信啊！」

「來了。」

「什麼？」

「我看見車玻璃的反光了，在那邊山頭。還是我看花眼？」

「等會兒換一個地方，那兒容易陷車，看著比較有意思。」

「容易翻車的地方看著才有意思吧！」

「啊！對，昨天討論路書的時候說過的。」

「放點音樂來聽吧！」

「這個嘛，就是民用車比賽車好的地方了，有音樂。」

咖啡的香氣中，從汽車的音響喇叭流溢出帶有南美風情的樂聲，淡淡瀟灑的歡快，暢意的吉他與擊掌節奏，昂揚世故的嗓音，令人心安的熱鬧，不足以達到激奮，只隱隱喧譁。

我開始染上了我的領航那股漫不經心的、懶洋洋的氣息。……不過也或許，單純地只是因為止痛藥的作用，讓我又睏了而已。

給X的信

（代後記）

記得我跟你提起過幾次的那隻鷹吧，牠就像你，美麗又傲慢，帶著無可救藥的孩子氣。那曾讓我領悟，美或許讓人追求，不惜粉身碎骨地追求，或許讓人執著，或許讓人無所不用其極想去擁有，但它卻不是能讓人據為己有，也不需要如此做的。

我坐在書桌前，經常聽見牠的嚊鳴，若是光燦朗日，想起牠在山谷空中盤旋的形影，令我躍然欣喜，此刻入秋，一樣是陽光灑在窗外的綠樹，給葉叢刷上濃淡對比的色澤，夏季的鬱熱已不見，樹影輕晃，這樣的景致，聽著鷹的鳴叫，心頭浮上的卻是一種難以言喻的微妙情愫，猶如鄉愁一般。

活著這件事，生命，生命的痕跡，時間，記憶，慾望，種種慨然與迷茫不解，眼中之光，胸中之火，年少時與暮色中的眼淚，造假，掩飾恥辱的笑容，莫名的慈悲，惡意，信手抹去，思念……何其微妙。

隨信附上這本小說集。

你說，你對創作這種事不懂。你說，你沒有好奇心。你說，你早已看盡人生百態。你輕身穿過事物從不回首，一揮袖瞬息雲淡風清。

有好一段時間沒有交出小說了。這些短篇都是去年寫的，許多篇集中在年底的幾個月完成。

使我靜心尋拾寫小說之初心，回味那創造的歡快的，是你。賭氣般的心情，我想讓你看看我的幻術；我能從帽子裡取出展翅的蝙蝠和天鵝；我能讓老虎浮在空中，穿過金色火圈；我能受困重裝枷鎖於水中脫逃；我能橫切美女血流成河而她將如維納斯從貝殼中完好復生；我能伸手指向天空便這處那處地迸生盞盞煙火。

縱使每一場比賽你都贏了我，縱使到頭來我證明不了自己是個有價值的人，縱使我的種種努力都使得人生更像是個玩笑，而我擁有的就是這些幻術，或許我想賭上一切，有一天能讓你相信，我就是這宇宙的創造者。

是的。謝謝你。因為你，我習得更強大，墮入虛空之黑暗不再能威脅我，太陽奪目燦朗之光也不再迷惑我，想像力令人快樂，捕捉那些痛快的，意味深長的，編織人生況味在一種既玩世不恭又飄忽茫茫，善感之愛與諷笑中，嬉笑怒罵，一派瀟灑，混合著鄉愁、錯亂、懸念，反覆尋找恰當的背景放置自己，與他人之眼光戰鬥的追憶，層疊曲造變形的慾望感染，構築出臉與吐息身形之輪廓，偽高貴的靈魂，膨脹的勇氣，美麗的醜態，那醉人的顛倒迂行。遺忘的被喚醒，而那並不重要，拾回的終將被丟棄，每一次脫胎換骨都像反覆醒來的夢中之夢。

但寫小說這件事並不值得炫耀的。

生活永遠比小說大。

人生其實無所謂機遇。遭遇到什麼，並沒有意義。能把人生帶到哪裡去的，是態度。我們創造了一切，而不是置身那當中。

沒有不熄滅的火。無論火焰的燃燒曾如何華美熾烈，熱灼一顆狂跳的心，光亮曾如何耀目，讓眼前一片白盲而無從辨識陰影，終究它必會消失冷卻，剩下灰燼，隨風散盡。

必須摸索學習著即使在一無所有的時候，憑空生出火焰。

這段日子我想了很多。

年輕時是半瓶水，得意地晃。人到中年水裝滿了，自認成熟了，什麼都知道了，完滿了、智慧了，平靜、自在，也是得意的。然而裝滿水，也不過就是裝滿水了，瓶子裡水滿跟完熟無關，只是再裝不下水罷了。

有一天才會明白，得倒出瓶子裡的水，才能再裝進去。這倒出的過程，很艱難。別說不知該倒什麼該留什麼，瓶子裡的水哪有辦法只選擇倒出哪些留住哪些，一倒出都是自己不能控制的。這倒出也總讓人捨不得，心慌又心痛的，好像該倒的、不該倒的都倒了，不想倒的也倒了，而有些想倒的卻怎麼也倒不出去。這麼又倒又裝的折騰，弄不清對了沒有，裝進來的比倒出去的真好麼？

也或許，人生就是這麼個過程。

捨不得的，未必就是該留下的。你曾說沒有事物不可失去。

我一直對你抱以極致的信任，我信得過你遠勝過信得過我自己，而同時我又那麼懷疑你，即便你不說謊，但言語本來就是一種詭計，何況你說你也不懂自己。你看起來那麼篤定，十分清楚你之所以是你，不可顛覆的，你不需去證明。這使我想起我的自尊自傲，不需橫加表述的存在，可我逐漸明白，如果沒有不可失去的，那麼也包括自己，我就是萬物，那麼我可以是我也可以不是我。

你曾給我過某些奇妙不可言喻的回答，使我撥開隱匿星雲瑰麗幻光的烏雲，對此你毫不在乎。但更多無數次我向你提出的詢問，喜怒哀樂的分享，對這世事不義的控訴、憤慨絕望，各種試探各種激將，諂媚與溫柔，指責訕笑，你報之以視若無睹的沉默（這使我感覺自己投聲的對象是上帝），經過那麼多惱怒、沮喪、消沉，我覺悟你是對的。

不就是這麼一回事麼？一本小說能給得出什麼，一本小說能給得出真理？一出了口，猶如定了一個價，一本小說能自稱給得出什麼答案？什麼實景？什麼勇氣？什麼救贖？什麼樣的愛？

執著要一個絕對的答案的，到手億萬個答案都將發現比比皆錯。

我也曾以為找到解開人世之虛妄的鑰匙，免於沉入荒蕪沼澤之底，然而無表情的你每每讓我再次從喜悅之幻夢醒來，又再次沉入黑水，我終究學會了不再依賴星光，原來奮游不是為了一個終點，它就是全部，沒有事物指向應許之地，你必須戀上的是旅途本身。

我不喋喋叨叨寫作如何至高，技藝如何神聖，面對寫作如何這樣那樣，小說是這樣那樣的行當，這些與你何干，與任何人何干。可我忍不住還是想說，我將致力創造出更不同的世界，而這是一個零點。

人須知世界之大與一己之渺，才會意識到必須找一個高處登上，以看得遼闊。這是一份喜悅，重新出發的美好，以及面對無限而滋生的澎湃之情。若不是因你，我無法做到。每當我倦厭，惶惑，舉目望去遍地不毛，寸草不生，這分空無便召喚我遺忘的法術，我的嘴角會泛起微笑，因孤獨是我的榮光。

瞧，我竟兀自念念有詞至此，才想起忘了問候你。好麼？這些時日。

若非極光下飛翔的你的幻影恍若指引，我走不到這裡，很多時候我問自己，那是否只是我自己創造出的幻影，然而你高飛的誓言卻是真實的我留有白紙黑字的證據，讓我看看你能前行到怎樣更高更遠的地方，飛吧！

Yours sincerely

Y S

文學叢書 370

INK PUBLISHING

惡魔的習藝

作　　者	成英姝
總 編 輯	初安民
責任編輯	尹蓓芳
美術編輯	江宜蔚　林麗華
校　　對	尹蓓芳　成英姝

發 行 人	張書銘
出　　版	INK印刻文學生活雜誌出版有限公司 台北縣中和市中正路800號13樓之3 電話：02-22281626 傳眞：02-22281598 e-mail：ink.book@msa.hinet.net
網　　址	舒讀網http：//www.sudu.cc

法律顧問	漢廷法律事務所 劉大正律師
總 代 理	成陽出版股份有限公司 電話：03-3589000（代表號） 傳眞：03-3556521
郵政劃撥	19000691 成陽出版股份有限公司
印　　刷	海王印刷事業股份有限公司

港澳總經銷	泛華發行代理有限公司
地　　址	香港筲箕灣東旺道3號星島新聞集團大廈3樓
電　　話	(852) 2798 2220
傳　　眞	(852) 2796 5471
網　　址	www.gccd.com.hk

出版日期	2013年10月　　初版
ISBN	978-986-5823-33-7

定　價　330元

國家圖書館出版品預行編目資料

惡魔的習藝／成英姝著 --初版,
--新北市中和區：INK印刻文學，
2013.10　面；　公分.（印刻文學；370）
ISBN　978-986-5823-33-7（平裝）
857.63　　　　　　102017387